HEYNE
BÜCHER

WINSTON GROOM

FORREST GUMP

Roman

Aus dem Englischen
von Peter Meier

DEUTSCHE ERSTAUSGABE

WILHELM HEYNE VERLAG
MÜNCHEN

HEYNE ALLGEMEINE REIHE
Nr. 01/9386

Nach diesem Roman wurde das Drehbuch erstellt, das inhaltlich jedoch in einigen Passagen von der Handlung des Romans abweicht.

Titel der Originalausgabe
FORREST GUMP

3. Auflage

Redaktion: Werner Heilmann

Printed in Germany 1994
Umschlag- und Innenillustrationen: UIP Filmverleih
Umschlaggestaltung: Atelier Ingrid Schütz, München
Gesamtherstellung: Ebner Ulm

ISBN 3-453-08482-9

Für Jimbo Meador und George Radcliff,
die immer Wert darauf gelegt haben,
zu Forrest und seinen Freunden nett zu sein.

Die Freude am Irresein
kann nur ein Irrer würdigen.

DRYDEN

1

Das können Sie mir ruhig glauben – als Idiot kriegt man nich grad erste Sahne. Die Leute lachen, verlieren schnell die Geduld und werden grob. Da heißt's zwar dauernd, seid hilfsbereit zu Leuten, wo's schwer haben, aber das läuft oft ganz anders, das kann ich Ihnen sagen. Aber ich brauch mich eigentlich nich beklagen, weil – ich hab 'n ganz intressantes Leben gehabt.

Schon von Geburt an bin ich hochgradig schwachsinnig. Mein IQ liegt nämlich so um die 70, und damit fall ich angeblich in diese Kategorie. Eigentlich bin ich aber wohl eher mittelgradig schwachsinnig oder sogar bloß leicht – und überhaupt betracht ich mich selber lieber als *geistesschwach* oder irgendwas in der Art und nich als nen Idioten, weil wenn sich die Leute nen Schwachsinnigen vorstellen, denken sie garantiert an *Mongolismus,* also an die mit den zu eng stehenden Augen, wo aussehen wie Chinesen und sabbern und an sich rumspielen.

Also, langsam bin ich nun mal, das muß ich schon zugeben, aber ich würd sagen, ich bin viel intelligenter, als wie die Leute glauben, weil nämlich was in meinem Kopf vor sich geht, is schon was anders, als was die Leute mitkriegen. Zum Beispiel kann ich mir irgendwelches Zeugs ganz gut *überlegen,* aber wenn ich das dann sagen oder aufschreiben soll, kommt's raus wie Wackelpeter oder so. Ich werd Ihnen zeigen, wie ich das mein.

Vor 'n paar Tagen geh ich ne Straße lang, und da is so 'n Typ vor 'm Haus am Arbeiten. Der hat sich nen Haufen Sträucher besorgt, die wo er setzen will, und mich fragt er: »Forrest, willste was verdienen?« und ich sag:

»Klar«, und er läßt mich Dreck schippen. Ich karre also an nem heißen Tag an die zehn oder zwölf Schubkarren verdammten Dreck durch die ganze Weltgeschichte, und wie ich fertig bin, fischt der grad mal nen Dollar aus der Hosentasche. Statt daß ich nen Aufstand mach von wegen miserable Bezahlung und so, nehm ich den verdammten Dollarschein und kann nix sagen als wie »danke« oder irgend so 'n Bockmist. Dann geh ich wieder die Straße lang, knüll den Schein in der Hand rum und komm mir vor wie 'n Idiot.

Verstehen Sie jetzt, wie ich das mein?

Also, mit Idioten kenn ich mich aus. Das is so ungefähr das einzige, wo ich durchblick, über die hab ich nämlich jede Menge gelesen: Über diesen Dosch-tojeschki seinen Idioten und den Narren vom König Lear, und auch über Benji, den Idioten vom Faulkner, und sogar über Boo Radley in *Wer die Nachtigall stört* – also das war 'n echter Idiot. Am liebsten mag ich aber Lenny in *Von Mäusen und Menschen*. Meistens haben's die Autoren von diesen Büchern geschnallt, weil ihre Idioten sind immer viel schlauer, als wie die Leute sie einschätzen. Also, ich find, das stimmt – aber das meint wohl jeder Idiot, hi, hi.

Als ich geboren wurde, hat mir meine Mami den Namen Forrest gegeben wegen dem General Nathan Bedford Forrest, wo im Bürgerkrieg gekämpft hat. Mami hat immer gesagt, daß wir irgendwie mit der Familie vom General Forrest verwandt sind. Und das war 'n großer Mann, meint sie, bloß hat er nach 'm Krieg den Ku-Klux-Klan aufgemacht, und sogar meine Oma sagt, das is 'n nichtsnutziger Haufen. Ich würd sagen, da hat sie recht, weil auch hier bei uns am Ort betreibt so 'n Großmächtiger Oberheini, oder wie die sich nennen, nen Waffenladen, und wie ich mal – so ungefähr mit zwölf – da vorbeigelatscht bin und ins Fenster reingeschaut hab, hängt da ne Schlinge, wo man jemand mit aufknüpfen kann. Wie er sieht, daß ich guck, legt er sich die Schlinge selber um den Hals und zieht sie hoch, wie wenn er hängen tät, und läßt die Zunge raushängen und all so was, bloß damit ich Angst krieg. Ich bin weggelaufen und hab mich in nem Parkplatz hinter 'n paar Autos versteckt, bis jemand die Polizei angerufen hat. Die sind dann gekommen und haben mich nach Hause gebracht zu meiner Mami. Also ganz egal, was der olle General Forrest sonst noch alles gemacht hat – daß er diese Klan-Geschichte ins Rollen brachte, das war keine gute Idee, das sieht jeder Idiot. Aber so bin ich eben zu meinem Namen gekommen.

Meine Mami is echt 'n feiner Kerl. Das sagen alle. Meinen Daddy hab ich gar nich kennengelernt. Der is nämlich umgekommen, da war ich grad erst geboren. Er hat unten im Hafen als Docker gearbeitet, und dann hat mal 'n Kran 'n riesiges Netz Bananen aus so nem Kahn von der *United Fruit Company* rausgehievt, und da is was gerissen, und die Bananen sind runtergeknallt auf meinen Daddy und haben ihn plattgedrückt wie ne Flunder. Also, aus Bananen mach ich mir nix, bloß Bananenpudding mag ich eigentlich ganz gern.

Meine Mami hat ne kleine Rente von den United-Fruit-Typen gekriegt und in unsrem Haus Leute in Pension genommen, und auf die Tour sind wir ganz gut über die Runden gekommen. Wie ich klein war, hat sie mich oft im Haus behalten, weil dann konnten mich die andern Kinder nich ärgern. Im Sommer, wenn's am Nachmittag total heiß war, hat sie mich meistens ins Wohnzimmer gesetzt und die Jalousien runtergelassen, damit's schön dunkel und kühl geworden is, und hat mir nen Krug Limonade gemacht. Dann hat sie sich zu mir hingesetzt und mit mir geredet und einfach immer weitergeredet über nix Bestimmtes, so wie manche Leute mit nem Hund oder ner Katze reden. Da hab ich mich aber total dran gewöhnt, ich fand's sogar richtig schön, weil ich hab mich immer wahnsinnig wohl und sicher gefühlt, wenn ich ihre Stimme gehört hab.

Wie ich größer war, bin ich zuerst immer mit den andren Kindern spielen gegangen, aber dann hat meine Mami gemerkt, daß die mich immer hänseln und so, und einmal hat mir 'n Junge nen Stock ins Kreuz geworfen, wie sie mich gehetzt haben, und das hat nen Mordsstriemen gegeben. Danach hat sie mir gesagt, ich darf nich mehr mit diesen Jungs spielen. Ich hab dann probiert, ob ich mit den Mädchen spielen kann, aber das hat auch nich viel besser geklappt, weil die sind alle vor mir weggelaufen.

Mami hat gemeint, es wäre gut, wenn ich auf ne ganz normale Schule geh, weil vielleicht könnt ich dann so werden wie alle andren, aber wie ich ne Weile hingegangen war, hat meine Mami gesagt gekriegt, das wär nix für mich – so mit all den andern zusammen.

Aber die erste Klasse haben sie mich wenigstens fertigmachen lassen. Manchmal bin ich einfach so dagesessen, wenn die Lehrerin was erzählt hat, und hab gar nich gewußt, was in meinem Kopf vor sich geht. Ich schau zum Fenster raus und guck den Vögeln und Eichhörnchen zu, wo auf ner großen Eiche hocken oder auf 'n Ästen rumklettern, aber dann kommt die Lehrerin her und macht 'n Mordstheater. Manchmal is auch was ganz Merkwürdiges mit mir passiert, und dann hab ich angefangen zu brüllen und so, und die Lehrerin hat mich rausgeschickt, und ich hab im Flur auf ne Bank sitzen gemußt. Die andren Kinder haben nie mit mir gespielt, die haben mich nur rumgescheucht, bis ich wieder am Brüllen war, und dann haben sie mich ausgelacht – alle außer Jenny Curran, die is wenigstens nich vor mir weggerannt, und manchmal hat sie mich sogar auf 'm Heimweg neben sich hergehen lassen.

Im nächsten Jahr haben sie mich dann auf ne Schule geschickt, wo alles ganz anders gewesen is. Das war vielleicht ulkig, kann ich Ihnen sagen – grad, wie wenn sie so viel komische Vögel wie möglich eingesammelt und dann alle zusammengesteckt hätten. Das ging von Kindern, wo so alt wie ich und noch jünger gewesen sind, bis zu großen Jungs um die sechzehn oder siebzehn.

Zurückgebliebene von jeder Sorte und Spastis und Kids, die haben nich mal allein essen oder aufs Klo gehen gekonnt. Ich würd sagen, ich war in dem ganzen Verein noch am besten drauf.

'n großer dicker Junge um die vierzehn oder fuffzehn mit nem seltsamen Leiden is auch druntergewesen, der hat dauernd gezuckt, wie wenn er auf 'm elektrischen Stuhl hocken tät oder so. Unsre Lehrerin, Miss Margaret, hat mich immer mit dem aufs Klo geschickt, wenn der mußte, damit er nix Komisches treibt. Der hat's aber trotzdem gemacht. Ich hab absolut nich gewußt, was ich dagegen tun kann, da hab ich mich eben in ne Kabine eingeschlossen und bin dringeblieben, bis er fertig war, und dann hab ich ihn in die Klasse zurückgebracht.

Auf diese Schule bin ich so fünf, sechs Jahre gegangen. Nich alles war Mist in dem Laden. Man hat uns mit den Fingern malen lassen und kleine Figuren haben wir auch geformt, aber vor allem wollten sie uns so 'n Zeugs beibringen wie Schuhe binden, und daß man beim Essen nich sabbert oder wild wird und rumschreit und irgend nen Scheiß durch die Gegend schmeißt. Mit Büchern haben wir praktisch gar nich gelernt – und mit Bildern bloß, wenn sie uns die Verkehrsschilder beibringen wollten oder den Unterschied zwischen der Herren- und Damentoilette und all so was. Aber bei den ganzen echten Spinnern wär mehr auch absolut nich drin gewesen. Erst mal isses wohl drum gegangen, daß wir den Leuten draußen nich auf die Nerven fallen. Wer will schon, daß 'n Haufen Zurückgebliebener frei rumläuft? Das leuchtet sogar mir ein.

Wie ich grad dreizehn war, sind ganz schön komische Sachen passiert. Ich bin nämlich enorm gewachsen, in nem halben Jahr sechzehn Zentimeter. Meine Mami war nur noch am Hosen rauslassen. Und dann bin ich in die Breite gegangen. Mit sechzehn hab ich's dann auf 1,95 gebracht und auf 110 Kilo. Das weiß ich, weil die haben mich extra zum Wiegen kommen lassen und meinten, das glauben sie einfach nich.

Dann is was passiert, das hat meinem Leben ne ganz neue Wendung gegeben. Wie ich grad auf 'm Heimweg von der Schule ne Straße langlauf, hält neben mir 'n Auto an und so 'n Typ ruft mich zu sich rüber und fragt, wie ich heiß. Ich sag's ihm, und dann will er wissen, auf welche Schule ich geh, und wie's kommt, daß er mich noch nie gesehn hat. Wie ich ihm das mit der Klapsenschule sag, fragt er, ob ich Football spiel. Ich schüttle den Kopf. Eigentlich hätt ich ihm ja sagen können, ich hab öfters andern Kindern beim Spielen zugeguckt, bloß haben die mich nie mitspielen lassen. Lange Unterhaltungen liegen mir nun mal nich besonders, ich schüttle also bloß den Kopf. Ungefähr zwei Wochen nach 'n Ferien is das gewesen.

Drei Tage später oder so haben sie mich dann aus der Klapsenschule rausgeholt. Meine Mami is dabeigewesen und der Typ aus 'm Auto und dann noch zwei andre Männer – so richtige Gorillas. Die haben sie wohl mitgebracht, falls ich ausraste. Meinen ganzen Krempel haben sie von meiner Schulbank geholt und in so ne braune Papiertüte gesteckt, und dann wollten sie, daß ich mich von Miss Margaret verabschiede, und die fängt plötzlich an zu heulen und nimmt mich richtig fest in die Arme. Dann muß ich zu all den andern Spinnern auf Wiedersehn sagen, und die sind am sabbern und rumspastiken und hauen mit den Fäusten auf 'n Tisch. Und das war's dann.

Mami is vorne neben diesem Typen auf 'm Beifahrersitz gesessen, und ich hinten zwischen den zwei Gorillas, genau wie in alten Krimis, wenn die Polizei jemand ›aufs Revier‹ bringt. Bloß daß wir nich aufs Revier gefahren sind, sondern zu ner *High school,* die wo noch ganz neu war. Wie wir angekommen sind, haben sie mich zum Büro vom Direktor gebracht, und Mami is mit mir und diesem Typ reingegangen. Die zwei Gorillas haben draußen gewartet. Der Direktor war 'n alter Mann mit grauen Haaren, ner ausgebeulten Hose und nem Fleck auf der Krawatte, wo ausgesehen hat, wie wenn er selber aus der Klapse käm. Wir haben uns alle hingesetzt, und er hat irgendwelches Zeugs erklärt und Fragen gestellt, und ich hab immer nur genickt. Die wollten, daß ich Football spiel, soviel hab ich mir zusammengereimt.

Wie sich rausstellt, is der Typ aus 'm Auto der Football-Trainer Fellers. Ich hab erst mal den ganzen Tag kein Klassenzimmer und nix gesehen. Der Trainer is mit mir gleich in die Umkleidekabine gegangen, und einer von den Gorillas hat nen Football-Dreß organisiert mit Polstern und Schützern und dem ganzen Zeugs und auch nen richtig schönen Plastikhelm, mit nem Gitter vorne dran, damit mir keiner die Visage zermatscht. Bloß Schuhe, wo mir passen, haben sie nich gefunden, ich mußte meine Turnschuhe anziehen, bis sie welche bestellen konnten.

Mr. Fellers und die Gorillas ziehn mir den Football-Dreß an, und ich muß mich gleich wieder ausziehn, und dann das Ganze noch mal und *noch* mal – mindestens zehn oder zwanzig Mal, bis ich's endlich alleine kann. Mit diesem Ding, wo man sich den Unterleib mit schützt, hab ich ne Zeitlang Schwierigkeiten gehabt, weil – mir hat nich recht eingeleuchtet, wofür so was gut sein soll. Erst haben sie versucht, mir das zu erklären, aber dann hat der eine Gorilla zum andern gesagt, ich wär 'n Doofie oder so was in der Art. Wahrscheinlich hat er gemeint, ich hör's nich, ich hab's aber doch gehört, bei so nem Scheiß werd ich nämlich hellhörig. Nich, daß Sie meinen, das hätt mich verletzt. Pah, da hab ich schon ganz andre Sachen zu hören gekriegt. Aber aufgefallen isses mir schon.

Nach einer Weile is 'n Haufen Jungs in die Umkleidekabine reingekommen, und alle haben sich in ihren Dreß geschmissen. Dann bin ich mit denen rausgegangen, und ich mußte neben Mr. Fellers stehen, damit er mich vorstellen kann. Er hat nen Haufen Scheiß erzählt, aber ich hab gar nich richtig hingehört, weil ich bin vor Angst fast gestorben, wo mich doch noch nie jemand so vielen fremden Leuten vorgestellt hat. Nachher sind aber 'n paar von den andern hergekommen und haben mir die Hand geschüttelt und gesagt, sie freuen sich drüber, daß ich da bin und so. Dann hat der Trainer gepfiffen, von was ich total zusammengezuckt bin, und alle sind in der Gegend rumgesprungen und haben sich Bewegung verschafft.

Was dann so alles passiert is, das is ne ziemlich lange Geschichte, aber auf jeden Fall hab ich jetzt Football gespielt. Der Trainer hat sich mit einem von den zwei Gorillas ganz speziell um mich gekümmert, schließlich hab ich mich ja bei diesem Spiel nich ausgekannt. Erst isses drum gegangen, daß man Leute blockt, und sie wollten mir das erklären, aber wie wir das zigmal probiert hatten, haben alle die Schnauze voll gehabt, weil ich konnt mir einfach nich merken, was ich machen muß.

Dann haben sie was andres ausprobiert, nämlich die Verteidigung. Sie haben drei Typen vor mir aufgebaut, und ich soll irgendwie zwischen denen durchkommen und mir dann den Spieler mit 'm Ball schnappen. Der erste Teil war nich so 'n Problem, da hab ich denen einfach die Köpfe runtergedrückt. Wenn ich dann aber den Typen mit dem Ball festgehalten hab, waren sie nie zufrieden, und irgendwann haben sie mich zu ner großen Eiche geschickt, und die mußte ich fuffzenn oder zwanzig Mal richtig anpacken – damit ich 'n Gefühl dafür krieg, nehm ich an. Nach ner Weile haben sie wohl gehofft, ich hätte an der Eiche was gelernt, und haben mich wieder vor die drei Typen und den Spieler mit 'm Ball hingestellt, aber dann sind sie total sauer gewesen, weil ich immer noch nich total brutal auf den draufgesprungen bin, wie ich die andern aus 'm Weg geschoben hatte. Ich hab ne Menge zu hören gekriegt an dem Nachmittag, aber nach 'm Training bin ich zu Mr. Fellers reingegangen und hab ihm gesagt, daß ich nich auf den Typen mit 'm Ball draufspringen will, weil ich hab Angst, ich verletz ihn. Mr. Fellers hat aber gesagt, ich verletz ihn nich, der hat ja seinen Football-Dreß an und is geschützt. Ehrlich gesagt hab ich gar nich soviel Angst gehabt, ich könnt ihm was tun, als daß er böse auf mich wird. Ich hab gedacht, die fangen wieder an, mich zu hetzen, wenn ich nich wahnsinnig nett zu allen bin. Also, jedenfalls hab ich ne Weile gebraucht, bis ich bei der Football-Spielerei auf 'n Trichter gekommen bin.

Inzwischen mußte ich auch in den Unterricht. Wenn man's mit der Klapsenschule vergleicht, wo man nie viel machen mußte, haben sie hier alles total ernst genommen. Irgendwie haben sie es aber so gedeichselt, daß ich drei Stunden Stillbeschäftigung gehabt hab – wo man einfach bloß rumsitzt und macht, was man will –, und dann noch drei Stunden mit ner Lady, die wo mir das Lesen beigebracht hat. Bloß wir beide. Die war echt nett und richtig hübsch, und ab und zu hab ich mir schmutzige Gedanken über die gemacht. Miss Henderson hat sie geheißen.

So ungefähr die einzige Stunde, die wo mir gefallen hat, wars Mittagessen, aber das is ja wohl keine Schulstunde. Wie ich noch in der Klapsenschule gewesen bin, hat mir meine Mami immer 'n Sandwich, nen Keks und Obst mitgegeben – bloß nie keine Banane. In meiner neuen Schule hat's nun ne Cafeteria gehabt mit neun oder zehn verschiedenen Sachen zum Essen, und oft konnt ich mich echt nich entscheiden, was ich nehmen soll. Irgend jemand muß wohl was gesagt haben, weil nach ner Woche is der Trainer mal zu mir hergekommen und hat gemeint, ich soll nich lang überlegen und einfach alles essen, was ich will, man würde das ›übernehmen‹. Ne heiße Sache.

Nun raten Sie mal, wer mit mir in der Stillbeschäftigung gesessen hat? Niemand anders als Jenny Curran. Sie kommt vor 'm Klassenzimmer zu mir her und sagt, sie kennt mich noch aus der ersten Klasse. Richtig erwachsen isse geworden und hat lange schwarze Haare und lange Beine und ein schönes Gesicht und noch andre Sachen, die trau ich mich aber nich zu sagen.

Beim Football isses nich grad gelaufen, wie der Trainer sich das vorgestellt hat. Er hat oft nen ziemlich unzufriedenen Eindruck gemacht und dauernd irgend jemand angeschnauzt. Mich hat er auch angeschrien. Sie wollten sich was ausdenken, wie ich, wenn einer von uns den Ball hat, einfach nur dastehen und dafür sorgen kann, daß die andern den nich schnappen, aber das hat bloß geklappt, wenn sie den Ball genau über die Mitte gespielt haben. Von meinem Angriff war der Trainer auch nich begeistert, und ne ganze Menge Zeit hab ich an der Eiche geübt, das können Sie mir glauben. Aber ich hab's einfach nich fertiggebracht, mich so auf den Typen mit 'm Ball zu stürzen, wie sie's haben wollten. Irgendwas hat mich dran gehindert.

Aber dann is 'was passiert, und hinterher war alles ganz anders. Also, ich bin in der Cafeteria, hol mein Essen und geh dann zu dem Tisch rüber, wo Jenny Curran immer sitzt. Ich hab eigentlich nie nix zu ihr gesagt, aber sie is so ungefähr die einzige Person in der ganzen Schule gewesen, die wo ich halbwegs gekannt hab, und es war einfach 'n gutes Gefühl, neben ihr zu sitzen, trotzdem sie sich meistens gar nich um mich gekümmert und mit andren geredet hat. Zuerst hab ich immer bei 'n Paar Football-Spielern gesessen, aber die haben so getan, wie wenn ich Luft wär oder so. Jenny Curran hat wenigstens so getan, wie wenn's mich gibt. Mit der Zeit hab ich aber mitgekriegt, daß sich so 'n andrer Typ auch dauernd in ihre Nähe setzt, und der fängt an, blöde Bemerkungen zu machen, und gibt irgendwelchen Scheiß von sich. »Wie geht's denn unserem Riesenbaby« und all so was. So geht das dann ne Woche oder zwei, ohne daß ich was sag, aber dann sag ich – ich kann jetzt noch kaum glauben, daß ich's wirklich gesagt hab –, »ich bin kein Riesenbaby«. Der Typ glotzt mich einfach nur an und lacht los. Jenny Curran sagt, er soll aufhören, aber jetzt nimmt er auch noch nen Milchbeutel und kippt ihn mir auf die Hose. Ich spring auf und renn raus, weil ich bin total erschrocken.

Nen Tag später oder so kommt der Kerl im Flur zu mir her und sagt, »dich krieg ich«. Den ganzen Tag hab ich ganz arg Angst gehabt, und wie ich am Nachmittag in die Turnhalle will, steht er da mit nem Haufen Kumpels. Ich will in die andre Richtung gehn, aber er kommt auf mich zu und haut mir auf die Schulter und sagt lauter böse Sachen – »Blödian« und so –, und dann boxt er mich in den Bauch. Besonders weh hat's eigentlich nich getan, aber ich fang trotzdem an zu heulen, und dann dreh ich mich um und lauf weg und hör, daß er mich hetzt und seine Freunde auch. Ich renn, so schnell ich kann, über den Trainingsplatz auf die Turnhalle zu, und plötzlich seh ich, daß Mr. Fellers auf der Tribüne hockt und zuschaut. Die Kerle bleiben stehen und gehen weg, und der Trainer macht 'n total eigenartiges Gesicht und sagt, ich soll sofort meinen Dreß anziehen. Kurz drauf kommt er in die Umkleidekabine und hat drei Spielzüge auf 'n Blatt Papier gemalt – gleich drei! – und sagt, ich soll mir die so gut einprägen, wie ich kann.

Wie dann beim Training alle auf zwei Mannschaften verteilt sind, gibt der Spielmacher plötzlich mir den Ball, und ich soll über 'n rechten Flügel auf die Torlinie zurennen. Weil sie mich alle hetzen, lauf ich, so schnell wie ich kann – und erst wie sich sieben oder acht auf mich stürzen, bringen sie mich zu Fall. Der Trainer is ganz begeistert und hüpft in der Gegend rum und klopft allen auf die Schulter. Wettrennen, zum Schauen wie schnell wir sind, haben wir auch vorher schon oft gemacht, aber anscheinend werd ich sehr viel schneller, wenn mich wer verfolgt. Wie jeder Idiot, würd ich mal sagen.

Auf jeden Fall war ich danach viel beliebter, und die andren Typen aus der Mannschaft sind freundlicher zu mir gewesen. Dann haben wir unser erstes Spiel gehabt, und ich bin fast gestorben vor Angst, aber ich hab oft den Ball gekriegt, und zwei oder drei Mal bin ich bis über die Torlinie gerannt, und noch nie sind die Leute netter zu mir gewesen wie nach diesem Spiel. Diese *High school* hat ganz schön 'was verändert in meinem Leben. Irgendwann hat's mir sogar Spaß gemacht, mit 'm Ball loszurennen, bloß haben sie mich eigentlich immer über die Flügel geschickt, weil ich hab immer noch keinen Spaß dran gehabt, Leute einfach über 'n Haufen zu rennen, wie man's in der Mitte macht. Einer von den Gorillas meint mal, daß so 'n Hüne wie ich Halfback spielt, das würd's auf der ganzen Welt nich noch mal geben, und das hat er wohl nich als Kompliment gemeint.

Bei Miss Henderson hab ich viel besser lesen gelernt.

Sie hat mir Tom Sawyer gegeben und noch zwei Bücher, wo ich mich nich mehr dran erinnern kann, und die hab ich alle mit nach Hause genommen und gelesen, aber dann hat sie mich nen Test machen lassen, und der war nich so berühmt. Aber die Bücher fand ich echt gut.

Nach ner Weile hab ich mich wieder in der Cafeteria neben Jenny Curran gesetzt, und ziemlich lang hat's nie keinen Ärger mehr gegeben, aber dann bin ich mal im Frühling von der Schule heimgegangen, und plötzlich steht da niemand andrer als wie dieser Junge, wo mir die Milch auf die Hose gekippt und mich gehetzt hat. Er hebt nen Stock auf und ruft lauter so 'n Zeugs wie »Blödian« und »Schwachkopf«.

'n paar andre Leute gucken zu, und dann kommt Jenny Curran um die Ecke, und eigentlich wollt ich grad losrennen, aber dann laß ich's einfach bleiben – keine Ahnung wieso. Der Kerl stößt mir seinen Stock in den Bauch, und ich sag mir, scheiß drauf, und pack ihn am Arm, und mit der andren Hand hau ich ihm eine auf die Birne, und damit is die Sache erledigt – mehr oder weniger.

Am Abend kriegt meine Mami nen Anruf von diesem Jungen seinen Eltern: Wenn ich mich noch mal an ihrem Sohn vergreif, rufen sie die Polizei und lassen mich ›wegbringen‹. Ich versuch das meiner Mami zu erklären, und sie sagt, sie kann das gut verstehen, aber ich merk doch, daß sie sich Sorgen macht. Sie sagt, wo ich jetzt so 'n Kleiderschrank bin, muß ich aufpassen, weil ich könnt jemand verletzen. Ich hab genickt und versprochen, daß ich nie keinem 'was tu. Wie ich dann im Bett lieg, hör ich, wie sie in ihrem Zimmer vor sich hin weint.

Aber es hat mir doch was gebracht, daß ich diesem Jungen eine auf die Birne gehaut hab, nämlich ich hab nachher beim Football ne fundimantal andre Spielweise gehabt. Gleich am nächsten Tag hab ich den Trainer gefragt, ob ich mal mit 'm Ball voll gradaus laufen darf, und er sagt »okay«, und ich renn vier oder fünf Mann über 'n Haufen, bis ich freie Bahn hab, und alle müssen hinter mir herrennen. Im gleichen Jahr hab ich's noch bis zur Auswahlmannschaft von Alabama gebracht. Ich konnt's selber kaum glauben. Meine Mami hat mir zum Geburtstag zwei paar Socken und 'n neues Hemd geschenkt, und dann hat sie noch gespart gehabt für nen neuen Anzug, wo ich angezogen hab, wie ich den Preis von der Football-Auswahlmannschaft gekriegt hab. Mein allererster Anzug. Mami hat mir den Krawattenknoten gebunden, und dann ab die Post.

2

Das Festbankett für die Auswahlmannschaft war in so ner Kleinstadt, in Flomaton, und der Trainer hat gemeint, das is bloß 'n Katzensprung. Man hat uns in nen Bus gesetzt – fünf oder sechs aus unsrer Gegend haben nen Preis gekriegt – und hingekarrt. Es hat dann aber ein, zwei Stunden gedauert, bis wir angekommen sind, und das war 'n Bus ohne Toilette, und ich hab vorher zwei Brausen getrunken, und wie wir endlich in Flomaton waren, hab ich echt ganz dringend gemußt.

Die Fete hat in der Aula von der *High school* stattgefunden, und wie wir drin waren, hab ich mit 'n paar von den andern das Klo gesucht. Aber wie ich den Reißverschluß aufmachen will, geht der nich runter, weil da is 'n Hemdzipfel eingeklemmt. Wie ich ne Zeitlang dran rumprobiert hab, geht 'n netter kleiner Kerl von ner gegnerischen Schule den Trainer suchen, und der kommt mit den zwei Gorillas, und sie probieren, ob sie meine Hose nich aufkriegen. Einer von den zwei Gorillas meint, da is nix zu machen, den Reißverschluß kann man bloß auseinanderreißen. Der Trainer stemmt die Hände in die Hüften und sagt, »Glauben Sie vielleicht, ich schick den Jungen mit offnem Hosenladen aufs Podium, und am Ende hängt sein Ding raus – was meinen Sie wohl, was das für nen Eindruck hinterläßt?« Dann dreht er sich zu mir um und sagt: »Du mußt eben warten, bis das Bankett vorbei is, und dann machen wir den Hosenladen auf, okay?« Ich nick, weil ich nich weiß, was ich sonst tun soll, aber ich hab das Gefühl, das wird 'n langer Abend.

Wir gehn also in die Aula rein, und da hockt schon ne Million Menschen, und die strahlen und klatschen, wie sie uns kommen sehn. Man hat uns vor die ganzen Leute hingesetzt – an nen ewiglangen Tisch auf 'm Podium –, und meine schlimmsten Befürchtungen erfüllen sich von wegen langer Abend und so. Is mir vorgekommen, wie wenn jeder im Saal aufgestanden wär und ne Rede gehalten hätt – Bedienungen und Hausmeister inklisive. Wenn bloß meine Mami da gewesen wäre, weil die hätt mir geholfen, aber die is daheim im Bett gelegen mit der Grippe. Endlich is es dann so weit, wir sollen die Preise kriegen, so kleine goldgelbe Bälle. Wenn man unsre Namen aufruft, müssen wir zum Mikrofon gehen, uns die Preise geben lassen und »danke« sagen. Wenn einer sonst noch 'was auf 'm Herzen hat, soll er sich kurz fassen, haben sie gemeint, schließlich wollen wir nich bis zum Jahr 2000 da rumhocken.

Fast alle haben ihren Preis schon abgeholt und »danke« gesagt, und jetzt bin ich dran. Durchs Mikrofon ruft einer »Forrest Gump« – was mein Nachname is, falls ich Ihnen das noch nich erzählt hab. Ich steh auf und geh hin, und die geben mir den Ball. Ich beug mich vor zum Mikrofon und sag »danke«. Alle fangen sie an zu klatschen und rufen Bravo und stehen sogar auf.

Mir kommt's fast so vor, wie wenn irgend jemand denen schon im voraus gesteckt hat, daß ich so was wie 'n Idiot bin, und drum wollen sie ganz besonders nett sein. Ich bin aber so was von verblüfft, daß ich absolut nich mehr weiß, was ich machen soll, und einfach stehen bleib. Dann wird's ganz still, und der Mann am Mikro beugt sich vor und fragt mich, ob ich noch was sagen möcht. Da sag ich bloß: »Ich muß pinkeln.«

Die Leute im Publikum haben sich bloß komische Blicke zugeworfen, und ne ganze Weile hat keiner nix gesagt. Dann haben sie angefangen leise zu tuscheln, und Mr. Fellers is hergekommen und hat mich am Arm gepackt und wieder an meinen Platz befördert. Für den Rest vom Abend hat mich der Trainer böse angefunkelt, aber wie das Bankett vorbei war, isser dann doch mit mir und den Gorillas aufs Klo gegangen und hat meine Hose aufgerissen. Ich hab die ganze Schüssel vollgepißt!

»Gump«, hat der Trainer gesagt, wie ich fertig war, »du hast vielleicht ne Art, dich auszudrücken.«

Im nächsten Jahr is eigentlich nix Besondres passiert, bloß muß wohl irgend jemand rumposaunt haben, daß es 'n Idiot geschafft hat, in die Auswahlmannschaft von Alabama zu kommen. Jedenfalls sind jede Menge Briefe aus 'm ganzen Land eingetrudelt. Mami hat sie alle aufgehoben und ne Mappe angelegt. Einmal is 'n Paket aus New York City gekommen mit nem richtigen Baseball drin, wo alle New York Yankees – die komplette Mannschaft! – ihre Namen draufgeschrieben hatten. So was Tolles is mir in meinem ganzen Leben noch nich passiert! Ich hab den Ball gehütet wie meinen Augapfel, bis ich mal auf 'm Hof mit ihm rumgespielt hab, und so 'n Riesenköter schnappt ihn sich aus der Luft und zerkaut ihn. Solche Sachen passieren mir andauernd.

Dann hat mich mal der Trainer ins Büro vom Direktor gebracht, und da is 'n Mann von der Universität, wo mir die Hand schüttelt und fragt, ob ich schon mal dran gedacht hab, auf 'm College Football zu spielen. Sie haben meine Spiele »verfolgt«, sagt er. Ich schüttle den Kopf, weil an so 'was hab ich noch nie gedacht.

Wie's aussieht, haben alle nen Heidenrespekt vor dem Mann – andauernd verbeugen sie sich und sagen Mr. Bryant zu ihm. Aber zu mir sagt er, ich soll ihn Bär nennen, und ich denk noch, das is vielleicht 'n komischer Name, bloß irgendwie sieht er wirklich aus wie 'n ›Bär‹. Trainer Fellers hat ihm verklickert, daß ich nich der Allerhellste bin, aber der Bär hat bloß gemeint, das wär bei seinen andren Spielern meistens auch nich anders, und fürs Studium könnt er mir bestimmt Nachhilfe organisieren. Ne Woche drauf geben sie mir dann nen Test mit nem Haufen bekloppter Fragen, wo ich nix mit anfangen kann. Nach ner Weile hab ich keine Lust mehr und mach gar nich mehr weiter.

Zwei Tage später holt mich Trainer Fellers wieder ins Büro vom Direktor, und der Bär is auch wieder da. Er macht nen unzufriedenen Eindruck, aber trotzdem is er nett zu mir und fragt, ob ich bei dem Test mein Bestes gegeben hab. Wie ich nicke, verdreht der Direktor die Augen, und der Bär sagt: »Tja, das is bedauerlich, der Punktzahl nach müßte der Junge ein Idiot sein.«

Jetzt schüttelt der Direktor den Kopf, und Trainer Fellers hat die Hände in die Hosentaschen gesteckt und is sauer. Sieht ganz so aus, wie wenn meine Football-Karriere an der Uni schon gelaufen wär.

Daß ich zum Football-Spielen an der Uni zu blöd war, hat die US-Army scheinbar nich besonders gestört. Es ist mein letztes Schuljahr an der *High school* gewesen, und im Frühjahr haben die andren alle ihre Abschlußprüfung gemacht. Ich durfte mich dann auch aufs Podium setzen, und man hat mir sogar ne richtige schwarze Robe gegeben. Wie ich an der Reihe bin, verkündet der Direktor, daß ich 'n ›Spezialdiplom‹ krieg. Ich steh auf, und auch die Gorillas stehen auf und kommen mit zum Mikrofon – wahrscheinlich damit ich nich wieder irgend 'ne Bemerkung mach wie bei der Preisverleihung. Meine Mami sitzt in der ersten Reihe und heult, und ich fühl mich echt gut, wie wenn ich richtig was geleistet hätt.

Erst wie wir wieder daheim sind, erfahr ich, wieso sie dauern am Weinen is, nämlich wegen nem Musterbescheid oder so was Ähnlichem, wo von der Army gekommen is. Mir war absolut nich klar, was das Ganze soll, aber meine Mami hat's gewußt – das war nämlich 1968, und da hat sich 'n Haufen Scheiße zusammengebraut.

Mami hat mir nen Brief vom Direktor mitgegeben, wo ich diesen Muster-Typen geben sollte, aber den hab ich unterwegs irgendwo verloren. Die haben 'n Wahnsinnstheater aufgeführt. Erst mal war da so 'n großer Neger in nem Kampfanzug, der wo nix andres gemacht hat als rumbrüllen und alle in Gruppen einteilen. Wir sind einfach so dagestanden, und der kommt her und schreit: »Die Hälfte von euch geht da rüber, die Hälfe geht dort rüber, und die andere Hälfte bleibt, wo sie is, marsch, marsch!« Alle waren ganz verdutzt und sind hin- und hergelaufen, und sogar *mir* is gleich klar gewesen, der Kerl is nich ganz dicht.

Man hat mich in nen Raum geführt, wo sie uns alle aufgereiht haben, und dann sollten wir uns ausziehn. Von so was halt ich eigentlich gar nix, aber die andern haben's alle gemacht, da hab ich's eben auch gemacht. Alles haben die bei uns angekuckt: Augen, Nase, Mund, Ohren – sogar das Geschlechtsteil. Und dann sagt jemand zu mir »vorbeugen«, und wie ich's mach, rammt der mir den Finger in den Hintern.

Jetzt reicht's aber!

Ich dreh mich um, schnapp mir den Sauhund und hau ihm eine auf die Birne. Plötzlich is 'n großes Tohuwabohu im Gange, und 'n Haufen Leute stürzen sich auf mich. Aber das ist ja nix Neues für mich. Ich schüttle sie ab und renn zur Tür raus. Wie ich daheim bin und meiner Mami erzähl, was passiert is, gerät sie ganz aus 'm Häuschen, aber sie sagt: »Mach dir keine Sorgen, Forrest – das kriegen wir schon wieder ins Lot.«

Denkste. Ne Woche später hält vorm Haus 'n Transporter, und 'n paar Männer in Kampfanzügen mit glänzenden schwarzen Helmen steigen aus und klingeln bei uns und fragen nach mir. Ich versteck mich in meinem Zimmer, aber Mami kommt rein und sagt, die wollen mich bloß noch mal zu diesem Musterausschuß hinfahren. Auf der Fahrt lassen die mich keine Sekunde aus den Augen, wie wenn ich 'n Wahnsinniger wär.

Dann geht's durch ne Tür in 'n Mordsbüro, und da sitzt so 'n älterer Mann drin, wo sich total rausgeputzt hat mit ner blitzenden Uniform, und der guckt mich ganz mißtrauisch an. Ich muß mich hinsetzen und krieg mal wieder nen Test vor die Nase geknallt, der wo's in sich hat, trotzdem er lang nich so schwer is wie der für die Football-Mannschaft auf 'm College.

Wie ich fertig bin, bringt man mich in nen andren Raum, und da hocken vier, fünf Typen hinter nem langen Tisch, und die fragen 'n Haufen Zeugs und lassen irgendwas rumgehen, was aussieht wie der Test, den wo ich eben erst gemacht hab. Dann stecken sie die Köpfe zusammen, und nachher unterschreibt einer nen Zettel und gibt ihn mir. Den nehm ich mit, und wie Mami ihn gelesen hat, isse ganz aus 'm Häuschen und weint und preist den Herrgott, weil draufsteht, daß ich ›zurückgestellt‹ bin von wegen Blödheit und so.

Ja, und dann is da in der gleichen Woche noch ne andre Sache passiert, wo nen ziemlichen Einschnitt in meinem Leben markiert. Einer von unsren Pensionsgästen is nämlich ne richtig nette Lady gewesen, wo bei der Post als Telefonistin gearbeitet hat. Miss French hat sie geheißen. Normalerweise isse nich sehr gesellig gewesen, aber einmal hat sie den Kopf durch die Tür gesteckt, wie ich am Abend an ihrem Zimmer vorbeigegangen bin – wahnsinnig heiß isses gewesen, und 'n Gewitter hat in der Luft gelegen. »Forrest«, meint sie, »ich hab heute mittag ne Schachtel Pralinen bekommen – möchtste mal probieren?«

Ich sag »ja«, und sie winkt mich in ihr Zimmer, und die Pralinen liegen auf der Frisierkommode. Sie gibt mir eine, und dann fragt sie, ob ich noch eine will, und dabei zeigt sie mit der Hand aufs Bett, und ich setz mich hin. Ich futtre bestimmt zehn oder fuffzehn Pralinen, und draußen blitzt's und donnert's, und die Vorhänge bauschen sich, und Miss French gibt mir nen Schubs, damit ich mich aufs Bett zurücksinken laß. Dann streichelt sie mich auf ne ganz intime Art. »Mach einfach die Augen zu«, sagt sie, »dann geht das ganz von alleine.« Dann sind Sachen passiert, wo ganz neu für mich waren. Ich kann aber nich genau sagen, was für Sachen, weil ich hab ja die Augen zugemacht. Also, meine Mami hätt mich jedenfalls umgebracht, wenn sie's erfahren hätt. Aber in Zukunft hab ich so manches ganz anders gesehen, das können Sie mir glauben.

Miss French war ne nette Lady, bloß wär's mir eben lieber gewesen, wenn an dem Abend nich *sie* diese Sachen mit mir gemacht hätt, sondern Jenny Curran. Leider hab ich nich die blasseste Idee gehabt, wie ich der Erfüllung von diesem Wunsch auch nur 'n bißchen näherkommen könnt, weil, so wie ich nun mal bin, isses für mich nich leicht, mich mit jemand zu verabreden – um mich mal ganz vorsichtig auszudrücken.

Aber nach diesem Erlebnis trau ich mich immerhin, meine Mami zu fragen, ob da nich doch was zu machen wär von wegen Jenny und so. Von mir und Miss French hab ich natürlich nix gesagt. Mami hat gemeint, sie kümmert sich drum, und hat am Telefon Jenny Currans Mami erklärt, um was es geht, und siehe da, wer steht am nächsten Abend bei uns vor der Tür? Niemand anders als Jenny Curran!

Richtig rausgeputzt hat sie sich mit nem weißen Kleid und ner rosaroten Blume im Haar, und nich mal im Traum is mir vorher jemand begegnet, wo so schön war. Mami hat sie ins Wohnzimmer geführt und ihr 'n Eis gegeben und hat gerufen, ich soll runterkommen, weil ich bin sofort in mein Zimmer gelaufen, wie ich gesehen hab, daß Jenny durch die Gartentür kommt. Leider hätt ich mich von fünftausend Personen auf einmal jagen lassen, als wie jetzt sofort aus meinem Zimmer zu kommen, aber Mami is raufgekommen, hat mich an der Hand genommen und runtergeführt und mir auch 'n Eis gegeben. Dann ging's schon besser.

Mami hat gesagt, wir dürfen ins Kino, und wie wir aus 'm Haus gehen, gibt sie Jenny drei Dollar. Jenny is ganz besonders nett und redet und lacht, aber ich bin dauernd bloß am Nicken und Grinsen wie 'n Idiot. Das Kino is bloß vier oder fünf Blocks von unsrem Haus weg. Jenny besorgt die Eintrittskarten, und wir gehen rein und setzen uns, und dann fragt sie mich, ob ich Popcorn will, und wie sie dann mit den Dingern zurückkommt, hat's schon angefangen.

In dem Film geht's um zwei Leute, nen Mann und ne Frau, die heißen Bonny und Clyde und rauben Banken aus, und dann gibt's da noch 'n paar andre Leute, wo auch ganz interessant sind. Aber die ballern auch dauernd rum und bringen Leute um und machen lauter so nen Scheiß. Is mir irgendwie komisch vorgekommen, daß die Leute sich einfach so totschießen, und ich hab immer laut gelacht, wenn's wieder passiert is, und jedesmal isses mir so vorgekommen, wie wenn Jenny Curran in ihrem Sessel noch 'n Stück weiter nach unten gerutscht wär. Mitten im Film hab ich dann auf einmal gemerkt, daß sie praktisch auf 'n Boden gerutscht is, und ich denk mir, sie muß wohl irgendwie aus 'm Sitz gekippt sein. Ich will sie wieder raufziehen und pack sie mit einer Hand an der Schulter.

Aber dann hör ich, wie was reißt und guck runter und seh, daß der Jenny ihr Kleid komplett aufgeschlitzt is. Ich will sie mit der Hand zudecken, aber sie fängt an zu jammern und schlägt ziemlich wild um sich. Ich versuch sie festzuhalten – nich daß sie am Ende noch mal runterfällt oder ihr Kleid ganz verliert, und dann drehen sich auch schon Leute um und wollen wissen, was der Krach soll. Plötzlich kommt durch den Gang 'n Typ auf uns zu, wo ne starke Taschenlampe direkt auf Jenny und mich richtet, und wie sie so hell angestrahlt wird, fängt sie an zu kreischen und springt auf und läuft aus 'm Kino.

Dann stehen auch schon zwei Männer vor mir und sagen, ich soll aufstehen und ihnen ins Büro folgen. 'n paar Minuten später kommen zwei Polizisten rein und wollen, daß ich mitkomm. Wie wir beim Funkwagen sind, steigen zwei vorne ein und zwei nehmen mich hinten in die Mitte, genau wie bei Trainer Fellers und seinen Gorillas, bloß daß wir diesmal wirklich »aufs Revier« fahren. Sie führen mich in nen Raum, drücken mir die Finger auf 'n Stempelkissen, machen Fotos von mir und werfen mich ins Gefängnis. 'n ganz furchtbares Erlebnis is das gewesen. Die ganze Zeit hab ich mir Sorgen um Jenny gemacht, aber nach ner Weile is meine Mami aufgetaucht, und beim Reinkommen hat sie sich mit dem Taschentuch die Augen gewischt und die Hände ineinander verkrampft, und da hab ich gewußt, jetzt hab ich's mir mal wieder verscherzt.

'n paar Tage später im Gericht isses dann total feierlich zugegangen. Meine Mami hat mir extra meinen Anzug angezogen und is mit mir rübergegangen, und dort haben wir nen richtig netten Mann mit nem Schnurrbart getroffen, der so ne riesige Handtasche dabei hatte und dem Richter 'n Haufen Zeugs erzählt hat, und dann haben auch noch 'n paar andre Leute – inklisive meine Mami – irgend 'nen Scheiß von sich gegeben, und am Schluß war ich dran.

Der Mann mit dem Schnurrbart nimmt mich am Arm, damit ich aufsteh, und der Richter fragt, wie das alles passieren konnte. Mir fällt nix ein, also zuck ich bloß mit den Schultern, und wie er wissen will, ob ich noch irgendwas hinzufügen möcht, sag ich eben, »ich muß pinkeln«, weil wir sitzen schon fast nen halben Tag rum, und ich platz gleich! Der Richter, wo hinter nem Mordsschreibtisch hockt, beugt sich vor und glotzt mich an, wie wenn ich vom Mars käm oder so. Der Typ mit 'm Schnurrbart sagt was zu ihm, und der Richter meint, dann soll er mich eben aufs Klo bringen. Das macht der dann auch.

Ich dreh mich noch kurz um, bevor wir rausgehen, und seh, wie meine arme alte Mami den Kopf in die Hand stützt und sich mit 'm Taschentuch die Augen wischt.

Wir kommen dann also wieder rein, und der Richter kratzt sich am Kinn und meint, das Ganze wär ›sehr sonderbar‹, aber am besten würd ich wohl meinen Wehrdienst leisten, vielleicht könnten die mich auf die richtige Bahn bringen. Meine Mami erklärt ihm, daß die Army mich nich nimmt von wegen Blödheit – aber heute morgen wär 'n Brief von der Universität gekommen, und bei denen kann ich umsonst studieren, wenn ich für sie Football spiel.

Der Richter sagt, das klingt *sehr* sonderbar, aber ihm soll's recht sein, wenn ich nur meinen dicken Hintern aus der Stadt rausbewege.

Am nächsten Morgen bringt mich meine Mami mit Sack und Pack zum Busbahnhof und setzt mich in den richtigen Bus, und wie ich zum Fenster rausschau, steht sie da und heult und wischt sich mit dem Taschentuch die Augen. Also, diesen Anblick kenn ich so langsam in- und auswendig, der hat sich mir für immer ins Gedächtnis eingeprägt. Sei's drum. Der Fahrer schmeißt den Motor an, und los geht's.

3

In der Uni kommt dann Trainer Bryant in die Turnhalle, wo alle schon in kurzen Hosen und Sweatshirts sitzen, und hält ne Rede – das Ganze is auch nich viel anders als wie bei Trainer Fellers, bloß daß sogar 'n Einfaltspinsel wie ich sofort merkt, mit dem is nicht zu spaßen! Er macht's kurz und schmerzlos, und seine Rede endet mit der Feststellung, daß er den, wo als letzter im Bus is, bis zum Trainingsplatz wie nen Ball auf seinem Schuh tanzen läßt. Yes, Sir! Wir glauben ihm aufs Wort und quetschen uns auch schon in den Bus wie die Ölsardinen.

Das war alles im August, also zu ner Jahreszeit, wo's in Alabama ne Spur heißer is wie anderswo, da bräucht man nämlich bloß 'n Ei auf nen Footballhelm klopfen, und in Null Komma nix hätt man 'n richtig schönes Spiegelei. Das hat natürlich nie keiner probiert, weil vielleicht wär der Trainer sauer gewesen, und das wollt keiner riskieren – das Leben war auch so schon schwer zu ertragen.

Auch Trainer Bryant hat seine Gorillas, und die zeigen mir erst mal alles und fahren mich mit 'm Auto zu nem Ziegelbau auf 'm Campus, der eigentlich ganz hübsch aussieht und ›Affenstall‹ heißt, wie mir jemand gesagt hat. Da soll ich untergebracht werden, und die Gorillas gehen mit mir in meine Bude rauf. Leider isses *im* Haus alles andre als hübsch. Erst kommt's mir vor, wie wenn da schon lange keiner mehr wohnt, weil überall irgendwelcher Scheiß rumliegt und jede Menge Staub, und die meisten Türen sind aus den Angeln gerissen oder eingeschlagen, und auch die meisten Fenster sind eingeschmissen.

'n paar von den Typen liegen in der Koje und haben fast nix an, weil in dem Laden hat's an die 45 Grad, und überall schwirren Fliegen in der Gegend rum. In der Halle liegt 'n Stapel Zeitungen, und ich befürchte schon, daß wir die lesen müssen, wo das hier doch 'n College is und überhaupt, aber bald krieg ich mit, die sind bloß zum auf 'n Boden legen, damit man nich beim Rumlaufen in den ganzen Dreck reintritt.

Die Gorillas bringen mich also auf meine Bude und meinen, hoffentlich wär mein Zimmergenosse da – Curtis heißt er mit Vornamen –, aber der is nirgendwo aufzutreiben. Sie packen mein Zeugs aus und zeigen mir den Waschraum, wo's ganz schrecklich aussieht. Nich mal in ner vergammelten Tankstelle wär man auf so was gefaßt. Dann machen sie sich auf die Socken, aber vorher meint einer von den Gorillas noch, Curtis und ich, wir würden bestimmt gut miteinander klarkommen, weil wir hätten alle beide ungefähr soviel Grips wie ne Aubergine. Ich starr den Typen, wo das sagt, richtig scharf an, weil ich kann diesen Scheiß langsam nich mehr hören, aber der verdonnert mich ohne mit der Wimper zu zucken zu fünfzig Liegestützen. Von nun an mach ich eben alles, was ich gesagt krieg.

Ich hab 'n Laken auf meine verdreckte Koje gelegt und bin schlafen gegangen. Im Traum sitz ich mit meiner Mami im Wohnzimmer, wie wir's immer gemacht haben, wenn's heiß war, und sie macht mir ne Liminade und redet stundenlang mit mir – aber da landet plötzlich die Zimmertür mit nem Riesenknall platt auf 'm Boden. Ich sterb fast vor Schreck! Im Türrahmen steht 'n Typ mit ner ziemlich wilden Visage: Glupsaugen, Mordszahnlücke, gelbgrüne Boxernase und Haare, wo in die Luft stehen, wie wenn er mit seinem Ding in ne Steckdose geraten wär. Das muß wohl Curtis sein.

Scheinbar rechnet er damit, daß ihn jeden Moment einer anspringt. Er geht über die Tür, die wo er grad aus 'm Rahmen gedonnert hat, und schaut in jeden Winkel vom Zimmer. Curtis is zwar nich besonders groß, aber total stämmig. Erst fragt er mal, wo ich herkomm. Wie ich sag, aus Mobile, meint er, das wär 'n Scheißkaff, und dann läßt er mich wissen, daß er aus Opp is, da wo sie Erdnußbutter machen, und falls mir das nich passen sollte, will er gleich nen Topf aufmachen und mir eigenhändig den Arsch mit dem Zeugs einschmieren! Das war auch schon unsre ganze Unterhaltung an dem Tag.

Beim Football-Training am Nachmittag hat's dann auf 'm Platz mindestens tausend Grad gehabt. Die Gorillas von Trainer Bryant sind mit bösen Gesichtern durch die Gegend gelaufen und haben uns angeschnauzt und dafür gesorgt, daß wir uns bewegen. Mir is die Zunge aus 'm Hals gehangen, wie wenn sie 'n Schlips wär, aber ich hab mich bemüht, alles richtig zu machen. Dann haben sie uns in Gruppen eingeteilt, und ich war bei den Verteidigern. Wir haben Pässe geübt.

'n Päckchen, wo mindestens ne Million Football-Spielzüge drin gewesen sind, is schon mit der Post gekommen, wie ich noch gar nich auf der Uni war, und

Da seine Beine ein wenig schwach sind, braucht der junge Forrest Gump (der junge Forrest Gump: Michael Humphreys) spezielle Schuhe. Deshalb sucht seine fürsorgliche Mutter (Sally Field) mit ihm den Arzt auf.

Geduldig wie immer: Mama Gump (Sally Field) wartet darauf, welche Entscheidung der Arzt bezüglich ihres Sohnes treffen wird.

Auf dem Weg mit dem Bus zur Schule darf Forrest neben Jenny (die junge Jenny: Hanna Hall) sitzen. Beide mögen sich auf Anhieb.

Jenny und Forrest werden unzertrennliche Freunde. Hier liest sie ihm gerade etwas aus seinem Lieblingsbuch vor.

ich hab gleich Trainer Fellers gefragt, was ich damit machen soll, aber der hat bloß traurig den Kopf geschüttelt und gesagt, ich mach am besten gar nix damit und wart einfach, bis ich auf der Uni bin, wo die sich dann was überlegen können.

Vielleicht hätt ich besser nich auf ihn gehört, weil wie ich beim ersten Paß loslauf, bieg ich in ne falsche Richtung ab, und der Obergorilla kommt auf mich zugerannt und schreit mich an, und wie er endlich mit Brüllen aufhört, fragt er, ob ich denn die Spielzüge nich gelernt hab, wo sie mir geschickt haben? Ich sag bloß »äh, nee«, und sofort macht er nen Satz und fuchtelt mit den Händen rum, wie wenn 'n Hornissenschwarm hinter ihm her wär, und wie er sich wieder beruhigt hat, sagt er, ich soll fünf Runden um den Platz laufen, damit er erst mal mit dem Trainer reden kann.

Mr. Bryant hat ganz oben in nem Mordsturm gesessen und auf uns runtergeguckt wie Gott im Himmel. Ich bin meine Runden gelaufen und hab den Gorilla hochklettern gesehn, und wie er oben is und sein Sprüchlein aufgesagt hat, reckt der Trainer den Hals, und ich spür seine Blicke wie heiße Nadeln auf meinem dummen dicken Hintern. Plötzlich sagt ne Stimme über Megaphon, die wo jeder hören kann: »Forrest Gump, melden Sie sich beim Turm«, und ich seh Trainer Bryant und den Gorilla runterklettern. Ich lauf rüber zu ihnen, aber viel lieber wär ich davongelaufen.

Nun stellen Sie sich meine Überraschung vor, wie der Trainer lächelt. Er winkt mich zur Tribüne rüber, und wir setzen uns hin, und dann fragt auch er mich noch mal, ob ich die Spielzüge gelernt hab, wo sie mir geschickt haben. Ich will ihm erklären, was Trainer Fellers gemeint hat, aber Trainer Bryant unterbricht mich und meint, ich soll wieder auf meinen Platz gehen und Pässe fangen, aber ich hab ihm dann noch was gesagt, was ihm wohl nich gefallen hat, nämlich daß ich in der *High school* nie keinen Paß gefangen hab, weil die haben immer gemeint, es wär schon schwer genug, mich soweit zu bringen, daß ich nich dauernd vergeß, wo unsre eigene Torlinie is – auch ohne daß ich in der Gegend rumrenn und den Ball direkt aus der Luft zu schnappen versuch.

Wie er das hört, verdreht Trainer Bryant 'n bißchen die Augen und schaut ganz weit weg, wie wenn er bis zum Mond gucken wollt oder so. Dann muß der Gorilla nen Football holen, und wie er ihn bringt, sagt der Trainer, ich soll mal 'n Stück weit weglaufen und mich dann rumdrehen. Das mach ich auch, und er wirft mir den Ball zu. Ich seh ihn fast wie in Zeitlupe auf mich zukommen, aber er prallt mir von den Fingern ab und fällt auf 'n Boden. Trainer Bryant nickt bloß, wie wenn er da schon früher hätt draufkommen können, aber irgendwie hab ich doch das Gefühl, er ist unzufrieden.

Schon seit ich 'n kleiner Junge war, sagt meine Mutter jedesmal, wenn ich was falsch mach: »Forrest, du mußt aufpassen, sonst bringen sie dich weg.« So ne Angst hab ich gehabt vor diesem ›weg‹, wo die mich hinschikken wollten, daß ich immer gleich bräver war, aber ich freß nen Besen, wenn es in ›weg‹ schlimmer gewesen wär wie in diesem Affenstall, wo ich jetzt untergebracht bin.

Die machen hier nen Scheiß, so was wär nich mal in der Klapsenschule durchgegangen – zum Beispiel reißen sie Toilettenschüsseln raus, und wenn man aufs Klo will, is da nix mehr zum reinscheißen als wie 'n Loch im Boden, weil die Schüssel haben sie längst aus 'm Fenster auf 'n Auto geworfen, wo grad vorbeigefahren is. Einmal hat am Abend so 'n Blödmann, der wo in der Verteidigung spielt, ne Knarre ausgepackt und einfach zu allen Fenstern raus in so 'n Verbindungshaus auf der andern Seite von der Straße reingeballert. Die Uni-Polizei kommt angerast, aber der Typ läßt denen nen großen Außenbordmotor, wo er irgendwo gefunden hat, aufs Auto plumpsen. Dafür hat ihm Trainer Bryant dann aber ne ganze Menge Extra-Runden aufgebrummt.

Curtis und ich, wir verstehen uns nich besonders gut, und noch nie hab ich mich so einsam gefühlt. Mir fehlt meine Mami, ich will wieder nach Hause. Mit Curtis klappt's schon deshalb nich, weil ich versteh gar nich, was der sagt. Sobald der den Mund aufmacht, kommen jede Menge Flüche raus, und bis ich mir zusammengereimt hab, was die bedeuten könnten, weiß ich nich mehr, um was es eigentlich geht. Aber ich würd sagen, meistens geht's bei Curtis drum, daß ihm irgendwas nich paßt.

Er hat mich immer in seinem Wagen zum Training mitgenommen, und wie ich dann wieder mal zum Auto komm, is er über nen großen Gully gebeugt und total am Fluchen. Scheinbar hat er nen Platten gehabt und is aus Versehen an die Radkappe gestoßen, wo er beim Radwechsel die Muttern reingelegt hatte, und die sind dann eben in den Gully gerollt. Sieht ganz so aus, wie wenn wir zu spät zum Training kommen, was gar nich gut is. Ich sag also zu Curtis: »Wieso schraubst nich bei jedem von den andern drei Rädern ne Mutter ab, dann haste für jedes Rad drei von den Dingern, und das reicht ja wohl bis zum Trainingsplatz.«

Curtis hört ne Weile mit Fluchen auf, guckt mich an und sagt: »He, du bist doch 'n *Idiot*, wie haste denn das rausgekriegt?« Ich sag: »Kann schon sein, daß ich 'n Idiot bin, aber ich bin wenigstens nich *blöd*.« Curtis springt sofort auf und verfolgt mich mit 'm Wagenheber in der Hand und ruft mir die schlimmsten Sachen nach, wo ihm einfallen, und hinterher is unser Verhältnis zueinander ziemlich im Eimer.

Danach war mir klar, ich brauch unbedingt ne neue Bleibe, und nach 'm Training bin ich in den Keller vom Affenstall runtergegangen und die ganze Nacht unten geblieben. Schmutziger wie in den Zimmern im obern Stock isses auch nich gewesen, und ne Glühbirne war auch da. Am Tag drauf hab ich mein Bett runtergeschafft, und dann hab ich eben da unten gewohnt.

Inzwischen is das Trimester schon am laufen gewesen, und sie mußten sich überlegen, was sie mit mir anfangen. Im Sportinstitut gab's extra nen Typen, der hat nix andres zu tun gehabt wie Kurse auszusuchen, wo auch geistig Minderbemittelte nich durchrasseln. Einer von den Kursen, wo man gemeint hat, die wären einfach, war Leibesübungen, und da haben sie mich dann auch dafür angemeldet. Aber ich muß eben auch 'n Englischseminar machen und eins in Mathe oder ner Naturwissenschaft, und da führt kein Weg dran vorbei. Erst später hab ich dann mitgekriegt, daß 'n paar Dozenten bei nem Football-Spieler schon mal 'n Auge zudrücken, weil denen leuchtet ein, daß man so sehr mit Spielen beschäftigt is, daß fürs Studieren nich mehr viel Zeit übrigbleibt. In den Naturwissenschaften gab's so einen, aber dummerweise hat der grad nur den Kurs *Intermittierendes Licht* gemacht, und das is was für Physik-Diplomanden oder so. Sie haben mich aber trotzdem da reingesteckt.

In Englisch hat's nich so gut ausgesehen. Scheinbar hat da keiner Verständnis für Leute wie mich gehabt, aber bei uns haben sie gemeint, ich soll mich eben mal in so 'n Seminar reinsetzen und durchfallen, und dann könnten sie sich immer noch was überlegen.

In *Intermittierendes Licht* haben sie 'n Lehrbuch ausgeteilt, das hat bestimmt zwei Kilo gewogen, und man hätt meinen können, es wär von nem Chinesen geschrieben. Trotzdem hab ich den Wälzer jeden Abend mit in den Keller genommen und mich damit unter der Glühbirne auf meine Koje gehockt, und weiß der Geier, irgendwie hat mir das Zeugs allmählich eingeleuchtet. Fragen Sie mich nich, zu was das alles gut sein soll, aber einfach nur diese Gleichungen ausrechnen, das war ja so was von einfach! Der Dozent hat Professor Hooks geheißen, und nach 'm ersten Test hat er mich in sein Büro bestellt. »Forrest«, sagt er, »ich möchte, daß Sie mir die Wahrheit sagen. Hat Ihnen irgendwer die Antworten auf diese Fragen zukommen lassen?« Wie ich den Kopf schüttle, gibt er mir 'n Blatt Papier, wo ne Aufgabe draufsteht, und meint, ich soll mich hinsetzen und das ausrechnen. Wie ich fertig bin, schaut er sich's an, schüttelt den Kopf und sagt, »Gott im Himmel«.

Bei meinem Englischseminar isses ganz anders gelaufen. Der Lehrer, Mr. Boone, is 'n richtig strenger Typ gewesen, wo nen Haufen geredet hat. Nach der ersten Stunde hat er gesagt, wir sollen uns noch am gleichen Abend hinsetzen und ne kurze Autobiographie von uns selber schreiben. Das is so ungefähr das Allerschwierigste gewesen, wo ich mich je mit rumgeschlagen hab. Ich bin fast die ganze Nacht aufgeblieben und hab nachgedacht und einfach alles aufgeschrieben, was mir so eingefallen is, weil man hat mir ja sowieso gesagt, ich soll durchfallen.

'n paar Tage später gibt Mr. Boone die Arbeiten zurück und kritisiert jedem seine Autobiographie und macht sich auch noch lustig drüber. Wie er meine Arbeit in die Hand nimmt, is mir klar, jetzt biste mal wieder geliefert. Aber dann liest er laut draus vor und fängt an zu lachen, und die andern lachen auch. Ich hab einfach nur über die Klapsenschule geschrieben und wie ich bei Trainer Fellers Football gespielt hab und zu dem Bankett für die Auswahlmannschaft gegangen bin, und dann hab ich von dem Musterausschuß erzählt und von Jenny Curran und vom Kino und dem ganzen Zeugs. Wie er mit Lesen fertig is, ruft Mr. Boone: »Hier haben wir endlich mal was Originelles, genau so stell ich mir das vor!« und alle drehen sich um und schauen mich an, und dann meint er noch: »Mr. Gump, Sie sollten sich mal überlegen, ob Sie nich an den Lehrstuhl für Literarisches Schreiben wechseln. Wie haben Sie sich das alles nur ausgedacht?« Ich sag bloß: »Ich muß pinkeln.«

Mr. Boone ist nen Augenblick lang total konstarrniert, aber dann kriegt er sich fast nich mehr ein vor Lachen, und den andern geht's genauso, aber schließlich sagt er: »Mr. Gump, Sie sind ein ausgesprochen witziger junger Mann.«

Und schon wieder bin ich total baff.

Unser erstes Football-Spiel haben wir an nem Samstag 'n paar Wochen später gehabt. Beim Training war's meistens ziemlich mies gelaufen, bis Trainer Bryant rausgefunden hat, was er mit mir anfangen kann, nämlich so ungefähr das gleiche wie Trainer Fellers auf der *High school*. Sie haben mir einfach den Ball gegeben, und ich bin losgerannt. Beim Spiel bin ich dann echt gut gelaufen und hab vier Touchdowns geschafft. Wir haben die University of Georgia 35 zu 3 abgezogen, und alle haben sie mir auf die Schulter geklopft – das hat schon richtig weh getan. Nach 'm Duschen ruf ich meine Mami an. Sie hat sich das Spiel im Radio angehört, und sie könnt platzen vor Glück! Am Abend gehen dann alle zu irgendwelchen Partys, aber mich hat keiner eingeladen, da geh ich eben in meinen Keller runter. Nach ner Weile kommt irgendwo aus 'm obern Stock ne Musik, wo sich richtig gut anhört, und ich weiß eigentlich gar nich, wieso ich das mach, aber ich geh nachschauen, was das is.

So 'n Typ – Bubba heißt der – sitzt in seinem Zimmer und spielt Mundharmonika. Der war beim Football-

Spiel nich dabei, weil er hat sich beim Training den Fuß gebrochen, und jetzt hat er auch nix Besondres zu tun. Ich durfte mich zum Zuhören aufs Bett setzen, und keiner von uns hat was gesagt. Wir sind einfach nur so dagehockt, ich auf der einen Koje, und er auf der andren, und er hat gespielt. Nach ner Stunde oder so frag ich ihn, ob ich's auch mal probieren darf, und er sagt »okay«. Ich hatte ja keine Ahnung, daß sich dadurch mein ganzes Leben verändern würde.

Wie ich ne Zeitlang auf dem Ding rumgespielt hab, werd ich so langsam ziemlich gut, und Bubba dreht schier durch und sagt, so nen sauguten Sound hat er überhaupt noch nie gehört. Es is dann ziemlich spät geworden, und Bubba hat gemeint, ich soll die Harmonika mitnehmen. Das hab ich dann auch gemacht und noch lang weitergespielt, bis ich müde war und ins Bett gegangen bin.

Am Tag drauf, also am Sonntag, bring ich Bubba die Harmonika zurück, aber der meint, ich soll sie behalten, weil er hat noch eine. Ich find das echt toll und geh spazieren und setz mich unter nen Baum und spiel den ganzen Tag, bis mir nix mehr einfällt.

Es is schon fast Abend gewesen, von der Sonne war fast nix mehr zu sehen, wie ich zum Affenstall zurückgegangen bin. Ich latsch grad über 'n Hof, und plötzlich ruft ne Mädchenstimme hinter mir: »Forrest!«

Ich dreh mich um, und wer steht da? Niemand anders als Jenny Curran.

Sie strahlt übers ganze Gesicht, wie sie herkommt und mir die Hand gibt, und sie meint, sie hat gestern den Match gesehen, und wie gut ich gespielt hab und überhaupt. Wie sich rausstellt, isse nich sauer von wegen der Sache im Kino. Sie findet, da kann ich nix dafür, und dann fragt sie, ob ich ne Cola mit ihr trinken will.

Ich glaub, ich träum, so schön isses, einfach so neben

Jenny Curran zu sitzen. Sie erzählt, sie nimmt Gesangs- und Schauspielunterricht, weil sie will ans Theater gehen oder vielleicht auch Sängerin werden. Außerdem macht sie bei ner kleinen Folk-Bank mit, und morgen abend spielen sie im Studentenclub, und sie sagt, ich soll doch vorbeischauen. Ich kann's kaum erwarten, das können Sie mir glauben.

4

Also, der Trainer und seine Leute, die haben sich da was streng Geheimes ausgedacht, und man darf nich drüber reden, nich mal wir untereinander. Die haben mir nämlich beigebracht, wie man nen Paß fängt. Jeden Tag nach 'm Training hab ich mit zwei Gorillas und nem Quarterback geschuftet: immer wieder vorlaufen und fangen, vorlaufen und fangen, bis ich so ausgelaugt war, daß mir die Zunge bis zum Bauchnabel runtergehangen is. Aber irgendwann ging's dann doch, und ich konnt die Pässe fangen, und der Trainer hat gesagt, das is unsre ›Geheimwaffe‹, weil die andern Mannschaften kriegen schnell mit, daß mir keiner den Ball zuwirft, und passen dann nich mehr auf mich auf.

»Und dann«, meint der Trainer, »schicken wir dich mit deinen einsfünfundneunzig und deinen hundertzehn Kilo Lebendgewicht ins Rennen, und du läufst die hundert Yards in 9,5 Sekunden. Die werden sich vielleicht umgucken!«

Bubba und ich, wir sind inzwischen echt gute Freunde geworden. Er hat mir 'n paar neue Songs auf der Harmonika gezeigt, und manchmal isser in den Keller runtergekommen, und wir sind einfach so rumgehockt und haben miteinander drauflosgespielt, aber Bubba hat gemeint, so gut wie ich spiel, wird er im Leben nich. Sie müssen wissen, daß ich ohne die Harmonika den Bettel womöglich einfach hingeschmissen hätt und heimgegangen wär. Bei dieser Musik hab ich mich aber total wohlgefühlt, ich weiß gar nich, wie ich das beschreiben soll. 'n bißchen, wie wenn ich selber die Harmonika wär und vom Spielen ne Gänsehaut krieg. Man muß mit der Zunge, den Lippen und den Fingern den Dreh raushaben, und dann kommt's noch drauf an, wie man den Hals bewegt. Manchmal denk ich, wie ich den ganzen Pässen nachrennen mußte, is meine Zunge länger geworden, und das is sozusagen 'n Vorteil beim Töne spucken.

Am nächsten Freitag schmeiß ich mich total in Schale, und Bubba gibt mir was von seiner Pomade ab und vom Rasierwasser, und ich geh rüber zum Studentenclub. 'n Haufen Leute ist da, und auf der Bühne steht tatsächlich Jenny Curran mit drei, vier andern Leuten. Sie hat 'n langes Kleid an und spielt Gitarre, und einer spielt Banjo, und dann is da noch 'n Typ, wo seinen Baß mit den Fingern zupft.

Klingt echt gut, was sie spielen. Jenny hat mich hinten in der Menge stehen sehen und mit den Augen gewunken, ich soll mich vorne hinsetzen. Einfach toll is das, so auf 'm Boden hocken und zuhören und Jenny Curran angucken. Mir kommt der Gedanke, ich könnt Pralinen besorgen, vielleicht möcht sie ja auch welche.

Alle haben's echt gut gefunden und waren richtig happy, und die Band hat schon ne Stunde oder so gespielt – Joan Baez und Bob Dylan und Peter, Paul and Mary. Ich lieg mit geschlossenen Augen auf 'm Rücken und hör zu, und auf einmal – ich weiß gar nich recht wie – hab ich meine Harmonika in der Hand und spiel mit.

Ne ganz merkwürdige Sache is das gewesen. Jenny hat grad ›Blowing in the Wind‹ gesungen, und wie ich zum Spielen anfang, bleibt ihr nen Moment lang die

Spucke weg, und der Banjospieler hört auch auf, und beide machen ganz verdutzte Gesichter, aber dann strahlt Jenny und singt weiter. Der Typ mit 'm Banjo wartet erst mal, damit ich ne Weile so richtig auf meiner Harmonika loslegen kann, und hinterher klatschen die ganzen Leute im Publikum wie verrückt.

Dann is Jenny von der Bühne runtergekommen – weil die Band hat ne Pause gemacht – und hat gemeint: »Forrest, ich glaub's einfach nich! Wo haste denn gelernt, so auf diesem Ding zu spielen?« Sie hat mich dann in die Band reingenommen, und wenn nich grad 'n Auswärtsspiel war, hab ich jeden Freitag 25 Dollar verdient. Ich bin mir vorgekommen wie im Himmel – bis ich rausgefunden hab, daß Jenny mit dem Banjo-Spieler vögelt.

Leider isses in meinem Englischseminar nich so gut gelaufen. Mr. Boone hat mich so ungefähr ne Woche nach der Stunde, wo er meine Autobiographie vorgelesen hat, zu sich reingerufen und gesagt: »Mr. Gump, glauben Sie nicht, daß es an der Zeit wäre, mit den Clownereien aufzuhören und mit der ernsthaften Arbeit zu beginnen?« Er hat mir nen Aufsatz zurückgegeben, den wo ich über den Dichter Wordsworth geschrieben hatte.

»Der Romantik«, meint er, »ging durchaus nicht ›so eine beknackte Klassik‹ voraus. Und die Dichter Pope und Dryden waren auch nich ›zwei so Geier‹.«

Er läßt mich das Ganze noch mal machen, und ich denk mir, der hat immer noch nich geschnallt, daß er's mit nem Idioten zu tun hat, aber lang kann's nich mehr dauern.

Irgendwer muß inzwischen irgendwem was gesteckt haben, weil mein Tutor vom Sportinstitut hat mich zu sich reingerufen und gemeint, ich wär von den Kursen befreit und sollt mich am nächsten Morgen bei

Doktor Mills in der Uniklinik melden. Frühmorgens geh ich hin, und Doktor Mills hat nen Haufen Papierkram vor sich liegen, wo er grad durchsieht, und sagt, ich soll mich hinsetzen und fragt mich nen Haufen Zeugs. Schließlich will er, daß ich mich auszieh, sagt aber gleich dazu, die Unterhose könnt ich anbehalten, wo ich ziemlich erleichtert drüber bin wegen dieser Geschichte mit den Militärärzten. Er untersucht mich total genau, guckt mir in die Augen und klopft mir mit nem kleinen Gummihammer aufs Knie.

Nachher fragt der Doktor mich noch, ob's mir was ausmachen würd, in ner Vorlesung von ihm zu spielen, weil von meiner Mundharmonika hat er einiges gehört. »Kann ich machen«, sag ich, obwohl sich der Vorschlag komisch anhört – auch für einen wie mich, wo nich grad der Hellste is.

In dieser medizinischen Vorlesung sind so um die hundert Studenten gesessen. Alle haben sie grüne Schürzen angehabt und viel mitgeschrieben. Doktor Mills hat mich zu nem Stuhl vorne auf 'm Podium gebracht und nen Wasserkrug mit nem Glas vor mich hingestellt.

Dann erzählt er nen Haufen Scheiß, und erst hör ich gar nich hin, aber dann krieg ich so langsam das Gefühl, der redet von *mir*.

»Wir haben hier einen *idiot savant*!« ruft er, und alle gucken mich an.

»Eine Person, die sich keine Krawatte und kaum die Schuhe binden kann, die in etwa über das Denkvermögen eines Sechs- bis Zehnjährigen verfügt und – in diesem speziellen Fall – über den Körper, nun, ich würde sagen, eines *Adonis*.«

Er grinst mich an auf ne Art, wo mir gar nich gefällt, aber was will ich machen.

»Doch im Gehirn des *idiot savant* finden sich kleine,

ausgesprochen geniale Inseln, weshalb Forrest komplizierteste mathematische Gleichungen lösen kann, vor denen Sie alle kapitulieren müßten, und komplexe musikalische Themen mit der Leichtigkeit eines Liszt oder Beethoven begreift. »*Idiot savant!*« ruft er noch mal und zeigt mit ausgestrecktem Arm auf mich.

Ich weiß nich recht, was er jetzt von mir will, aber schließlich hat er gesagt, ich soll was vorspielen, also zieh ich meine Mundharmonika aus der Tasche und geb ›Puff, the Magic Dragon‹ zum besten, und alle hokken sie da und glotzen blöd, wie wenn ich 'n Gespenst wär oder weiß der Geier was, und wie das Lied zu Ende is, glotzen sie immer noch blöd – nich mal klatschen tun se. So was gefällt denen wohl nich, denk ich mir, steh auf, sag noch danke, und verdufte. Leute wie die können mich mal, aber echt.

Im Rest vom Studienjahr is bloß noch zweimal was halbwegs Wichtiges passiert, nämlich wie wir US-College-Meister geworden sind, und wie ich rausgefunden hab, daß Jenny Curran mit dem Banjo-Spieler vögelt.

Das war an nem Tag, wo das Training verdammt hart gewesen is, und am Abend sollten wir an der Uni in so nem Verbindungshaus spielen. Ich hätt wie 'n Hund aus 'm Klo trinken können, so nen Durst hab ich gehabt. Fünf, sechs Blocks vom Affenstall weg is so 'n kleiner Laden gewesen, und da bin ich hingegangen zum Zucker und 'n paar Liminen kaufen. Ich wollt mir ne Liminade machen, was mir ja früher meine Mami immer zum Trinken gegeben hat. Hinter der Ladentheke steht ne alte Frau, die wo schielt, und die schaut mich an, wie wenn ich 'n Räuber wär oder weiß der Geier was. Ich such die Liminen, und nach ner Weile fragt sie: »Kann ich Ihnen behilflich sein?« Und ich sag: »Ich möcht 'n paar Liminen«, und sie meint, Limonen haben wir nich. Ich frag, ob sie Zitronen hat, weil ich denk mir, ne Zitronade tät's zur Not auch, aber das haben sie auch nich und auch keine Orangen und nix. Das is eben kein Laden für so was. Ich muß wohl ne Stunde oder so rumgesucht haben, und die Frau is langsam nervös geworden, und schließlich sagt sie: »Kaufen Sie nu was, oder nich?« Da nehm ich mir eben Zucker und ne Dose Pfirsiche aus 'm Regal und denk mir, vielleicht kann ich wenigstens ne Pfirsichade machen, wenn's sonst schon nix gibt, ich geh jedenfalls gleich ein vor Durst.

Wie ich wieder in meinem Keller bin, mach ich mit nem Messer die Dose auf und zerdrück die Pfirsiche in ner Socke und seihe den Saft in 'n Glas. Dann kipp ich Wasser und Zucker rein und rühr kräftig um – aber wissen Sie was? Ne Liminade is schon was andres. Wenn man's genau nimmt, hat die Pfirsichade mehr nach Käsefüßen geschmeckt wie nach sonst was.

Jedenfalls war ausgemacht, daß wir uns um sieben in diesem Verbindungshaus treffen, und wie ich hinkomm, sind schon 'n paar Typen am Aufbauen, bloß Jenny und den Banjo-Spieler seh ich nirgends. Ich hab erst mal rumgefragt, und dann bin ich rausgegangen auf 'n Parkplatz zum frische Luft schnappen. Da is Jennys Auto gestanden, und ich hab mir gedacht, vielleicht isse grad gekommen.

Reingucken konnte man nich, weil die Scheiben waren total beschlagen. Auf einmal hab ich gedacht, womöglich isse da drin und kann nich raus, und vielleicht kriegt sie die Auspuffgase ab oder so. Ich will nachsehen, und wie ich die Tür aufmach, geht das Innenlicht an.

Da isse dann auch, und zwar liegt sie auf 'm Rücksitz. Ihr Kleid ist oben runter- und unten hochgezogen. Der Banjo-Spieler is auch da, und zwar liegt er auf ihr drauf. Wie Jenny mich sieht, fängt sie an zu kreischen und schlägt um sich – genau wie im Kino. Der Bursche *belästigt* sie doch nich etwa, schießt's mir durch den Kopf, und ich pack den Scheißkerl am Hemd – sonst hat er nämlich nix an – und zieh ihn runter von Jenny.

Also, dann hat's keinen Idioten mehr gebraucht zum kapieren, daß ich mal wieder alles falsch gemacht hab. Mein Gott, 'n Theater haben die gemacht, das können Sie sich nich vorstellen. Er brüllt mich an, und sie brüllt mich genauso an, und dabei versucht sie, ihr Kleid runter- und hochzuziehen, und schließlich sagt sie: »Forrest, wie kannst du nur!« und läßt mich stehen. Der Banjo-Spieler hebt sein Banjo auf und verschwindet auch.

Auf jeden Fall is klar, daß sie mich nich mehr in der Band haben wollen, und da geh ich eben in meinen Keller. So ganz is mir noch nich klar, was nun eigentlich passiert is, aber später sieht dann Bubba, daß bei mir Licht brennt, und schaut vorbei, und wie ich ihm von der Sache erzähl, sagt er: »Mensch, Forrest, die haben es miteinander gemacht!« Na ja, vermutlich hätt ich da selber draufkommen können, aber ich wollt's ehrlich gesagt gar nich so genau wissen. Aber manchmal muß 'n Mann eben den Tatsachen ins Auge blikken.

Es is wohl ganz gut gewesen, daß die Football-Spielerei mich auf Trab gehalten hat, weil mir war echt zum Kotzen, wie ich geschnallt hab, Jenny macht's mit diesem Banjo-Spieler, und an dich hat sie in der Richtung wohl keinen Gedanken verschwendet. Aber da sind wir schon die ganze Saison ungeschlagen gewesen, und das Endspiel um die US-Meisterschaft gegen diese Maisköppe aus Nebraska war nich mehr weit. Es is immer ne große Sache gewesen, wenn wir gegen ne Mannschaft aus 'm Norden gespielt haben, weil da waren garantiert auch schwarze Spieler drunter, und 'n paar von uns – mein Ex-Zimmergenosse Curtis zum

Beispiel – sind dann immer ganz konstarrniert gewesen. Mir hat's nix ausgemacht, fast alle Schwarzen, wo ich getroffen hab, sind nämlich netter zu mir gewesen als wie Weiße.

Wir sind jedenfalls nach Miami runtergefahren, und vor 'm Spiel waren wir dann doch ziemlich aufgeregt. Der Trainer is in die Umkleidekabine gekommen, hat aber gar nich viel gesagt, bloß daß wir Dampf machen müssen, wenn wir gewinnen wollen, oder so ähnlich, und schon waren wir auf 'm Spielfeld. Den Kick-off haben die gemacht, und der Ball is genau auf mich zugeflogen. Ich hab ihn direkt aus der Luft geschnappt, aber dann bin ich mitten in nen Haufen Maiskopp-Nigger und bekloppte weiße Riesenbabys reingelaufen, wo jeder an die 200 Kilo gewogen hat.

Und so ging's dann die ganze Zeit. Zur Halbzeit waren die schon 28 zu 7 in Führung, und wir sind bloß noch 'n Häufchen Elend gewesen. Trainer Bryant kommt in die Umkleidekabine und schüttelt den Kopf, wie wenn er von Anfang an gewußt hätt, wir lassen ihn hängen. Dann malt er was auf die Tafel und redet mit Snake, unserm Spielmacher, und mit noch 'n paar andern, und schließlich ruft er meinen Namen und möcht, daß ich mit ihm in den Flur rauskomm.

»Forrest«, sagt er, »dieser Scheiß muß sofort aufhören.« Er is mit 'm Gesicht ganz dicht vor mir, und ich spür seinen Atem richtig heiß auf meinem Gesicht. »Forrest, das ganze Jahr haben wir mit dir heimlich alle möglichen Paßläufe geübt, und du warst großartig. Genau das setzen wir in der zweiten Halbzeit gegen diese Maisköppe aus Nebraska ein. Die bringen wir derart zum Rotieren, daß denen die Hosen um die Knöchel schlottern. Aber alles hängt von dir ab, mein Junge, geh raus und lauf, wie wenn 'n wildes Tier hinter dir her wär.«

Ich nicke, und dann isses auch schon wieder Zeit

zum Rausgehen aufs Spielfeld. Überall hört man Schlachtrufe und Tröten, aber ich find's irgendwie unfair, daß man mir die ganze Verantwortung aufhalst. Ach, scheiß drauf, so isses eben manchmal im Leben.

Wir wir vor unserm ersten Spielzug noch kurz die Köpfe zusammenstecken, meint Snake: »Okay, jetzt kommt die Forrest-Serie«, und zu mir sagt er: »Du läufst zwanzig Yards vor, schaust nach hinten, und der Ball is schon da.« So war's dann auch! Auf einmal steht's 28 zu 14.

Von da an haben wir echt gut gespielt, bloß haben sich diese Maiskopp-Nigger und bekloppten weißen Riesenbabys das nich einfach angeguckt. Die hatten nämlich auch so ihre Tricks auf Lager. Vor allem haben sie uns einfach über 'n Haufen gerannt, wie wenn wir aus Pappe wären.

Aber daß ich den Ball fangen kann, da sind sie immer wieder baff gewesen drüber, und erst wie ich ihn noch vier-, fünfmal gefangen hab, und wie's schon 28 zu 21 steht, setzen die zwei Typen auf mich an. Aber jetzt kann keiner mehr Gwinn so richtig auf die Hacken treten, und der erwischt den Paß von Snake und schafft's bis über die Fünfzehn-Yard-Linie. Von da aus schießt Weasel 'n Feldtor, jetzt steht's 28 zu 24, und wir haben noch mal vier Versuche.

Am Rand vom Spielfeld kommt Trainer Bryant zu mir her und sagt: »Forrest, mag ja sein, daß du 'n Dummbeutel bist, aber diese Sache mußt du jetzt schon vollends durchziehen. Ich sorg auch höchstpersönlich dafür, daß du Präsident der Vereinigten Staaten wirst oder was dir sonst so vorschwebt, aber befördere dieses Ei noch ein einziges Mal über die Torlinie.« Dann tätschelt er mich auf 'n Kopf wie nen Hund, und ich trab wieder aufs Spielfeld.

Beim ersten Spielzug wird Snake sofort gestoppt. Jetzt wird's verdammt eng, die Spielzeit is schon fast um. Beim zweiten Versuch will er sie austricksen und wirft den Ball überhaupt nich, sondern gibt ihn mir in die Hand, aber sofort donnern so circa zwei Tonnen Maisfleisch auf mich drauf – schwarzes *und* weißes. Ich lieg flach auf'm Rücken unten drunter und überleg mir, was für 'n Gefühl das wohl gewesen is, wie dieses Riesennetz Bananen auf meinen Daddy runtergeknallt is.

»Forrest«, sagt Snake, wie wir vor'm dritten Versuch noch mal kurz die Köpfe zusammenstecken, »ich täusch nen Paß zu Gwinn an, schmeiß den Ball dann aber zu dir rüber. Du läufst also da rüber zur Ecke, drehst dich um – und der Ball is schon da.« Snakes Augen schauen so wild wie bei nem Tiger. Ich nick und tu, was ich gesagt krieg.

Snake schmeißt mir den Ball auch wirklich direkt in die Hände, und ich ras volle Kanne aufs Tor zu. Aber auf einmal schmeißt sich mir 'n Riese in den Weg und nimmt mir den Schwung, und dann reißen alle Maiskopp-Nigger und bekloppten weißen Riesenbabys von der ganzen Welt an mir, bis ich hinfall. Verdammter Scheiß! Aber immerhin sind's jetzt bloß noch 'n paar Yards bis zur Torlinie – und zum Sieg. Wie ich wieder hochkomm, seh ich, daß Snake schon alle für den letzten Spielzug aufgestellt hat, weil wir haben keine Auszeiten mehr, und sobald ich auf meinem Platz bin, geht's los, und ich lauf raus, aber die Schlange schmeißt den Ball absichtlich ganz weit über meinen Kopf weg ins Aus – damit die Zeit nich weiterläuft, nehm ich an, weil wir haben nur noch zwei oder drei Sekunden.

Bloß hat Snake da was durcheinandergebracht. Der meint wohl, das war unser dritter Versuch, und wir haben noch einen, aber leider is das schon der vierte – und so verlieren wir den Ballbesitz und natürlich das ganze Spiel. Also, solche Sachen passieren doch sonst eher mir.

Für mich is das Ganze besonders traurig, weil ich mir

sag, womöglich hat sich Jenny Curran die Übertragung angeguckt, und wenn ich den Ball gekriegt hätt, und wir wären Sieger geworden, dann hätt sie mir am Ende sogar verziehen, was ich ihr angetan hab. Aber da is eben nix draus geworden. Trainer Bryant macht nen enorm unzufriedenen Eindruck, aber dann zieht er bloß mal kräftig Luft durch die Nase und meint: »Dann eben nächstes Jahr, Jungs.« Bloß daß für mich da auch nix draus geworden is.

5

Nach den US-College-Meisterschaften sind meine Noten fürs erste Trimester im Sportinstitut eingetrudelt, und kurz drauf hat Trainer Bryant mich in sein Büro kommen lassen. Wie ich reingeh, sieht er echt traurig aus.

»Forrest«, sagt er, »daß du im Förderkurs Englisch durchgefallen bist, versteh ich ja. Aber wie du in – wie hieß das noch gleich – *Intermittierendes Licht* eine Eins und in Sport eine Sechs kassieren kannst, das wird mir ein Rätsel bleiben, bis ans Ende meiner Tage. Wo du doch grad zum besten Verteidiger im ganzen Südosten gewählt worden bist!«

Na ja, das is ne lange Geschichte, und mit der will ich Trainer Bryant nich langweilen. Aber, Herrgott! Wieso zum Teufel soll ich mir merken, wie breit so 'n europäisches Fußballtor is?

Trainer Bryant is jedenfalls ganz untröstlich. »Forrest«, sagt er, »es tut mir wirklich sehr leid, aber ich muß dir sagen, daß du von der Uni fliegst und daß ich nichts dagegen machen kann.«

Ich steh einfach nur so mit zusammengepreßten Händen da, bis mir allmählich aufgeht, was das heißt:

Mit dem Football-Spielen isses vorbei. Ich muß von der Uni. Womöglich seh ich all die andren Typen nie wieder – und Jenny Curran auch nich. Ich flieg aus meinem Keller raus und kann im nächsten Trimester nich *Intermittierendes Licht II* machen, wo doch Professor Hooks gemeint hat, ich soll wieder hinkommen. Ich merk's gar nich, aber ich hab Tränen in den Augen und sag keinen Ton und steh bloß da und laß den Kopf hängen.

Trainer Bryant steht auf, kommt zu mir her und legt mir den Arm um die Schultern.

»Das geht schon in Ordnung, mein Junge. Ich hab so was schon geahnt, wie ich dich an die Uni geholt hab. Aber ich hab denen gesagt, laßt mir den Jungen wenigstens für eine Saison – mehr will ich gar nich. Und wir haben ne Wahnsinns-Saison gehabt, Forrest, da kannst du sagen, was du willst. Und es is jedenfalls nich deine Schuld, daß Snake den Ball ins Aus geworfen hat . . .«

Wie ich nu hochschau, hat der Trainer auch Tränen in den Augen und schaut mich ganz fest an.

»Forrest«, meint er, »nen Football-Spieler wie dich hat's an diesem College noch nie gegeben, und so einen wird's auch nie mehr geben. Du bist großartig gewesen.«

Dann guckt er zum Fenster raus und sagt: »Viel Glück, mein Junge – und jetzt setz deinen dicken Hintern in Bewegung und mach, daß du rauskommst.«

Und damit war die Uni für mich dann gestorben.

Ich bin in meinen Keller gegangen und hab meinen Krempel gepackt. Bubba is runtergekommen mit zwei Bier, und eins hat er mir gegeben. Ich hab vorher noch nie Bier getrunken, aber ich seh schon, wie man bei dem Zeugs auf den Geschmack kommen kann.

Bubba geht mit mir zum Affenstall raus, und siehe da! Die ganze Football-Mannschaft steht vor der Tür.

Alle sind se ganz still, und Snake kommt her und

schüttelt mir die Hand. »Forrest«, meint er, »das mit dem Paß tut mir echt leid, okay?«

»Klar doch, Snake«, sag ich. Dann kommt einer nach dem andern her zum Händeschütteln, sogar Curtis, wo bis zum Hals in nem Stützapparat steckt, weil der hat grad im Affenstall eine Tür zuviel eingetreten.

Bubba will mir meinen Krempel zum Busbahnhof tragen helfen, aber ich sag ihm, ich geh lieber allein. »Laß mal von dir hören«, meint er noch. Auf 'm Weg zum Bus komm ich am Studentenclub vorbei, aber es is ja nich Freitagabend, Jenny Currans Band is also nich da. Komm, vergiß es, sag ich mir und steig in den Bus nach Mobile.

Der Bus is spätabends in Mobile angekommen. Meiner Mami hab ich noch nich gesagt, was passiert is, weil ich wollt nich, daß sie gleich wieder fix und fertig is mit den Nerven. Wie ich nun nach Hause komm, seh ich, daß oben in ihrem Zimmer noch Licht brennt. Ich geh hoch zu ihr, und sie is schon wieder total am Heulen und Lamontieren, genau wie ich sie in Erinnerung hab. Sie erzählt mir, die US-Army hat schon mitgekriegt, daß ich's nich geschafft hab an der Uni, und heute is 'n Schreiben gekommen, wo drinsteht, ich hab mich im Einberufungszentrum zu melden. Also, wenn ich da schon gewußt hätt, was ich jetzt weiß, wär ich nie im Leben hingegangen.

Meine Mami hat mich 'n paar Tage später hingebracht. Sie hat mir 'n Lunchpaket mitgegeben, falls ich auf der Fahrt Hunger krieg – wußte ja keiner, wo die uns hinkarren. So um die hundert Typen warten schon, wie wir hinkommen, und vier oder fünf Busse stehen auch rum. Ein ziemlicher Brocken von nem Sergeant brüllt parmanent irgend jemand an, und Mami geht zu ihm hin und sagt: »Hören Sie, meinen Jungen können Sie nich mitnehmen, das is nämlich 'n *Idiot*«, aber der

Sergeant dreht bloß den Kopf zu ihr um und meint: »Gute Frau, meinen Sie vielleicht, die andern sind lauter Einsteins?« und schon brüllt er wieder in der Gegend rum. Es dauert nich lang, bis er auch mich anbrüllt, und ich steig in den Bus, und ab geht's.

Parmanent anschreien tut man mich nun schon, seit ich aus der Klapsenschule raus bin – erst Trainer Fellers, denn Trainer Bryant mit seinen Gorillas, und jetzt die Leute von der Army. Aber das können Sie mir glauben: So laut und wüst wie diese Kommisköppe brüllt sonst keiner. *Nie* sind die zufrieden mit nix. Also, beim Football hat man ja immer zu hören gekriegt, wie blöd und bekloppt man wär. Das ist hier ganz anders – die interessieren sich nämlich mehr für unsre Genialien und für 'n Stuhlgang, und die Brüllerei fängt immer mit »Arschloch« oder »Saftsack« oder irgend so was an. Es würd mich überhaupt nich wundern, wenn Curtis in der Army gewesen wär, vor er mit 'm Football-Spielen angefangen hat.

Nach ungefähr hundert Stunden im Bus sind wir dann endlich in Fort Bennings in Georgia, und ich sag mir einfach nur 35 zu 3 – so haben wir doch diese Kläffer aus Georgia abgezogen. Die Unterkunft is ne Idee besser wie der Affenstall, was man vom Essen allerdings nich behaupten kann, das is nämlich absolut zum Kotzen – dafür kann man von dem Fraß kriegen, soviel man will.

Dann haben wir eben 'n paar Monate lang einfach nur gemacht, was wir gesagt kriegten, und sind dabei angebrüllt worden. Die haben uns beigebracht, wie man schießt und Handgranaten schmeißt und auf 'm Bauch rumrobbt. Und wenn zufällig mal nix von der Art angesagt war, sind wir in der Pampa rumgerannt oder haben Toiletten geputzt. Intressant is an Fort Benning gewesen, daß es da niemand gegeben hat, wo viel intelligenter war wie ich, und das war echt mal ganz nett zur Abwechslung.

Ich bin noch gar nich arg lang in dem Laden gewesen, da hab ich Küchendienst aufgebrummt gekriegt, weil ich hab aus Versehen vom Schießstand aus 'n Loch in den Wasserturm geschossen. Ich geh also in die Küche, und da stellt sich raus, der Koch hat sich abgeseilt von wegen Krankheit. Irgendeiner zeigt auf mich und sagt: »Gump, du machst heute den Koch, klar?«

»Was soll ich denn kochen?« frag ich. »Ich hab doch noch nie nix gekocht.«

»Na und?« brummt 'n andrer. »Sind wir hier vielleicht im Grand Hotel.«

»Wie wär's mit nem Eintopf?« meint wieder 'n andrer. »Das geht ganz einfach.«

»Und was soll ich da reintun?« frag ich.

»Guck mal in den Kühlschrank und in die Speisekammer«, sagt der Typ. »Schmeiß einfach alles rein, was du findest, und koch's ordentlich.«

»Aber, wenn's dann nich schmeckt?« frag ich noch.

»Is doch scheißegal. Haste hier vielleicht schon mal was gegessen, wo geschmeckt hat?«

Da hat er nu auch wieder recht.

Ich hol mir also alles, was ich in den Kühlschränken und in der Speisekammer auftreiben kann – Tomaten, Bohnen und Pfirsiche in Dosen und Schinken und Reis und Mehl und 'n paar Sack Kartoffeln und all so was. Ich pack das ganze Zeugs auf nen Haufen und frag einen von den Typen: »Mensch, wo soll ich denn das ganze Zeugs drin kochen?«

»Da im Schrank hat's Töpfe«, sagt der, aber wie ich nachschau, sind da bloß kleine Töpfe, wo man nie im Leben nen Eintopf drin kochen kann für ne ganze Kompanie von zweihundert Mann.

»Wieso fragste nich den Lieutenant?« meint einer.

»Der ist doch in der Pampa beim Manöver«, weiß 'n andrer.

»Eins is jedenfalls sicher«, sagt noch so 'n Typ, »wenn die heimkommen, haben sie nen Bärenhunger. Du läßt dir also besser was einfallen.«

»Wie wär's denn damit?« frag ich. In der Ecke steht nämlich 'n riesiger Pott – so an die zwei Meter hoch und fast genauso breit.

»Das da? Mann, das is doch der Dampfkessel! In dem verdammten Ding kannste doch nix kochen!«

»Und wieso nich?« frag ich.

»Weiß *ich* doch nich. Aber ich würd die Finger davon lassen, wenn ich du wär.«

»Nu ja, das Ding is heiß, und Wasser is auch drin.«

»Mach doch, was du willst«, meint einer. »Wir müssen unsren eigenen Scheißkram erledigen.«

Also nehm ich eben den Dampfkessel. Ich mach die Dosen auf und schäl die ganzen Kartoffeln und schmeiß Fleisch rein, soviel wie ich finden kann, und nen Haufen Zwiebeln und Mohrrüben, und dann kipp ich zehn bis zwanzig Flaschen Ketchup drauf und Senf und so 'n Zeugs. Nach ner Stunde oder so hat's dann schon nach Eintopf gerochen.

»Na, was macht das Essen?« fragt einer.

»Ich probier grad mal«, sag ich.

Ich mach den Deckel von dem Kessel auf, und das ganze Zeugs is am Kochen und am Brodeln, und ab und an taucht ne Zwiebel oder ne Kartoffel auf und schwimmt ne Weile an der Oberfläche rum.

»Laß *mich* mal probieren«, meint so 'n Typ und schöpft sich mit ner Tasse 'n bißchen Eintopf aus dem Pott.

»Mann, das ist ja noch lang nich fertig«, sagt er. »Ich würd mal anständig Dampf machen.«

Also mach ich eben anständig Dampf, und die Kompanie trudelt auch wirklich schon so langsam ein. Man hört, wie sie sich duschen und fürs Abendessen umziehen, und es dauert nich lang, bis die ersten in der Kantine auftauchen.

Der Eintopf ist aber immer noch nich fertig. Wie ich noch mal probier, is das Zeugs zum Teil noch beinah roh. Aus 'm Speisesaal kommt 'n ziemlich genervtes Gebrummel, was sich schnell zu Sprechchören auswächst. Ich dreh den Kessel also *noch* 'n Stück auf.

Ne halbe Stunde später trommeln sie da draußen schon mit Messer und Gabel auf 'n Tisch wie bei ner Häftlingsrevolte. Jetzt muß ganz schnell was passieren, das is klar, ich dreh also auf, so weit's nur geht.

Ich sitz da und glotz den Kessel an und weiß vor lauter Aufregung nich, was tun, und dann kommt der Sergeant in die Küche reingeplatzt.

»Was ist hier eigentlich los?« brüllt er. »Wo bleibt das Essen für die Männer?«

»Is gleich so weit, Sir«, sag ich, und ziemlich genau in dem Augenblick fängt der Kessel an zu zittern und zu rumpeln. An der Seite kommt Dampf raus, und ein Fuß von dem Pott reißt sich vom Boden los.

»Was geht hier vor?« fragt er. »Haben Sie den Dampfkessel zum Kochen genommen?!«

»Ja, da is das Abendessen drin«, sag ich, und der Sergeant is echt baff, und im nächsten Moment isser komplett geschockt und macht 'n Gesicht, wie wenn er im nächsten Moment mit 'm Auto wo draufknallen würd, und dann fliegt auch schon der Kessel in die Luft.

Was dann alles passiert is weiß ich nich so genau. Ich kann mich nur noch dran erinnern, daß es von der Kantine das Dach weggepustet hat und auch die ganzen Türen und Fenster.

Den Tellerwäscher hat's irgendwie in die Wand reingedrückt, und der Typ, wo am Geschirreinräumen war, hat einfach abgehoben – wie *rocket man* oder so ähnlich.

Der Sergeant und ich, wir sind wie durch 'n Wunder davongekommen – aber es heißt ja auch, daß einer, wo ganz nah an ner Handgranate dran is, nix abkriegt. Die Klamotten hat's uns allerdings allen beiden weggeblasen, bloß die große Kochmütze nich, wo ich auf 'm Kopf hatte. Und so was von ner Eintopfdusche haben wir abgekriegt, daß wir ausgesehen haben wie ... Keine Ahnung, wie wir ausgesehen haben, aber das war vielleicht merkwürdig, Mann o Mann.

Den ganzen Typen im Speisesaal is auch nix passiert, bloß haben die hinterher irgendwie unter Schock gestanden und sind einfach an ihren Tischen sitzengeblieben – mit ner Eintopfschicht überzogen. Also, wenigstens haben die dann die Schnauze gehalten von wegen »wann kommt endlich der Fraß auf 'n Tisch« und so.

Nun kommt der Kompaniechef reingelaufen.

»Was zum Teufel war das?« schreit er. »Was ist passiert?« Er guckt uns beide an und brüllt: »Sergeant Kranz, sind Sie das?«

»Gump-Kessel-Eintopf«, stottert der Sergeant, und dann nimmt er sich irgendwie zusammen und schnappt sich 'n Fleischermesser, wo an der Wand hängt.

»Gump-Kessel-Eintopf!« heult er und verfolgt mich mit dem Messer. Ich lauf aus der Kantine, und er hetzt mich über den ganzen Exerzierplatz und sogar durch die Offiziersmesse und die Fahrbereitschaft. Ich hab ihn dann doch abgehängt, weil das is ja meine Spezialität, aber eins weiß ich bestimmt – ich hab's mal wieder bei allen verschissen.

Irgendwann im Herbst hat dann in der Unterkunft das Telefon geklingelt, und Bubba is drangewesen. Dem haben sie das Sportstipendium gestrichen, weil es hat sich rausgestellt, daß sein Fuß schlimmer gebrochen war, wie sie dachten. Er geht also auch von der Uni ab. Trotzdem fragt er, ob ich freikriegen und nach Birmingham raufkommen kann, wo unser College am Samstag gegen die Monster aus Mississippi spielt. Aber ich hab Kasernenarrest – wie jedes Wochenende, seit der Eintopf in die Luft geflogen is, und das is schon fast 'n Jahr her. Ich kann also nich hinfahren, aber beim Latrinen-Schrubben hör ich mir das Spiel im Radio an.

Wie drei Viertel vom Spiel rum sind, isses ganz knapp. Snake hat seinen großen Tag. Es steht 38 zu 37 für uns, aber die Mississippi-Monster schaffen noch nen Touchdown. Und dann sind wir auch schon bei unserm vierten Versuch und haben keine Auszeiten mehr. Ich bete zu Gott, daß Snake nich wieder den gleichen Scheiß macht wie in Miami, wo wir ja verloren haben, weil er beim vierten Versuch den Ball ins Aus geschmissen hat – aber genau das macht er wieder.

Ich bin schon ganz geknickt, aber dann gibt's auf einmal tosenden Beifall, und man hört überhaupt nich mehr, was der Reporter sagt, aber wie sich das wieder legt, stellt sich raus, Snake hat den Wurf ins Aus bloß angetäuscht, und in Wirklichkeit hat er den Ball Curtis gegeben, und der is damit über die Ziellinie gelaufen und hat den entscheidenden Touchdown geschafft. Da können Sie mal sehen, wie raffiniert Trainer Bryant is. Der hat sich gedacht, diese Mississippi-Monster sind doch strohdumm, die meinen bestimmt, wir wären so was von blöd, daß wir zweimal den gleichen Fehler machen.

Ich freu mich echt über das Spiel, aber es würd mich eben intressieren, ob Jenny Curran zugeguckt und an mich gedacht hat.

Aber wie sich bald rausstellt, isses sowieso egal, weil nen Monat später werden wir eingeschifft. Beinah 'n Jahr lang haben die uns gedrillt wie die Roboter, und nu verfrachten sie uns in ne Gegend, die wo 15000 Kilometer weit weg is – ganz ohne Witz. Wir müssen nämlich nach Vietnam, aber wir kriegen gesagt, was da auf uns zukommt, is lang nich so schlimm wie der Scheiß, den wo wir jetzt 'n Jahr lang mitgemacht haben. Das *is* allerdings 'n Witz, das haben wir schnell gemerkt.

Im Februar sind wir in Qui Nhon an der Küste vom Südchinesischen Meer angekommen, und von da haben sie uns mit Viehwagen nach Pleiku ins Hochland raufgekarrt. Die Fahrt ging durch ne schöne Landschaft und war echt intressant: Bananenbäume, Palmen und Reisfelder, wo kleine Schlitzaugen drin gepflügt haben. Die Leute von unsrer Seite sind alle richtig freundlich gewesen und haben gewunken und so.

Schon fast nen halben Tag vor wir Pleiku erreicht haben, war klar, wo die Stadt liegt, weil da is ne rote Staubwolke drübergelegen. Die Slums am Stadtrand sind trostloser gewesen wie alles, was ich in Alabama gesehen hab. Die Menschen, wo unter aufgespannten Stoffbahnen gehockt sind, haben keine Zähne gehabt, und ihre Kinder nix zum Anziehen – im Grunde sind das alles Bettler gewesen. Das Hauptquartier von unsrer Brigade hat dann aber nen ziemlich guten Eindruck gemacht, bloß war alles voll mit rotem Staub. Es hat nich so ausgesehen, wie wenn da viel am laufen wär, und alles is schön ordentlich gewesen – Zeltreihen, so weit das Auge reicht, und der Boden und Staub drum rum schön geharkt. Sah eigentlich gar nich nach Krieg aus. Wir hätten praktisch genausogut wieder in Fort Benning sein können.

Daß es so ruhig is, liegt scheinbar an ner Waffenruhe, weil für die Schlitzaugen is grad Neujahr – Tet, oder wie das bei denen heißt. Wir sind alle total erleichtert, weil wir haben auch so schon genug Schiß. Die Ruhe hat dann aber nicht lange gehalten.

Erst hat man uns zu unsren Zelten geführt und dann

zum Waschen unter die Dusche geschickt. Der Duschplatz is einfach nur ne flache Vertiefung im Boden gewesen, wo drei, vier LKWs mit Wassertanks danebengestanden sind. Wir kriegten gesagt, wir sollten unsre Uniformen zusammengefaltet an den Rand legen und in die Grube steigen, damit sie uns mit nem Wasserschlauch abspritzen können.

Das is dann echt nich schlecht gewesen, weil das letzte Bad war schon ne Woche her, und so langsam haben wir ganz schön gestunken. Wir wir so in der Grube rumblödeln und uns abspritzen lassen, wird's allmählich dunkel, und auf einmal hört man, wie aus der Luft 'n ziemlich unangenehmes Geräusch kommt, und einer von den Typen, die wo uns abgespritzt haben, brüllt noch, »Granat . . .«, und schon sieht man keinen mehr von denen, wo am Rand von der Grube gestanden haben. Wir stehen splitternackt da und glotzen blöd, und dann gibt's ganz in der Nähe ne Riesenexplosion und gleich noch eine, und alle schreien und fluchen und wollen zu ihren Klamotten. Ringsrum gibt's Granateinschläge, und irgendwer brüllt, »runter!« was ziemlich lächerlich klingt, weil wir liegen inzwischen alle so flach im Dreck, daß wir mehr wie Würmer aussehen als wie Menschen.

Eine von diesen Explosionen spuckt nen Haufen Splitter in unsre Grube, und die Jungs am andren Ende kriegen das Zeugs ab und die schreien und heulen und bluten. Daß unsre Grube als Deckung nicht viel taugt, sieht 'n Blinder, und da taucht auch schon Sergeant Kranz auf und brüllt, wir sollen sofort aus dem Loch rauskommen und ihm folgen. Sobald ne kurze Feuerpause eintritt, hieven wir unsern Hintern aus der Grube und – Großer Gott! Da liegen vier oder fünf von den Typen, die wo uns mit dem Schlauch abgespritzt haben. Man sieht kaum noch, daß das Menschen sind, so übel zugerichtet sind die – wie wenn sie in nen Mähdrescher oder irgend so was geraten wären. Ich hab vorher noch nie keinen Toten gesehen, und das is für mich ganz schrecklich und entsetzlich – schlimmer wie alles andre, was ich vorher oder nachher erlebt hab.

Sergeant Kranz winkt, wir sollen ihm hinterher robben, und das tun wir auch. Von oben müssen wir vielleicht 'n Bild abgegeben haben! Um die 150 splitternackten Typen, wo hintereinander über 'n Boden kriechen.

Wir sind auf ne lange Reihe von Schützenlöchern zugekrochen, und in jedes hat Sergeant Kranz vier oder fünf von uns reingesteckt, aber wie ich drin war, hab ich mir gedacht, da wär ich ja fast noch lieber in der Grube geblieben. In diesen Löchern hat sich nämlich das Regenwasser gesammelt, und wir sind bis zu den Hüften in ner stinkenden, glitschigen Brühe gestanden, wo Frösche und Schlangen und jede Menge andres Ungeziefer drin rumgeschwommen und rumgekrochen und rumgehüpft sind.

Die ganze Nacht ging das Geballer weiter, und wir mußten in den Schützenlöchern bleiben und haben kein Abendessen gekriegt. Kurz vor Tagesanbruch hat der Beschuß endlich nachgelassen, und dann hieß es, bewegt eure Hintern, holt eure Klamotten und eure Waffen und bereitet euch drauf vor, daß die angreifen.

Weil wir ziemlich neu gewesen sind, konnten wir nich viel machen. Die haben erst mal gar nich gewußt, wo sie uns hinstellen sollen, aber dann haben sie gemeint, wir sollen an der Südflanke Wache schieben. Da is unter andrem die Latrine von den Offizieren gewesen, und es war beinah noch schlimmer als wie in den Schützenlöchern, weil ne Granate hat in dieses Scheißhaus eingeschlagen und so circa fünfhundert Pfund Offiziersscheiße in der Gegend rumgewirbelt.

Den ganzen Tag durften wir da nich weg – Frühstück und Mittagessen konntste vergessen –, und wie's dunkel wird, fangen die wieder mit ihrem Granatfeuer an, wir müssen also liegenbleiben in der Scheiße. Mann o Mann, das war vielleicht ätzend.

Dann is endlich jemand auf die Idee gekommen, wir könnten allmählich Kohldampf schieben, und hat nen Haufen Essensrationen rübergeschickt. Ich hab ne Dose von 1951 gekriegt, wo kalte Eier mit Schinken drin waren. Dafür is die Gerüchteküche am Brodeln. Einer behauptet, die Stadt Pleiku würd grad von den Schlitzaugen überrannt. 'n andrer is überzeugt davon, daß die längst die Atombombe haben und uns mit diesem Granatfeuer bloß erst mal 'n bißchen weichkochen wollen. Wieder 'n andrer meint, das sind gar nich die Schlitzaugen, wo uns mit dem ganzen Scheiß eindekken, sondern die Australier oder vielleicht auch die Holländer oder die Norweger. Mir isses ziemlich egal, wo das Zeugs herkommt. Ich scheiß auf die ganzen Gerüchte.

Nach dem ersten Tag haben wir uns dann an der Südflanke 'n bißchen häuslich eingerichtet. Wir haben Schützenlöcher gebuddelt und mit den Brettern und dem Blech von der Offizierslatrine kleine Hütten gebaut. Von nem Angriff allerdings nicht die Spur, kein einziges Schlitzauge is uns vor die Flinte gekommen. Na ja, so blöd sind die wohl nich, daß sie ausgerechnet 'n Scheißhaus angreifen. Dafür haben sie uns jede Nacht mit Granaten eingedeckt. Wie dann am vierten Tag frühmorgens der Beschuß wieder aufhört, kommt der Erste Offizier vom Batallion zu unsrem Kompaniechef rübergerobbt und sagt, wir müssen rauf nach Norden und ner andern Brigade beispringen, weil da oben im Dschungel is der Teufel los.

»Schnappt euern Kram«, befiehlt Lieutenant Hooper kurz drauf, und wir stopfen uns so viel Handgranaten und Essensrationen in die Taschen wie möglich – bloß is das ne Art Zwickmühle, weil Handgranaten kannste nich essen, aber andrerseits könnt's sein, daß du dringend welche brauchst. Nu ja, jedenfalls haben sie uns in Hubschrauber gepackt, und los ging's.

Daß die Dritte Brigade ganz schön in der Scheiße sitzt, hat man schon gesehen, vor wir mit unsren Hubschraubern gelandet sind. Aus 'm Dschungel is jede Menge Rauch und Qualm aufgestiegen, und im Boden hat's mordsmäßige Bombenkrater gehabt. Wir sind noch nich mal unten gewesen, da haben die sich schon auf uns eingeschossen. Einer von unsren Hubschraubern is in der Luft explodiert, 'n scheußlicher Anblick. Leute, wo in Flammen stehen und all so was, und wir können überhaupt nix tun.

Ich bin der Munitionsträger fürs Maschinengewehr, weil die haben sich wohl gesagt, den kann man ordentlich vollpacken bei seiner Größe. Vor's dann losgegangen is, haben mich noch 'n paar Typen gefragt, ob's mir was ausmacht, 'n paar von ihren Handgranaten zu tragen, weil dann können sie mehr Essensrationen mitnehmen. Ich sag »okay«, das tut mir schließlich nich weh. Dann hat mir Sergeant Kranz noch nen 40-Liter-Kanister mit Wasser zum Tragen gegeben, wo so an die fünfzig Pfund gewogen hat. Und vor's nu wirklich losgegangen is, kriegt Daniels, wo das Stativ vom Maschinengewehr trägt, den Dünnpfiff und kann nich mit – ich muß das Dings also auch noch schleppen. Jetzt wär's schon beinah egal gewesen, wenn sich auch noch so 'n Maiskopp aus Nebraska auf mich geschmissen hätt, aber um Football geht's hier ja nich.

Es wird schon ziemlich duster, und wir kriegen gesagt, wir sollen auf so nen Berg rauf und die Charlie-Kompanie ablösen. Die werden nämlich von den Schlitzaugen durch die Mangel gedreht, oder vielleicht drehen auch sie die Schlitzaugen durch die Mangel – das kommt ganz drauf an, ob man sich in der Armeezeitung informiert oder ob man einfach hinguckt, was da oben abgeht.

Auf jeden Fall pfeift uns jede Menge Metall um die Ohren, wie wir hochkommen, und 'n Dutzend von den Typen is schwer verwundet, und die stöhnen und schreien, und überall herrscht 'n derartiges Höllenspektakel, daß praktisch keiner nix versteht. Ich kaure mich nieder, so gut's geht, und bin voll damit beschäftigt, die Munition, den Wasserkanister, das Stativ und meinen eigenen Krempel zur Charlie-Kompanie raufzuschleppen. Wie ich mich an nem Schützengraben vorbeikämpf, meint da doch so 'n Typ zu seinem Nebenmann: »Schau dir mal diesen Brummer an, sieht der nich aus wie das Monster von Graf Frankenstein persönlich?« Ich will grad was zurückblaffen, weil auch ohne daß sich einer über mich lustig macht is alles schon beschissen genug, aber da springt auf einmal der Nebenmann auf und ruft: »Forrest – Forrest Gump!«

Und siehe da, es is Bubba.

Sein Fuß is zwar zum Football-Spielen viel zu lädiert, aber noch lange nich kaputt genug, daß ihn die US-Army nich um den halben Globus hierhergeschickt hätt. Ich setz meinen müden Arsch wieder in Bewegung und schleif meinen Krempel vollends da hin, wo er hin muß, und nach ner Weile kommt auch Bubba rauf, und wie das Granatfeuer wieder mal aussetzt (die hören immer dann auf, wenn unsre Flugzeuge auftauchen), erzählen wir einander, was so passiert is.

Bubba hat gehört, daß Jenny Curran die Uni geschmissen hat und mit nem Haufen Kriegsgegnern auf und davon is. Dann erzählt er mir noch, daß Curtis nen Uni-Polizisten vermöbelt hat, weil der hat ihm nen Strafzettel verpaßt, und wie er grad dem seinen hoheitlichen Arsch mit ner Serie von Dropkicks über 'n Campus befördert, kommen Kollegen von dem und werfen 'n großes Netz über Curtis und schleifen ihn weg. Da-

Forrest war zu Besuch bei Familie Curran. Dank deren Tochter – seiner kleinen Freundin Jenny – kann er jetzt viel besser laufen als früher.

Jenny (Robin Wright) war lange weg von zu Hause. Verzweifelt kauert sie vor ihrem verlassenen Elternhaus. Forrest überlegt fieberhaft, wie er ihr helfen könnte.

Mama Gump ist mächtig stolz auf ihren Sohn Forrest; auch ein Vertreter des Militärkorps gratuliert dem erfolgreichen Hochschulabsolventen.

Ping – Pong! Als ungeschlagener Landesmeister erhält Forrest die Möglichkeit, sogar in China sein Können zu zeigen.

für hat ihm aber Trainer Bryant nach 'm Training fünfzig Extrarunden aufgebrummt.

Ach ja, der gute Curtis.

6

Diese Nacht war sehr unangenehm und wollt überhaupt kein Ende nehmen. Die haben uns einfach bombardiert, wie's ihnen paßte, weil unsre Flugzeuge konnten nich starten. Es gab da so ne Art Sattel zwischen zwei Bergrücken. Auf dem einen sind *wir*, auf dem andren *die*, und um den Sattel zwischendrin wird gekämpft – bloß was irgend jemand mit so nem Streifen Dreck und Schlamm will, is mir schleierhaft. Aber Sergeant Kranz hat ja oft genug gesagt, wir sollen hier nich kapieren wollen, was Sache is, sondern einfach nur machen, was wir gesagt kriegen.

Es dauert dann auch nich lang, bis Sergeant Kranz rüberkommt und sagt, was wir machen müssen, nämlich mit unserm Maschinengewehr auf den Sattel runtergehen und so circa fuffzig Meter links von so nem blöden großen Baum, wo mittendrin oben rausguckt, ne sichre Stellung suchen, damit wir nich alle weggepustet werden. Nach allem, was ich seh und hör, isses hier überall unsicher, auch da, wo wir im Moment sind, aber da runter gehen is komplett hirnrissig. Aber ich versuch eben, alles richtig zu machen.

Ich und Bones, der wo das Maschinengewehr bedient, und Doyle, 'n Munitionsträger wie ich, und dann noch zwei andre Typen, wir robben also aus unsren Schützenlöchern raus und langsam den Hang runter. Wie wir halb unten sind, sehen uns die Schlitzaugen und ballern mit ihrem Maschinengewehr auf uns, aber vor was Schlimmes passiert sind wir unten – und nix wie rein in den Dschungel. Nu weiß ich nich genau, wieviel 'n Meter is, aber ich glaub, ungefähr gleich viel wie 'n Yard, und wie wir in die Nähe von diesem großen Baum kommen, sag ich zu Doyle, »vielleicht sollten wir weiter nach links rüber«, aber der glotzt mich bloß komisch an und zischt: »Halt die Fresse, Forrest, da vorn sind Schlitzaugen.« Tatsächlich! Sechs oder acht Schlitzaugen hocken unter dem großen Baum beim Mittagessen. Doyle zieht den Sicherheitsstift und schmeißt ne Handgranate in hohem Bogen zu dem Baum rüber, und die explodiert noch in der Luft. Total wildes Gezeter kommt von da, wo die Schlitzaugen sind, und dann ballert Bones mit 'm Maschinengewehr los, und ich und die zwei andern werfen zur Sicherheit noch 'n paar Handgranaten. Das dauert alles bloß ne Minute oder so, und wie's wieder ruhig is, machen wir uns wieder auf 'n Weg.

Dann haben wir ne Stellung für das Maschinengewehr gefunden und sind da geblieben, bis es dunkel geworden is, und dann auch noch die ganze Nacht, aber es is nix mehr passiert. Wir haben gehört, daß rundrum überall die Scheiße am Dampfen is, aber uns hat man in Ruhe gelassen. Wie's wieder hell wird, sind wir ausgehungert und übermüdet, aber was willste machen. Dann kommt 'n Melder von Sergeant Kranz gelaufen und sagt, sobald unsre Flugzeuge die Schlitzaugen komplett aufgerieben haben, was in 'n paar Minuten passieren soll, rückt die Charlie-Kompanie vor – runter auf den Sattel. Die Flieger kommen tatsächlich und schmeißen ihr Scheißzeug runter, und da explodiert alles und reibt die ganzen Schlitzaugen auf.

Wir sehen die Charlie-Kompanie über den Grat kommen, aber wie sie am Hang sind, eröffnen auf einmal sämtliche Waffen von der ganzen Welt das Feuer auf die Charlie-Kompanie, und Granaten schlagen ein, und das Chaos is komplett. Von da, wo wir sind, sieht man keine Schlitzaugen, weil der Dschungel is total dicht, aber irgend jemand muß ja wohl da drin stecken und auf die Charlie-Kompanie schießen. Wer weiß, vielleicht sind das die Holländer oder am Ende die Norweger.

Bones sieht total nervös aus an seinem Maschinengewehr, weil der is schon draufgekommen, was es heißt, daß die *vor* uns rumballern, nämlich daß die Schlitzaugen zwischen uns und unsren Leuten sind. Mit andren Worten: Wir sind hier draußen ganz allein.

Wenn die unsre Charlie-Kompanie nich gleich über 'n Haufen rennen, meint er, kommen die früher oder später auf 'm Rückweg wieder hier vorbei, und wenn sie dann auf uns stoßen, finden die das bestimmt nich witzig. Folglich müssen wir unsre müden Ärsche bewegen.

Wir schnappen unsren Krempel und fangen an, uns in Richtung Grat zurückzuarbeiten, aber dann schaut Doyle mal rechts runter und sieht, daß sich noch mal ne ganze Busladung Schlitzaugen, wo bis an die Zähne bewaffnet sind, den Hang hoch auf die Charlie-Kompanie zubewegt. Jetzt wär's eigentlich am besten, wir freunden uns mit denen an und vergessen den ganzen andren Scheiß, aber das is nu mal nich drin. Wir verkriechen uns also in so 'n riesiges Gestrüpp und warten erst mal, bis die oben sind. Dann legt Bones mit seinem Maschinengewehr los und tötet gleich zehn oder fuffzehn Schlitzaugen. Doyle und ich und die andren zwei Typen schmeißen Handgranaten, und es sieht für uns ganz gut aus, bis Bones keine Munition mehr hat und nen neuen Patronengurt braucht. Ich häng ihm so 'n Ding ein, aber grad wie Bones wieder auf 'n Abzug drücken will, reißt ihm ne Kugel den Kopf auseinander. Er liegt auf 'm Boden und klammert sich noch an sein MG, wie wenn sein Leben davon abhängen würd, bloß lebt er gar nich mehr.

O Gott, war das furchtbar – aber es ist noch schlimmer gekommen. Was die Schlitzaugen mit uns gemacht hätten, wenn sie uns lebendig gekriegt hätten, da will ich gar nich dran denken. Ich ruf zu Doyle rüber, er soll herkommen, aber der antwortet nich. Also reiß ich dem armen Bones das MG aus den Fingern und robb rüber zu Doyle, aber der und die zwei andren Typen liegen getroffen auf 'm Boden. Die zwei andren sind tot, aber Doyle atmet noch, ich pack ihn also und schmeiß ihn über die Schulter wie nen Mehlsack und renn durchs Unterholz in Richtung Charlie-Kompanie, weil ich halb wahnsinnig vor Angst bin. Ich lauf vielleicht zwanzig Meter, und von hinten pfeift's mir nur so um die Ohren. Jetzt biste im Arsch, denk ich, und dann brech ich durch so 'n Dickicht und komm auf offnes Gelände mit niedrigem Gras, und da wimmelt's nur so von Schlitzaugen, wo auf 'm Bauch liegen und in die andre Richtung ballern – vermutlich auf die Charlie-Kompanie.

Ja, was nu? Schlitzaugen vor mir, Schlitzaugen hinter mir, Schlitzaugen direkt vor meinen Füßen. Ich hab keinen blassen Dunst und ras einfach los und fang an zu heulen und zu brüllen und all so was. Wie's aussieht, hab ich den Kopf verloren, weil ich kann mich nich erinnern, was dann passiert is – bloß daß ich geschrien und gebrüllt hab und um mein Leben gelaufen bin. Alles is total konfus gewesen, und plötzlich steh ich mitten in der Charlie-Kompanie, und alle klopfen mir auf die Schulter, wie wenn ich nen Touchdown geschafft hätt.

Anscheinend hab ich die Schlitzaugen so erschrokken, daß die sich dahin verzogen haben, wo sie hergekommen sind. Ich leg Doyle auf 'n Boden, und die Sanitäter flicken ihn zusammen, und der Kompaniechef kommt her und schüttelt mir die Hand und sagt, was ich doch für 'n Pfundskerl wär. Dann fragt er: »Wie zum Teufel haben Sie das bloß gemacht, Gump?« Er wartet auf ne Antwort, aber ich hab ja selber keine Ahnung, wie ich's gemacht hab, ich sag also einfach nur: »Ich muß pinkeln« – und das stimmt auch. Der Kompaniechef schaut erst *mich* total komisch an, dann guckt er Sergeant Kranz an, der wo danebensteht, und Sergeant Kranz meint: »Mensch, Gump, komm mit«, und führt mich hinter nen Baum.

Am Abend treff ich mich dann mit Bubba. Wir verkriechen uns in 'n Schützenloch und essen unsre Rationen. Hinterher zieh ich die Mundharmonika, wo Bubba mir geschenkt hat, aus der Tasche, und wir spielen 'n paar Songs – »Oh, Suzanna«, »Home on the Range« und all so was – klingt richtig unheimlich mitten im Dschungel. Wie wir dann 'n paar von den Pralinen gefuttert haben, wo Bubba von seiner Mami geschickt gekriegt hat, hab ich mich wieder an verschiedne Sachen erinnert, das können Sie mir glauben.

Später is dann Sergeant Kranz rübergekommen und wollt wissen, wo der 40-Liter-Kanister mit dem Trinkwasser is. Ich sag ihm, den hab ich im Dschungel draußen gelassen, wie ich Doyle und das Maschinengewehr reingeschleppt hab. So circa ne Minute denk ich, jetzt schickt er dich raus, um das Ding zu holen, aber dann nickt er bloß und meint, wo Doyle jetzt verwundet und Bones tot is, muß ich eben das MG bedienen. Ich frag, wer das Stativ schleppt und die Munition und das ganze Zeugs, und er sagt, auch ich, weil sonst wär ja keiner mehr übrig. Bubba meint, er würd's machen, wenn man ihn in unsre Kompanie versetzt. Sergeant Kranz läßt sich das ziemlich lang durch 'n Kopf gehen, vor er sagt, das wär wohl zu machen, weil was von der Charlie-Kompanie übrig is, das taugt nich mal mehr zum Latrinen putzen. Und so kommt's, daß Bubba und ich wieder zusammen sind.

Die Wochen sind so langsam vorbeigegangen, daß es mir fast so vorgekommen is, wie wenn die Zeit rückwärtslaufen tät. Immer irgendwo nen Berg rauf oder runter. Mal hat's oben Schlitzaugen, mal nicht. Sergeant Kranz meint aber, das geht schon in Ordnung, weil in Wirklichkeit sind wir auf 'm Marsch zurück in die Vereinigten Staaten. Wir marschieren einfach raus aus Vietnam, sagt er, quer durch Laos, über China und Rußland zum Nordpol hoch und übers Eis nach Alaska, wo uns dann unsre Mamis abholen können. Bubba meint, laß den mal quatschen, das is 'n Idiot.

Im Dschungel is alles total primitiv – es gibt nich mal 'n Scheißhaus, wir schlafen auf 'm Boden wie die Tiere, futtern immer nur aus Dosen, nirgends kein Bad und nix, unsre Klamotten sind am Verrotten. Ich krieg jede Woche nen Brief von meiner Mami. Sie schreibt, daheim ist alles bestens, aber die *High school* hat keine Meisterschaft mehr gewonnen, seit ich weg bin. Wenn ich kann, schreib ich zurück, aber was soll ich ihr bloß erzählen, daß sie nich gleich wieder anfängt zu heulen? Ich sag also einfach nur, wir haben's gut hier, und alle sind nett zu uns. Ja, und dann hab ich noch nen Brief an Jenny Curran geschrieben, und meine Mami sollte die Eltern von der Jenny fragen, ob sie ihr den nachschikken – egal wo sie is. Aber ich hab keine Antwort bekommen.

Bubba und ich, wir haben schon Pläne für die Zeit nach der Army. Wir wollen uns daheim nen Kutter kaufen und ins Krabbengeschäft einsteigen. Bubba kommt aus Bayou La Batre und hat sein ganzes Leben auf Krabbenkuttern gearbeitet. Er meint, vielleicht kriegen wir ja 'n Darlehen. Wir könnten abwechselnd Kapitän spielen oder so, und auf dem Kutter wohnen, und hätten richtig was zu tun. Bubba hat alles schon genau durchgerechnet. Ne bestimmte Menge Krabben zum Abzahlen vom Darlehen, ne bestimmte Menge fürs Benzin, ne bestimmte Menge fürs Essen und all so was – und den Rest können wir auf 'n Kopf hauen. Ich kann mir das lebhaft vorstellen, wie ich am Steuerrad von dem Krabbenkutter steh – oder noch besser, wie ich im Heck sitz und Krabben eß! Aber wie ich das Bubba erzähl, sagt er: »Mensch Forrest, du wirst uns um Haus und Hof fressen. Bevor wir Gewinn machen, gibt's für uns keine Krabben.« Okay, klingt ganz vernünftig, da hab ich nix dagegen.

Irgendwann hat's dann angefangen zu regnen und zwei Monate lang nich mehr aufgehört. Jede Art von Regen haben wir durchgemacht – bloß Schneeregen und Hagel nich. Mal waren's winzige Tropfen wie Nadeln, und dann wieder mordsmäßige Tropfen. Mal is der Regen schnurgerade runtergekommen, mal von der Seite, und manchmal hätt man meinen können, es regnet vom Boden rauf. Trotzdem mußten wir unsren Kram erledigen, also vor allem Berge rauf- und runterlatschen und Schlitzaugen suchen.

Wir haben dann auch welche gefunden. Die müssen wohl grad ne Schlitzaugen-Konferenz abgehalten haben oder irgendwas in der Art, weil das is grad gewesen, wie wenn man auf nen Ameisenhügel tritt, und auf einmal wimmelt's und zappelt's überall. Bloß können unsre Flieger in der Brühe nich starten, wir sitzen also schon nach zwei Minuten ganz schön in der Scheiße.

Diesmal haben sie uns mit runtergelassenen Hosen erwischt. Wir haben grad 'n Reisfeld überquert, und auf einmal decken die uns von allen Seiten mit ihrem Dreckszeug ein. Bei uns herrscht großes Geschrei und Geheul, und unsre Leute werden getroffen, und jemand brüllt: »Zurück!« Ich schnapp mein MG, und wir laufen alle auf 'n paar Palmen zu, die wo wenigstens den Regen abhalten. Dort bauen wir ne Art Verteidigungsstellung auf und bereiten uns mal wieder auf ne lange Nacht vor, aber wie ich mich umschau, fehlt Bubba.

Jemand kann mir sagen, daß Bubba verletzt da draußen auf 'm Reisfeld liegt, und ich sag, »verdammter Mist«, und wie Sergeant Kranz das hört, meint er, »Gump, du kannst da nich rausgehn«. Scheiß drauf – ich laß mein MG liegen, weil das wär bloß überflüssiges Gewicht, und ras auf die Stelle zu, wo ich Bubba zum letztenmal gesehen hab. Aber wie ich die halbe Strecke hinter mir hab, tret ich beinah auf nen Typen aus 'm zweiten Zug, wo schwer verletzt is, und der guckt zu mir hoch und streckt den Arm aus, und ich denk, Mist, was mach ich jetzt? Dann schnapp ich ihn eben und lauf so schnell wie möglich mit ihm zurück, und dauernd schwirren Kugeln durch die Luft und all so was. Herrgott noch mal – wieso machen wir das alles überhaupt? Ich versteh's einfach nich. Football spielen is eine Sache – aber so was! Is mir echt schleierhaft. Verdammter Scheiß.

Ich bring den Jungen zu unsrer Stellung und lauf sofort wieder raus, und – verdammt, da liegt ja schon wieder einer! Ich beug mich runter und will auch ihn schnappen und zurückbringen, aber wie ich ihn hochzieh, fällt sein Gehirn auf den Boden runter, weil sein Hinterkopf is weggesprengt. Mist.

Ich laß ihn fallen und lauf weiter und find tatsächlich Bubba. Er hat zwei Kugeln in der Brust, und ich sag: »Bubba, das wird wieder, weil wir müssen uns doch den Krabbenkutter kaufen«, und dann trag ich ihn zu unsrer Stellung und leg ihn auf den Boden. Wie ich wieder 'n bißchen bei Puste bin, schau ich an mir runter, und mein Hemd is total voll mit Blut und so nem bläulich-gelben Zeugs aus Bubbas Wunden, und er schaut zu mir hoch und sagt: »Verdammte Scheiße, Forrest, wieso is denn das passiert?« Was soll ich da sagen?

Dann fragt er: »Forrest, spielst du mir was auf der Mundharmonika vor?« Ich nehm also meine Harmonika und spiel irgendwas – ich weiß selber nich was. Bubba fragt: »Forrest, könntste bitte ›Way Down Upon the Swanee River‹ spielen?« und ich sag: »Klar, Bubba.« Ich wisch die Harmonika ab und fang an zu spielen. Überall wird geschossen, und eigentlich müßt ich an meinem MG sein, aber die können mich mal, ich spiel jetzt diesen Song.

Jetzt is mir erst aufgefallen, daß es nich mehr regnet und der Himmel ne derart scheußlich rosarote Farbe angenommen hat, daß unsre Gesichter ausgesehen haben wie der Tod selber. Weiß der Teufel wieso, aber die Schlitzaugen haben grad mal ne Weile nich geschossen, und wir auch nich. Ich knie neben Bubba und spiel immer wieder ›Way Down Upon the Swanee River‹, während 'n Sanitäter ihm ne Spritze gibt und ihn versorgt, so gut er kann. Bubba hält mein Bein umklammert, und seine Augen sind ganz trüb geworden, und man könnt echt meinen, der scheußlich rosarote Himmel saugt ihm die ganze Farbe aus 'm Gesicht.

Er will was sagen, und ich beug mich ganz nah über ihn, aber ich versteh's trotzdem nich. Ich frag den Sanitäter: »Haste gehört, was er gesagt hat?«

»Nach Hause«, meint der Sanitäter, »*nach Hause* hat er gesagt.«

Bubba is gestorben, und mehr hab ich dazu nich zu sagen.

Diese Nacht is die allerschlimmste gewesen, wo ich je erlebt hab. Hilfe konnte man uns keine schicken, weil es hat wieder angefangen zu stürmen. Die Schlitzaugen sind so nah an uns drangewesen, daß wir gehört haben, wie die miteinander reden, und ne Zeitlang war im Ersten Zug Nahkampf angesagt – Mann gegen Mann. Im Morgengrauen is dann 'n Napalmflieger angefordert worden, aber der hat den Scheißdreck praktisch genau auf uns runtergekippt. Unsre eignen Leute sind total versengt und verbrannt aus der Deckung gelaufen mit Augen so groß wie Brötchen, und alle fluchen und schwitzen und haben Schiß, und im Wald fängt's überall derart zu brennen an, daß vom Regen fast nix mehr übrigbleibt!

Mittendrin in diesem Chaos hab ich mir dann ne Kugel eingefangen, und, wie's der Teufel will, ausgerechnet am Arsch. Ich kann mich nich mal dran erinnern, wie's passiert is. Wir sind alle in nem schrecklichen Zustand gewesen. Ich hab das MG einfach liegenlassen. Mir is alles scheißegal gewesen. Ich hab mich hinter nem Baum gelegt und angefangen zu heulen. Bubba is tot. Aus unsrem Krabbenkutter wird nix. Und Bubba is doch der einzige Freund, den wo ich je gehabt hab – höchstens noch Jenny Curran, aber das hab ich ja auch vermasselt. Wenn da nich noch meine Mami gewesen wär, hätt ich genausogut auf der Stelle sterben können – scheißegal an was, von mir aus an Altersschwäche.

Dann sind allmählich Hubschrauber mit Verstärkung gelandet, und wahrscheinlich haben die Napalmbomben die Schlitzaugen verscheucht. Die haben sich wohl gedacht, wenn wir uns selber schon so quälen, was werden wir dann erst mit *ihnen* machen?

Die Verwundeten werden abtransportiert, und Sergeant Kranz kommt zu mir rüber. Bei dem sind die ganzen Haare weggesengt, und die Klamotten sind total verbrannt. Man könnt meinen, der is selber aus ner Kanone abgefeuert worden. »Du bist gestern echt gut gewesen, mein Junge«, sagt er und fragt, ob ich ne Zigarette will.

Wie ich sag, ich rauch nich, nickt er und meint: »Gump, ich hab schon Typen gehabt, die intelligenter waren als du, aber du bist 'n spitzenmäßiger Soldat. Ich wäre gottfroh, wenn ich hundert wie dich hätt.«

Er fragt, ob's weh tut, und ich sag, »nee« – aber das stimmt nich, »Gump«, sagt er, »du kommst nach Hause, das weißt du doch?«

Ich frag, wo Bubba is, und Sergeant Kranz guckt mich irgendwie ganz komisch an. »Der kommt dann gleich nach«, murmelt er. »Ich will wissen, ob ich im gleichen Hubschrauber mit Bubba fliegen kann, aber der Sergeant sagt, das geht nich. Bubba wird erst als letzter rausgeflogen, weil Bubba is gefallen.

Mir haben sie ne Mordsspritze reingedrückt, und dann isses mir auch schon besser gegangen, aber ich weiß noch, daß ich Sergeant Kranz am Arm gepackt und gesagt hab: »Ich hab Sie noch nie um nen Gefallen gebeten, aber könnten Sie Bubba persönlich zum Hubschrauber bringen, damit da nix schiefgeht?«

»Natürlich, Gump«, sagt er. »Zum Henker – ich sorg dafür, daß er nen Platz in der ersten Klasse kriegt.«

7

Fast zwei Monate war ich in Danag im Lazarett. Weit her isses mit dem Laden nich gewesen, aber immerhin gab's für jeden ne Koje mit nem Moskitonetz, und die Bude hatte nen Bretterboden, und der is zweimal am Tag gefegt worden, was nich ohne war – bei dem Leben, wo ich inzwischen dran gewöhnt war.

Die andren sind zum Teil viel schwerer verwundet gewesen wie ich, das können Sie mir glauben. Da gab's Jungs, wo echt schlimm drangewesen sind – ohne Füße und Hände, ohne Arme und Beine, und weiß der Teufel ohne was noch alles; Jungs, wo im Bauch, in der Brust und im Gesicht getroffen worden sind. Bei Nacht hätt man meinen können, man is in ner Folterkammer – die Typen haben geheult und geschrien und nach ihrer Mami gerufen.

Neben mir is 'n Typ gelegen, der wo Dan geheißen hat und in nem Panzer in die Luft gejagt worden is. Der war total verbrannt, und bei dem sind überall Schläuche rein- und rausgegangen, aber ich hab ihn nie brüllen hören. Er hat ganz leise und ruhig geredet, und nach ein, zwei Tagen sind wir Freunde geworden. Dan kommt aus Connecticut und is Geschichtslehrer gewesen, bis die ihn sich für die Army gekrallt haben. Aber weil er gescheit is, haben sie ihn zum Offizierskurs geschickt und zum Lieutenant gemacht. Die meisten Lieutenants, wo ich mitgekriegt hab, sind ungefähr so einfältig gewesen wie ich, aber bei Dan war das anders. Er hat ne eigene Philosophie drüber, wieso wir überhaupt hier sind, und zwar meint er, daß wir aus den richtigen Gründen das Falsche machen, oder vielleicht auch andersrum – wie auch immer, richtig machen tun wir's nich. Er findet's lächerlich, daß wir in nem Land Krieg führen, wo wir unsre Panzer so gut wie gar nich einsetzen können, weil hier gibt's ja praktisch nur Sumpf und Berge, und es is immerhin 'n Panzerlieutenant. Wie ich ihm von Bubba erzähl, nickt er ganz traurig und meint, daß wohl noch viele Bubbas sterben müssen, vor diese Geschichte ausgestanden is.

Nach ner Woche oder so haben se mich auf ne andre Station verlegt, wo man zum rekonfallesieren hinkommt, aber ich geh jeden Tag rüber auf Intensiv und setz mich ne Weile zu Dan. Ab und zu spiel ich ihm was auf meiner Harmonika vor, weil das hört er echt gern. 'n Päckchen Schokoriegel von meiner Mami hat mich endlich eingeholt, und die hätt ich gern zusammen mit Dan gefuttert, bloß daß der nix essen kann, was nich durch seine Schläuche läuft.

Also, ich glaub, die Zeit, wo ich bei Dan gesessen und mit ihm geredet hab – das hat bei mir nen enormen

Eindruck hinterlassen. Ich weiß schon, bei nem Idioten wie mir kommt keiner auf die Idee, der könnt so was wie ne eigne Philosophie haben, aber vielleicht hat sich auch bloß nie keiner die Mühe gemacht, mit mir mal da drüber zu reden. Nach Dans Philosophie is alles was mit uns – und mit allem andren – passiert, von Naturgesetzen bestimmt, die wo das Universum beherrschen. Seine Ideen waren extrem kompliziert, aber die Kernpunkte, wo ich kapiert habe, haben allmählich meine ganze verdammte Einstellung verändert.

Mein ganzes Leben lang hab ich bei allem, was so gelaufen is, immer nur Bahnhof verstanden – es is eben passiert, und dann is was andres passiert, und dann noch was, und noch was, und verdammt oft hat das überhaupt keinen Sinn ergeben. Dan meint nun, das is alles Teil von so was wie nem Plan, und am besten kommt man klar, wenn man rauskriegt, wie man reinpaßt in diesen Plan und versucht, sich danach zu richten. Seit ich das weiß, is für mich alles irgendwie viel klarer.

Mir geht's jedenfalls nach 'n paar Wochen schon sehr viel besser, und mein Hintern verheilt total gut. Der Doktor meint, ich hätt ne Haut wie 'n Rhinozeros. Im Lazarett hat's auch nen Freizeitraum, und weil's sonst nicht viel zu tun gibt, geh ich mal rüber, und da spielen zwei Typen Tischtennis. Nach ner Weile frag ich, ob ich mitmachen kann, und die sagen »okay«. Erst verlier ich noch 'n paar Punkte, aber dann gewinn ich gegen alle beide. »So 'n schwerer Typ und so schnell, alle Achtung«, meint der eine noch, und ich nick einfach nur. Wenn's ging, hab ich dann jeden Tag 'n bißchen gespielt, und ob Sie's glauben oder nich, ich bin ziemlich gut geworden.

Am Nachmittag geh ich immer Dan besuchen, aber am Morgen bin ich allein, und wenn ich will, kann ich aus 'm Lazarett raus. 'n Bus fährt so Typen wie mich nach Danang rein, wo man dann rumlatschen und irgend so 'n Zeug kaufen kann, was die Schlitzaugen in ihren Läden verhökern. Aber ich brauch nix und lauf bloß rum und schau mir alles an.

Im Hafenviertel is 'n kleiner Markt, wo sie Fische verkaufen und Krabben und so, und da bin ich mal runtergegangen und hab mir 'n paar Krabben gekauft, und einer von den Köchen vom Lazarett hat mir die gekocht, und die sind echt gut gewesen. Leider kann Dan nicht mitessen. Wenn ich die Dinger richtig vermatsch, kann man's vielleicht in seine Schläuche reinfüllen, meint er, und will gleich mal die Schwester fragen, aber ich merk schon, das is bloß 'n Jux.

In der Nacht lieg ich dann in meiner Koje und mach mir so meine Gedanken – wie Bubba wohl die Krabben geschmeckt hätten, und wie das geworden wär mit unsrer Krabbensache. Der arme Bubba. Am nächsten Tag frag ich Dan, wie es sein kann, daß Bubba sterben muß, und was für 'n bescheuertes Naturgesetz das zuläßt. Er denkt ne Weile drüber nach und sagt dann: »Weißt du, Forrest, die Naturgesetze sind nicht unbedingt angenehm für uns. Aber Gesetze sind's trotzdem. Wenn sich im Dschungel ein Tiger auf nen Affen stürzt, is das schlecht für den Affen – aber gut für den Tiger. So is das nun mal.«

n'paar Tage später geh ich wieder auf 'n Fischmarkt, und da is 'n kleines Schlitzauge und verkauft nen großen Sack Krabben. Ich frag ihn, wo er die her hat, und er plappert drauflos, weil der versteht kein Englisch. Ich fang dann eben mit Zeichensprache an wie 'n Indianer oder so, und nach ner Weile schnallt er's und winkt, ich soll mitkommen. Erst weiß ich nich so recht. Aber er is parmanent am Lächeln, und ich auch.

Wir sind bestimmt schon nen Kilometer gegangen – an den ganzen Schiffen vorbei und am Strand entlang. Er bringt mich aber nich zu nem Schiff, sondern zu nem sumpfigen Gelände am Strand mit nem Teich drin, und da, wo bei Flut das Wasser vom Chinesischen Meer reinkommt, hat er Netze aus Maschendraht ausgelegt. Der Typ *züchtet* da sozusagen Krabben! Er holt 'n kleines Netz, zieht's durchs Wasser, und schon sind zehn oder zwölf Krabben drin. 'n paar packt er für mich in nen kleinen Beutel, und ich geb ihm nen Schokoriegel, und er freut sich riesig.

Am Abend zeigen sie dann unter freiem Himmel nen Film – gleich neben dem Oberkommando von den Einsatztruppen, und ich geh hin, bloß fängt dann einer in der ersten Reihe wegen irgendwas ne Mordskeilerei an, und jemand fliegt durch die Leinwand, und damit is der Film gelaufen. Hinterher lieg ich in meiner Koje und denk nach, und auf einmal hab ich's! Jetzt weiß ich, was ich mach, wenn sie mich rauslassen aus der Army. Ich geh heim, such mir nen kleinen Teich am Golf von Mexiko, und da zieh ich Krabben! Nen Krabbenkutter kann ich mir jetzt, wo Bubba nich mehr is, vielleicht nich kaufen, aber in irgend 'n Sumpfgebiet gehen und Netze aus Maschendraht besorgen, das geht immer noch, und das werd ich auch machen. Bubba hätt da seine Freude dran.

Die nächsten paar Wochen bin ich jeden Morgen zu dem Teich runtergegangen, wo das kleine Schlitzauge Krabben züchtet. Herr Tschi heißt er. Ich hab mich einfach hingesetzt und zugeguckt, und irgendwann hat er mir gezeigt, wie er seine Zucht angefangen hat. Er hat im Sumpf mit nem kleinen Netz 'n paar junge Krabben gefangen und in seinen Teich gekippt. Wie dann die Flut reingekommen is, hat er allen möglichen Scheiß reingeschmissen – Abfälle und all so was, und da hat sich dann so 'n winziges schleimiges Zeugs gebildet, was die Krabben gefressen haben, und wo sie dick und fett davon geworden sind. Das Ganze ist so simpel, das kriegt sogar 'n Schwachsinniger hin. Einige Tage später kommen so 'n paar Obermacker vom Oberkommando ganz aufgedreht ins Lazarett rüber und sagen: »Schütze Gump, Sie sind mit dem höchsten Tapferkeitsorden ausgezeichnet worden. Übermorgen fliegen sie in die USA zurück, wo Ihnen der Präsident persönlich den Orden anheften wird.« Das is aber am frühen Morgen gewesen, und ich wollt eigentlich grad aufstehen und aufs Klo gehen, wie die gekommen sind, und jetzt wollen die vermutlich ne Antwort von mir hören, und mir platzt gleich die Blase. Aber diesmal halt ich die Schnauze und sag bloß, »danke«. Vielleicht is das alles Teil von dem großen Plan.

Wie die weg sind, geh ich jedenfalls auf Intensiv rüber und will zu Dan, aber seine Koje is leer, und die Matratze is hochgeklappt – er is nich mehr da. Ich hab schreckliche Angst, daß ihm was passiert is, und renn zum diensthabenden Offizier, aber der is auch nich da. In der Halle seh ich ne Schwester, und die frag ich: »Was is mit Dan?« und die sagt einfach nur, er wär »nich mehr da«. – »Und wo isser?« frag ich, und sie meint: »Weiß ich nich, das war nich in meiner Schicht.« Ich such die Oberschwester und frag die, und von ihr erfahr ich, daß sie Dan in die Staaten zurückgeflogen haben, weil da können sie sich besser um ihn kümmern. Ich will noch wissen, ob ihm auch nix passiert is, und sie sagt: »Nein, wenn man mal von zwei perforierten Lungen, einem abgerissenen Darm, einem gebrochenen Wirbel, einem amputierten Fuß, einem Beinstumpf und Verbrennungen dritten Grades am halben Körper absieht, geht's ihm ganz prächtig.« Ich bedank mich und geh.

An diesem Nachmittag hab ich nich Tischtennis gespielt, weil ich mach mir solche Sorgen um Dan. Ich hab Angst, er ist gestorben, und die sagen mir nix, von wegen nächste Angehörige müssen zuerst benachrichtig werden und so. Ich bin fix und fertig und lauf einfach rum und kick Steine und Blechdosen durch die Gegend.

Wie ich dann wieder auf meine Station komm, liegt da Post für mich, wo mich endlich eingeholt hat. Meine Mami hat mir nen Brief geschickt, wo drinsteht, daß unser Haus abgebrannt is, und sie hat keine Versicherung und nix und muß ins Fürsorgeheim. Sie schreibt, das Feuer is ausgebrochen, wie Miss French ihre Katze gewaschen und dann trockengefönt hat, und da hat dann entweder die Katze oder der Fön Feuer gefangen, und das war's dann. Meine Briefe, sagt sie, soll ich jetzt an die *Little Sisters of the Poor* schicken. Da wird's wohl in Zukunft jede Menge Tränen geben.

Dann is da noch 'n Brief, und in dem steht: »Sehr geehrter Herr Gump! Sie haben das große Los gezogen und gewinnen einen nagelneuen Pontiac GTO. Sie brauchen nur die beiliegende Karte an uns zurücksenden, womit Sie unsere herrliche Enzyklopädie erwerben und dann jedes Jahr den Ergänzungsband zu 75 Dollar, solange Sie leben.« Den Brief hab ich in den Papierkorb geschmissen. Was zum Teufel soll 'n Idiot wie ich mit ner Enzyklopädie? Und Auto fahren kann ich auch nich.

Aber der dritte Brief is an mich persönlich geschrieben, und hinten auf 'm Umschlag steht: »J. Curran, Postfach, Cambridge, Massachusetts.« Ich bring den Brief kaum auf, so zittern meine Hände.

»Lieber Forrest«, schreibt sie. »Meine Mutter hat mir den Brief nachgesandt, den Deine Mutter ihr gegeben hat, und es tut mir aufrichtig leid, daß Du in diesem schrecklichen unmoralischen Krieg kämpfen mußt.« Sie sagt, sie weiß, wie furchtbar das alles für mich sein muß – von wegen dem ganzen Töten und Verstümmeln und so. »Es muß Dein Gewissen belasten, daran beteiligt zu sein, obwohl ich sicher bin, daß Du gegen Deinen Willen dort bist.« Sie schreibt, daß es schrecklich sein muß, wenn man die Kleider nich wechseln kann und kein frisches Essen kriegt und nix, aber was ich damit mein, daß wir »zwei Tage auf 'm Bauch in Offiziersscheiße liegen« mußten, das versteht sie nich.

»Eigentlich trau ich nicht mal *denen* zu, daß sie euch zu so etwas Ordinärem zwingen«, schreibt sie. Na ja, diese Geschichte hätt ich wohl 'n bißchen besser erklären sollen.

»Wir organisieren riesige Demonstrationen gegen die faschistischen Schweine, damit der Krieg gestoppt wird und das Volk Gehör findet«, schreibt sie, und so geht's dann über ne Seite, und irgendwie hört sich das alles gleich an. Aber ich hab's trotzdem ganz sorgfältig gelesen, weil wenn ich bloß ihre Handschrift seh, kribbelt's bei mir schon in der Magengrube.

Am Schluß meint sie dann: »Wenigstens bist Du mit Bubba zusammen. Du bist bestimmt froh, in Deinem Elend einen Freund zu haben.« Sie sagt, ich soll Bubba grüßen, und dann steht da noch unter p. s., daß sie an 'n paar Abenden pro Woche mit ner kleinen Band in nem Café in der Nähe von Harvard spielt und sich damit 'n bißchen Geld verdient, und wenn ich da mal hinkomm, soll ich vorbeischaun. Die Band, sagt sie, heißt The Cracked Eggs. Seither such ich nach nem Grund, mal nach Harvard zu kommen.

Am Abend hab ich dann meinen Kram zusammengepackt, weil ich komm ja nach Hause und krieg die Tapferkeitsmedaille des Kongresses und treff mich mit dem Präsidenten der Vereinigten Staaten. Bloß hab ich eigentlich gar nix zum Packen – bis auf die Schlafanzüge, die Zahnbürste und den Rasierapparat, wo sie mir hier im Lazarett gegeben haben. Das ganze andre Zeug, wo mir gehört, is nämlich in Pleiku. Vom Oberkommando haben sie nen netten Colonel rübergeschickt, und der meint: »Machen Sie sich da mal keine Sorgen, Gump – wir lassen noch heut nacht in Saigon von nem Dutzend Schlitzaugen ne nagelneue Maßuniform anfertigen. Sie können schließlich nicht im Schlafanzug vor den Präsidenten treten.« Der Colonel meint, er kommt mit nach Washington und sorgt dafür, daß mit dem Zimmer und dem Essen alles klappt und daß uns jemand überall hinfährt, wo wir hinwollen, und außerdem wird er mir verklickern, wie ich mich verhalten muß und all so was.

Colonel Gooch heißt er übrigens.

Am gleichen Abend hab ich dann noch ne Runde Tischtennis gespielt gegen nen Typen vom Oberkommando, und der is angeblich der beste Pingpong-Spieler von der ganzen Army. 'n kleiner drahtiger Bursche is das, wo mir nich in die Augen gucken mag und in nem Lederetui seinen eigenen Schläger mitbringt. Wie ich ihm die Hölle heiß mach, spielt er einfach nich mehr weiter und behauptet, die Bälle würden nix taugen, die wären von der Luftfeuchtigkeit versaut. Er packt seinen Schläger ein und geht nach Hause, und das ist schon in Ordnung, weil die Tischtennisbälle läßt er da, und die können sie im Freizeitraum gut gebrauchen.

Am nächsten Morgen kommt ne Schwester rein und bringt mir 'n Kuvert mit meinem Namen drauf. Ich mach den Brief auf und er is von Dan. Ihm is also nix passiert. Folgendes hat er mir zu sagen:

Lieber Forrest,
Es tut mir leid, daß wir uns nicht mehr gesprochen haben, bevor ich verlegt wurde. Die Entscheidung der Ärzte kam ganz plötzlich, und ehe ich mich versah, wurde ich schon weggebracht, aber ich hab' darum gebeten, wenigstens noch diese Zeilen schreiben zu dürfen, da Du während meines Aufenthaltes so nett zu mir warst.

Forrest, ich spüre, daß Du an der Schwelle zu etwas sehr Bedeutsamem stehst, zu einer Veränderung, einem Ereignis, das Deinem Leben eine ganz neue Richtung geben wird. Du mußt den Augenblick nutzen und darfst ihn nicht verstreichen lassen. Wenn ich jetzt zurückblicke, denke ich daran, daß ab und zu in Deinen Augen etwas aufblitzt, ein winziger Funke, meist wenn Du lächelst, und ich glaube, bei diesen seltenen Gelegenheiten habe ich beinahe den Ursprung unserer Fähigkeit gesehen, als Menschen zu denken, zu schaffen, zu *sein*.

Dieser Krieg ist nichts für Dich, mein Freund – genausowenig wie für mich. Ich hab' ihn hinter mir, und Du bestimmt bald auch. Die entscheidende Frage lautet, was willst Du dann tun? Ich bin überhaupt nicht der Meinung, daß Du ein Idiot bist. Vielleicht fällst Du nach den Kriterien von Tests und dem Urteil von Dummköpfen in irgendwelche Kategorien, aber ich habe auf dem Grund Deiner Augen den Funken der Neugier gesehen, der in Deinem tiefsten Innern glüht. Laß Dich von der Strömung tragen, mein Freund, und nutze sie für Dich, kämpfe gegen Seichtheit und Hemmnisse und laß Dich niemals unterkriegen, gib nie auf. Du bist ein famoser Kerl, Forrest, und hast ein großes Herz.«

Dein Freund
Dan

Ich hab den Brief von Dan zehn oder zwanzig Mal gelesen, aber so ganz hab ich ihn nich verstanden. Also, ich glaub schon, daß ich weiß, wo er drauf raus will, aber hinter 'n paar Sätze und Wörter komm ich einfach nich. Colonel Gooch taucht auf und sagt, wir müssen los, und zwar erst nach Saigon – von wegen meiner neuen Uniform, die wo von den zwanzig Schlitzaugen letzte Nacht zusammengenäht worden is – und dann schnurstracks in die Vereinigten Staaten. Ich zeig ihm den Brief von Dan und frag, was das alles genau bedeutet, und wie ihn Colonel Gooch überflogen hat, gibt er ihn mir zurück und sagt: »Also, wenn ich das recht verstehe, will er sagen, Sie müssen verdammt aufpassen, daß Sie nichts falsch machen, wenn der Präsident Ihnen den Orden ansteckt.«

8

Wir fliegen über 'n Pazifik, und Colonel Gooch verklikkert mir, was ich für 'n großer Held sein werd, wenn wir erst in den Vereinigten Staaten sind. Paraden werden die Leute veranstalten, meint er, und daß ich mir garantiert nie was zum Trinken oder Essen bestellen kann, weil jeder will das für mich übernehmen. Dann sagt er noch, die Army möcht mich auf ne Tour schikken, wo ich neue Rekruten anwerben und irgendwelche Scheiß-Anleihen verkaufen soll, und daß man mir nen »fürstlichen Empfang bereiten« wird. Da hat er nu allerdings recht.

Wie wir auf 'm Flughafen von San Francisco landen, warten da schon jede Menge Leute auf uns – mit Schildern und Transparenten und so. Colonel Gooch guckt im Flugzeug zum Fenster raus und meint, er wundert sich, daß er nirgends ne Blaskapelle sieht, wo zur Begrüßung spielt. Es stellt sich dann schnell raus, daß wir auch schon mit der Menschenmenge gut bedient sind.

Wie wir aus 'm Flugzeug kommen, fangen die erst mal mit Sprechchören an, und dann schmeißt einer ne große Tomate und trifft Colonel Gooch mitten ins Gesicht. Dann is echt der Teufel los. Die paar Bullen, wo da sind, rennt die Menge einfach über 'n Haufen, und dann kommen sie auf uns zugelaufen und brüllen lauter scheußliches Zeug – und das sind bestimmt zweitausend Leute mit Bärten und so. Soviel Schiß hab ich nich mehr gehabt, seit wir in dem Reisfeld waren, wo Bubba gefallen is.

Colonel Gooch probiert sich die Tomate aus 'm Gesicht zu wischen, ohne seine Würde zu verlieren, aber ich sag mir, scheiß drauf, weil die sind Tausend zu Eins in der Überzahl, und wir haben nich mal Waffen – ich mach also kehrt und lauf los.

Wie's aussieht, hat die Menge bloß drauf gewartet, daß sie jemand hetzen kann, weil die verfolgen mich jetzt alle – genau wie als Kind – und brüllen und schwenken ihre Transparente. Ich renn fast bis zum Ende von der Landebahn und wieder zurück und in den Terminal rein. Das is noch schlimmer wie damals, wo die Maisköppe aus Nebraska mich im Stadion von Miami rumgejagt haben. Dann renn ich aufs Klo, schließ mich in ne Kabine ein und versteck mich hinterm Klodeckel, bis ich mir sag, jetzt haben die bestimmt aufgegeben und sind heimgegangen. Ich muß wohl ne Stunde oder so da drin gewesen sein.

Wie ich rauskomm und durch die Halle geh, steht da Colonel Gooch mitten in ner ganzen Abteilung Militär- und Zivilpolizei, und bis er mich sieht, macht er nen arg unglücklichen Eindruck. »Schnell, Gump!« ruft er dann. »Die haben extra 'n Flugzeug warten lassen, damit wir nach Washington kommen.«

Wie wir in dieses Flugzeug steigen, sitzt da schon 'n Haufen Zivilisten, und Colonel Gooch und ich suchen uns nen Platz ganz vorne. Wir sind noch nich mal gestartet, da stehen um uns rum schon alle auf und verziehen sich in den hinteren Teil vom Flugzeug. »Wie kommt denn das?« frag ich Colonel Gooch, und er meint, wir riechen wahrscheinlich irgendwie komisch, aber ich soll mir da mal keine grauen Haare drüber wachsen lassen. In Washington, sagt er, is alles ganz anders. Hoffentlich hat er recht, weil auch 'n Schwachkopf wie ich sieht, daß es bis jetzt nich so gelaufen is, wie mir das der Colonel beschrieben hat.

Wie das Flugzeug nach Washington kommt, bin ich vor Aufregung ganz aus 'm Häuschen! Durchs Fenster sieht man das Washington Monument und das Kapitol und so, und das sind lauter Sachen, wo ich bloß von Bildern kenn, und da sind sie nun – richtig in echt. Die Army hat nen Wagen geschickt, wo uns abholt und in 'n richtig nettes Hotel fährt – mit Aufzügen und all so was und mit Leuten, die wo einem den ganzen Kram hinterherschleppen.

Wie wir uns einquartiert haben, kommt Colonel Gooch in mein Zimmer und sagt, er kennt da ne nette kleine Bar, wo's ne Menge hübsche Mädchen hat, und da gehn wir jetzt was trinken. Hier isses total anders als wie in Kalifornien, meint er, weil im Osten sind die Leute kultiviert. Pustekuchen!

Wie setzen uns an nen Tisch, und Colonel Gooch bestellt für mich 'n Bier und für sich irgendwas andres, und dann fängt er an mir zu verklickern, wie ich mich morgen bei der Zeremonie verhalten muß, wenn der Präsident mir den Orden ansteckt.

Mitten drin in diesem Gespräch kommt 'n hübsches Mädchen an unserm Tisch vorbei, und Colonel Gooch guckt hoch und sagt zu ihr, sie soll uns noch mal was zu trinken bringen – scheinbar meint er, das wär ne Bedienung. Aber die schaut einfach auf uns runter und sagt: »Dir würd ich nich mal 'n Glas abgestandne Spucke holen, du dreckiger Schwanzlutscher.« Dann guckt sie mich an und fragt. »Wie viele Babys haste heute schon umgebracht, du Riesenaffe?«

Also, dann sind wir lieber wieder ins Hotel gegangen und haben unser Bier beim Zimmerservice bestellt, und Colonel Gooch verklickert mir vollends, wie ich mich morgen benehmen muß.

Am nächsten Tag sind wir dann ganz früh auf den Beinen und latschen rüber zu diesem Weißen Haus, wo der Präsident wohnt. Also, das is 'n richtig schönes Haus mit nem großen Rasen und es is fast so groß wie bei uns in Mobile das ganze Rathaus. 'n Haufen Leute von der Army sind schon da, und die schütteln mir die Hand und meinen, was ich doch für 'n großartiger Bursche wär, und dann isses auch schon Zeit für meinen Orden.

Der Präsident is 'n großer, schwerer Typ, und so, wie der redet, isser bestimmt aus Texas oder so. nen Haufen Leute haben se zusammengetrommelt, wo zum Teil so ähnlich aussehen wie Dienstmädchen und Männer von ner Putzkolonne. Jedenfalls scheint die Sonne, und wir stehen alle in dem hübschen Rosengarten.

Dann liest 'n Typ von der Army irgend so nen Bockmist vor, und alle spitzen die Ohren – bloß ich nich, ich bin nämlich am Verhungern, weil wir haben noch nich gefrühstückt. Wie der Army-Typ endlich fertig is, kommt der Präsident zu mir rüber, holt den Orden aus ner Schachtel und heftet ihn mir an die Brust. Dann schüttelt er mir die Hand, und die ganzen Leute knipsen in der Gegend rum und klatschen wie wild.

Das hätten wir hinter uns, denk ich mir, nix wie raus hier, aber der Präsident steht immer noch da und guckt mich irgendwie komisch an. Schließlich fragt er: »Ist das etwa dein Magen, was da so knurrt, mein Sohn?«

Ich werf nen Blick zu Colonel Gooch rüber, aber der verdreht bloß die Augen, also nick ich und sag ja, und der Präsident meint: »Na, dann komm mal mit, mein Junge, sehen wir zu, daß wir was zu essen kriegen.«

Ich geh mit ihm rein, und wir kommen in nen kleinen, ziemlich runden Raum, und der Präsident sagt zu nem Typen, wo wie 'n Kellner angezogen is, er soll mir 'n Frühstück bringen. Dann sind bloß noch wir beide im Zimmer, und solang wir aufs Frühstück warten, fragt er mich allen möglichen Quatsch – ob ich weiß, wieso wir gegen die Schlitzaugen kämpfen und all so was, und ob se uns anständig behandeln in der Army. Ich nick immer bloß, und nach ner Weile hört er auf mit der Fragerei. Dann is erst mal Sendepause, bis er meint: »Möchtest du ein bißchen fernsehen bis das Frühstück kommt?«

Ich nick, und der Präsident schaltet hinter seinem Schreibtisch nen Fernseher an, und wir gucken die ›Beverly Hillbillies‹. Der Präsident amüsiert sich köstlich und meint, er schaut sich das jeden Tag an, und ich würd ihn an Jethro erinnern. Nach 'm Frühstück fragt mich der Präsident, ob er mir das Haus zeigen soll. Ich sag ja, und wir machen uns auf die Socken. Wie wir ins Freie kommen, haben wir gleich die ganze Fotografen-Meute auf den Fersen, aber der Präsident will, daß wir uns auf ne kleine Bank setzen, und dann sagt er: »Nicht wahr, mein Sohn, du warst verwundet«, und wie ich nick, meint er: »Hier, schau dir das mal an«, und zieht sein Hemd hoch und zeigt mir ne Mordsnarbe auf 'm Bauch, wo er scheinbar mal operiert worden is, und wie er mich noch fragt: »Wo bis *du* verwundet worden?« zieh ich eben die Hose runter und zeig's ihm. Die ganze Fotografen-Meute steht sofort auf der Matte und schießt Fotos, und 'n paar Leute kommen hergerannt und bugsieren mich rüber zu Colonel Gooch.

Am Nachmittag platzt der Colonel dann mit nem Haufen Zeitungen in mein Hotelzimmer. Junge, Junger, is der geladen! Er brüllt rum und tobt und knallt die Zeitungen auf mein Bett, und vorne drauf auf den Titelseiten seh ich mich selber, wie ich dem Präsidenten meinen dicken Hintern zeige, und wie der Präsident mir seine Narbe vorführt. In einer Zeitung haben se nen schwarzen Balken über meine Augen gemacht, daß man mich nicht erkennt, wie se das bei schmutzigen Fotos immer machen. Unter dem Bild steht: »Präsident Johnson entspannt sich mit Kriegsheld im Rosengarten.«

»Gump, Sie Idiot!« brüllt Colonel Gooch. »Wie konnten Sie mir das antun? Ich bin ruiniert! Meine Karriere – aus und vorbei!«

»Ich weiß nich«, sag ich, »aber ich wollt alles richtig machen.«

Also, jetzt hab ich's mir mal wieder verscherzt, aber ganz haben sie mich noch nich aufgegeben. Die Army hat nämlich beschlossen, ich geh auf ne Werbetour, und bring irgendwelche Typen dazu, daß die sich freiwillig zum Krieg melden. Colonel Gooch hat jemand ne Rede schreiben lassen, wo ich halten soll, und zwar ne richtig lange Rede. »In Zeiten des Notstands gibt es nichts Ehrenhafteres und Patriotischeres, als in den Streitkräften zu dienen«, und all so nen Scheiß. Das Blöde is nur, ich kann mir die Rede absolut nich merken. Das heißt, im Kopf hab ich die ganzen Wörter richtig gut auf der Reihe, bloß wenn ich das dann sagen soll, gibt's 'n großes Kuddelmuddel.

Colonel Gooch is außer sich vor Wut. Ich muß immer fast bis um zwölf aufbleiben und die Rede üben, bis er irgendwann die Hände über 'm Kopf zusammenschlägt und knurrt: »Ich seh schon, daraus wird nichts.«

Aber dann hat er nen Geistesblitz. »Gump«, sagt er, »wir machen das so. Ich kürze die Rede. Sie brauchen nur ein paar Sätze sagen. Ja, so müßt's eigentlich gehen.« Der Text wird also immer kürzer und kürzer, bis Colonel Gooch endlich überzeugt is, daß ich die Rede aufsagen kann und dabei nich wie 'n Idiot ausseh. Ich muß dann bloß noch sagen: »Werdet Soldaten und kämpft für eure Freiheit«, weiter nix.

Die erste Station von unsrer Tour is 'n kleines College. 'n paar Reporter und Fotografen sind auch da.

Wir sitzen in nem großen Hörsaal auf 'm Podium. Colonel Gooch steht auf und hält die Rede, wo eigentlich ich halten gesollt hätt, und am Schluß meint er: »Und nun noch einige Anmerkungen des Schützen Gump, der jüngst vom Präsidenten mit der Tapferkeitsmedaille des Kongresses ausgezeichnet wurde.« Er winkt mich zu sich rüber, 'n paar Leute klatschen, und ich beug mich zum Mikro vor und sag: »Werdet Soldaten und kämpft für eure Freiheit.«

Die wollen bestimmt noch mehr hören, denk ich mir, aber mehr soll ich nun mal nich sagen, ich steh also einfach bloß da, und alle glotzen sie mich an, und ich glotz zurück. Dann ruft auf einmal einer ganz vorne im Publikum: »Was ist Ihre Meinung zum Krieg?« und ich sag einfach, was mir als erstes einfällt, nämlich: »Das is ne ganz große Kacke.«

Colonel Gooch reißt mir sofort das Mikrofon weg und setzt mich wieder auf meinen Platz, aber die ganzen Fotografen sind schon wie wild am Knipsen, und die Reporter kritzeln in ihren Notizblöcken rum, und die ganzen Leute sind total außer Rand und Band, alle springen sie auf und brüllen irgendwas. Colonel Gooch schafft mich ins Freie, und zwar subito, und dann sitzen wir auch schon im Auto und brausen raus aus der Stadt. Zu mir sagt der Colonel überhaupt nix, er redet bloß mit sich selber und lacht vor sich hin, wie wenn er übergeschnappt wär.

Am nächsten Morgen sind wir noch im Hotel, und für unsren zweiten Auftritt is schon alles vorbereitet, aber dann klingelt das Telefon, und Colonel Gooch wird verlangt. Der Typ an andren Ende redet offenbar ohne Punkt und Komma, und Colonel Gooch is bloß am Zuhören, und sagt bloß dauernd »yes, Sir« und dabei guckt er mich richtig giftig an. Wie er endlich aufgelegt hat, starrt er auf seine Schuhspitzen und meint: »Das hast du ja fein hingekriegt, Gump. Die Tour is gestrichen, und ich werd nach Island auf ne Wetterstation versetzt. Was sie mit dir Tranfunzel vorhaben, weiß ich nicht – ist mir auch vollkommen egal.« Wie ich Colonel Gooch frag, ob wir uns jetzt vielleicht ne Cola besorgen könnten, glotzt er mich bestimmt ne Minute lang an, und dann redet er wieder mit sich selber und lacht, wie wenn er übergeschnappt wär.

Mich haben se nach Fort Dix geschickt und zu den Dampfheizern gesteckt, und da war dann eben Kohlen schippen angesagt. Den ganzen Tag und die halbe Nacht hab ich dieses Zeug in Kessel geschaufelt, die wo dafür sorgen, daß es in den Unterkünften schön warm is. Chef von der Heizer-Kompanie is 'n ziemlich alter Typ gewesen, wo nich viel Wind gemacht hat. Er hat gemeint, bis zu meiner Entlassung aus der Army fehlen bloß noch zwei Jahre, und wenn ich sauber bleib, is alles okay. Das probier ich dann auch. Ich muß oft an meine Mami denken und an Bubba und unsre Krabbensache und an Jenny Curran in Harvard, und ab und zu spiel ich 'n bißchen Pingpong.

Irgendwann im nächsten Frühling steht dann auf nem Aushang, daß in Fort Dix 'n Tischtennisturnier stattfindet, und der Sieger kommt nach Washington zu den Army-Meisterschaften. Ich meld mich also an und gewinn mit links, weil bloß einer mitspielt, wo was auf 'm Kasten hat, aber der läßt dauernd den Schläger fallen, dem hat's nämlich im Krieg 'n paar Finger weggerissen.

Ne Woche später schicken sie mich nach Washington. Das Turnier findet im *Walter Reed Hospital* statt, weil da können die ganzen Typen mit Kriegsverletzungen zugucken. Die erste Runde hab ich ohne große Probleme gewonnen, die zweite auch noch, aber in der dritten hab ich dann nen drahtigen kleinen Typen erwischt, wo die Bälle ganz abartig angeschnitten hat,

CAMERA (2)

Wallace + Gromit

21.45 / 23.05

Interview mit einem Vampir 20 h UT 3
23 h

~~Scala 20h30~~ → UT 1

König der Löwen! 20h30
23 h

Bewegte Mann Scala 4
20h30 [illegible]

und der macht mich total naß und versohlt mir den Hintern. Er führt schon 4:2, und es sieht ganz so aus, wie wenn ich verlier, aber auf einmal seh ich jemand in der Menge – niemand anders als Lieutenant Dan aus 'm Lazarett in Danang!

In der kurzen Pause vor 'm nächsten Spiel geh ich rüber zu ihm und schau zu ihm runter, und beide Beine sind weg.

»Die haben sie abnehmen müssen, Forrest«, meint er, »aber ansonsten geht's mir gut.«

Den Verband von seinem Gesicht haben se auch abgenommen, und es is voll mit Narben und Brandflekken, weil sein Panzer is ja ausgebrannt. Ein Schlauch geht immer noch in ihn rein, von ner Flasche aus, wo an ner Stange an seinem Rollstuhl hängt.

»Das wollen sie so lassen, wie's ist«, sagt Dan. »Die finden das steht mir.«

Er beugt sich vor, schaut mir direkt in die Augen und meint: »Forrest, ich glaub, du schaffst einfach alles, was du wirklich willst. Ich hab dein Spiel verfolgt. Du kannst diesen kleinen Typen schlagen, du hast nämlich eine verdammt gute Technik, und du bist nun mal dazu bestimmt, der Beste zu sein.«

Ich nick einfach nur, und dann isses auch schon höchste Zeit für das nächste Match, und nu geb ich keinen einzigen Punkt mehr ab und schaff's ins Endspiel und gewinn das Turnier.

Ungefähr drei Tage hat das Ganze gedauert, und in dieser Zeit bin ich öfters mal mit Dan zusammengewesen. Ich hab ihn in seinem Rollstuhl rumgeschoben – manchmal raus in 'n Garten, daß er auch mal an die Sonne kommt –, und am Abend hab ich ihm was auf meiner Harmonika vorgespielt, wie ich's auch für Bubba gemacht hab. Aber meistens wollt er mit mir reden, und zwar über alles mögliche – über Geschichte und Philosophie und einmal auch über die Relativitätstheorie von Einstein, und was das für das Universum bedeutet. Da hab ich mir dann 'n Blatt Papier besorgt und das alles hingeschrieben – die ganze Formel –, weil das haben wir damals an der Uni in *Intermittierendes Licht* durchgenommen. Er guckt sich das an und sagt: »Forrest, du verblüffst mich immer wieder aufs neue.«

Wie ich wieder in Fort Dix bin und in der Heizer-Kompanie Kohlen schipp, taucht irgendwann 'n Typ vom Pentagon auf, und der strahlt über alle vier Bakken und hat nen Haufen Orden auf der Brust und sagt: »Schütze Gump, ich darf Ihnen mitteilen, daß Sie in die US-Tischtennismannschaft aufgenommen wurden, die gegen die Rotchinesen antreten wird. Dies ist eine besondere Ehre, weil es das erste Mal seit fünfundzwanzig Jahren ist, daß unser Land irgend etwas mit den Chinesen zu tun hat, und das ist verdammt viel wichtiger als irgend so ein blödes Pingpong-Spiel. Es geht um Diplomatie, und vielleicht hängt die Zukunft des Menschengeschlechts davon ab. Können Sie mir folgen?«

Ich nicke und zuck mit den Schultern, und das Herz rutscht mir in die Hose. Ich bin doch bloß 'n armer Idiot, und jetzt soll ich auf die ganze Menschheit aufpassen.

9

Jetzt haben sie mich also wieder um den halben Globus geschickt, diesmal nach China, genauer gesagt nach Peking.

Die andern Typen in der Pingpong-Mannschaft sind total nett, und die kommen aus allen Schichten und Berufen, und mit mir meinen's alle besonders gut. Die

Chinesen sind auch nett, das sind überhaupt ganz andre Schlitzaugen wie die, wo ich in Vietnam kennengelernt hab. Erst mal sind se ordentlich und sauber und enorm höflich – und umbringen wollen sie mich auch nich.

Das amerikanische Außenministerium hat uns nen Typen mitgegeben, wo uns verklickern soll, wie man sich Chinesen gegenüber betragen muß, und der is als einziger nich so nett – also, offen gesagt, das is 'n Arschloch. Der heißt Mr. Wilkins und hat nen dünnen Oberlippenbart und schleppt dauernd ne Aktentasche mit sich rum. Dem seine größte Sorge is, daß seine Schuhe poliert sind und seine Hose gebügelt is und sein Hemd keinen Fleck hat. Ich könnt wetten, der poliert sich nach 'm Aufstehn erst mal mit Spucke das Arschloch.

Mr. Wilkins sitzt mir dauernd auf der Pelle. »Gump«, sagt er, »wenn sich 'n Chinese vor Ihnen verbeugt, müssen Sie sich auch verbeugen. Gump, Sie können doch nich in aller Öffentlichkeit einen Garderobefehler beheben. Gump, was sollen denn diese Flekken auf Ihrer Hose? Gump, Sie haben die Tischsitten eines Schweins.«

Mit dem letzten könnt er vielleicht recht haben. Die Chinesen essen nämlich mit zwei dünnen Stäbchen, und es is fast nich zu machen, sich mit diesen Dingern was in den Mund zu schaufeln, und da landet eben ziemlich viel auf 'n Klamotten. Kein Wunder, daß man praktisch nirgends dicke Chinesen sieht. Man sollt eigentlich meinen, die hätten inzwischen gelernt, mit ner Gabel umzugehen.

Aber was soll's. Auf jeden Fall finden jede Menge Matchs gegen die Chinesen statt, und die haben 'n paar verdammt gute Spieler, aber wir können mithalten. Am Abend is dann praktisch immer irgendwas angesagt – essen gehen oder 'n Konzert anhören oder so –, und wie mal 'n Restaurant auf 'm Programm steht, was Pekingente heißt, und ich komm grad runter in die Hotelhalle, meint Mister Wilkins: »Gump, Sie müssen noch mal auf Ihr Zimmer und Ihr Hemd wechseln. Das sieht ja aus, als wären Sie in eine Tortenschlacht geraten.« Er geht mit mir zum Empfang rüber, und jemand, wo Englisch kann, muß auf Chinesisch nen Zettel für mich schreiben, und da steht drauf, daß ich in die Pekingente will. Den soll ich dem Taxifahrer geben.

»Wir gehen schon vor«, sagt Mister Wilkins. »Geben Sie dem Fahrer einfach den Zettel, dann bringt er Sie hin.« Ich geh also noch mal auf mein Zimmer und zieh 'n neues Hemd an.

Vor 'm Hotel find ich auch gleich 'n Taxi und steig ein, und der fährt los. Ich such überall nach dem Zettel, wo ich ihm geben soll, und bis es mir dämmert, daß der Wisch wohl noch in dem schmutzigen Hemd steckt, sind wir schon irgendwo mitten in der Stadt. Der Fahrer quasselt dauernd irgendwas, vermutlich fragt er, wo ich hin will, und ich sag dauernd »Pekingente, Pekingente«, aber er zuckt nur mit den Schultern und macht mit mir ne Stadtrundfahrt.

Das geht dann ungefähr ne Stunde lang so, und dabei krieg ich ganz schön was zu sehen. Schließlich tipp ich ihn auf die Schulter, und wie er sich umdreht, sag ich, »Pekingente«, und schlag mit meinen Armen, wie wenn's Entenflügel wären. Jetzt strahlt er auf einmal und nickt und fährt los. Ab und zu guckt er nach hinten, und ich schlag wieder mit meinen Flügeln. ne Stunde später oder so hält er an. Ich guck aus 'm Fenster, und – verdammt! Der hat mich zum Flughafen gefahren!

Also, jedenfalls isses schon ziemlich spät, und ich hab noch nix zu Abend gegessen, und so langsam bin ich am Verhungern, und wie wir an nem Restaurant vorbeikommen, sag ich ihm, er soll mich rauslassen.

Ich geb ihm nen Packen von dem Geld, was wir gekriegt haben, und er gibt mir was zurück, und weg isser.

Ich geh rein in das Restaurant und setz mich hin, aber ich hätt genausogut auf 'm Mond sein können. 'ne Frau kommt her, und die guckt ziemlich komisch und gibt mir ne Speisekarte, bloß is die auf chinesisch, und nach ner Weile zeig ich einfach auf vier, fünf Sachen, und denk mir, eins davon wird ja genießbar sein. Das is dann aber alles ganz gut. Nachher zahl ich und mach mich auf die Socken und such unser Hotel, bis mich schließlich ein Wagen mit sowas wie Polizisten drin mitnimmt. Da war ich wohl schon stundenlang durch die Gegend gelatscht.

Und dann wird mir auf einmal klar, daß die mich ins Gefängnis bringen. 'n großer Chinese, wo Englisch kann, fragt mich jede Menge Zeugs und bietet mir Zigaretten an – grad wie in diesen alten Filmen. Erst am nächsten Nachmittag haben se mich da wieder rausgeholt. Mr. Wilkins is in den Knast gekommen und hat so circa ne Stunde lang auf die eingeredet, und dann haben sie mich laufenlassen.

Mr. Wilkins war mindestens auf Hundertachtzig. »Ist Ihnen klar, Gump, daß die Sie für einen Spion halten? Wissen Sie, was für Konsequenzen das für dieses ganze Unternehmen haben kann? Sind Sie denn wahnsinnig?«

Ich will ihm grad sagen, »nee, ich bin bloß 'n Idiot«, aber dann laß ich's doch bleiben. Mr. Wilkins kauft bei nem Straßenhändler nen großen Luftballon und bindet ihn bei mir an nem Hemdknopf fest, weil er will »jederzeit« sehen können, wo ich bin. Außerdem hat er mir jetzt immer nen Zettel an den Aufschlag geheftet, wo draufsteht, wer ich bin und wo ich wohn. Ich bin mir wie 'n Depp vorgekommen.

Dann verfrachten se uns mal in nen Bus und fahren

total weit raus aus der Stadt zu nem breiten Fluß, und da stehen schon jede Menge Chinesen rum. Wieso die alle so feierlich tun, kriegen wir schnell mit, nämlich weil der alleroberste Oberchinese da is, der Vorsitzende Mao.

Der Große Vorsitzende is 'n dicker Typ, wo 'n bißchen wie 'n Buddha aussieht. Er hat seinen Pyjama ausgezogen und hat bloß noch ne Badehose an, und wir kriegen gesagt, der Vorsitzende Mao wird im Alter von achtzig Jahren ganz allein über 'n Fluß schwimmen, und sie möchten, daß wir zugucken.

Der Vorsitzende watschelt also rein und schwimmt los, und alle freuen sich. Wie er so ungefähr halb drüben is, hält er an, streckt die Hand hoch und winkt uns zu, und alle winken zurück.

'n Minute später winkt er wieder, und wieder winken alle zurück.

Kurz drauf winkt der Vorsitzende Mao zum dritten Mal, und nu dämmert's langsam allen, daß der nich am Winken is, sondern am absaufen!

Jetzt is die Scheiße am Dampfen. Leute springen ins Wasser, und von der andren Seite rast 'n Boot los, und am Ufer heulen sie alle und torkeln in der Gegend rum und trommeln sich mit den Handflächen gegen die Schläfen. Teufel auch, denk ich. Ich hab nämlich genau gesehen, wo er untergegangen is, streif mir also die Schuhe ab, und nix wie rein ins Wasser.

Ich überhol die ganzen Chinesen, wo auch rausschwimmen, und komm zu der Stelle, wo der Vorsitzende Mao abgesoffen is. Das Boot is am Kreisen, und die Leute gucken ins Wasser, aber das is ziemlich daneben, weil der Fluß hat so ungefähr die Farbe von nem Abwasserkanal.

Ich tauch dann vier, fünf Mal und stoß auch wirklich auf den alten Sack, der wo unter Wasser rumtreibt. Ich zieh ihn hoch, und irgend 'n Chinese schnappt ihn und hievt ihn ins Boot, und das braust davon. Die nehmen mich nich mal mit, ich muß also selber sehen, wie ich wieder zurückkomm.

Wie ich aus 'm Fluß steig, hüpfen sie alle um mich rum und rufen irgendwas und klopfen mir auf die Schulter und heben mich dann auf ihre Schultern und tragen mich zum Bus. Wie wir dann aber losgefahren sind, kommt Mr. Wilkins her und schüttelt den Kopf. »Sie dußliger Blödmann«, zischt er, »den Vereinigten Staaten hätte gar nichts Besseres passieren können, als daß dieser Mistkerl ertrinkt! Ist Ihnen das denn nicht klar? Gump, Sie haben uns eine einzigartige Chance vermasselt.«

Wie's aussieht, hab ich wieder Mist gebaut. Also, ich weiß auch nicht. Ich will doch immer nur alles richtig machen.

Die Pingpong-Spiele haben wir mehr oder weniger hinter uns, und ich kann schon gar nich mehr sagen, wer vorn liegt und wer hinten. Aber weil ich den Vorsitzenden Mao aus 'm Fluß gefischt hab, bin ich jetzt für die Chinesen ne Art Nationalheld.

»Gump«, meint Mr. Wilkins, »Ihre Blödheit scheint sich in nen Vorteil verkehrt zu haben. Ich habe einen Bericht erhalten, wonach die Chinesen Gespräche über eine Wiederaufnahme diplomatischer Beziehungen mit uns führen möchten. Außerdem will man Sie mit einer großen Parade durch die Pekinger Altstadt ehren, und ich erwarte, daß Sie sich zu benehmen wissen.«

Zwei Tage später is die Parade gewesen – und das war schon was. So circa ne Milliarde Chinesen haben überall am Straßenrand gestanden, und wenn ich vorbeigekommen bin, haben sie sich verbeugt und gewunken. Endstation is so was Ähnliches wie das Kapitol von China, und da will sich der Vorsitzende Mao persönlich bei mir bedanken.

Der Vorsitzende is das ganze Wasser inzwischen losgeworden und freut sich, daß ich gekommen bin. Fürs Mittagessen haben sie ne Mordstafel aufgebaut, und mein Platz is direkt neben dem Vorsitzenden. Beim Essen beugt er sich dann mal zu mir rüber und sagt: »Wie ich gehört habe, waren Sie in Vietnam. Darf ich fragen, was Sie von diesem Krieg halten?« 'n Dolmetscher übersetzt mir das, und ich laß mir das ne Weile durch den Kopf gehen, aber dann denk ich mir, ach, was soll's, wenn er schon fragt, wird er's ja wohl wissen wollen. Ich sag also: »Für mich is das ne ganz große Kacke.«

Wie der Dolmetscher ihm das übersetzt, macht er erst 'n verdutztes Gesicht und guckt ziemlich komisch, aber dann kriegt er richtig leuchtende Augen und strahlt und schüttelt mir die Hand und is am Nicken wie so ne Puppe, wo ne Feder als Hals hat. Das hat jemand geknipst, und die Bilder sind nachher in den amerikanischen Zeitungen gewesen. Bis jetzt hab ich aber noch niemand erzählt, mit was ich ihn dermaßen zum Strahlen gebracht hab.

Bei unsrer Abreise hat's vor unserm Hotel nen richtigen Menschenauflauf gegeben, und die Leute haben gewunken und geklatscht. Wie ich mich 'n bißchen umschau, seh ich ne chinesische Mami mit ihrem kleinen Jungen auf den Schultern, und es is sonnenklar, der hat richtig Mongolismus, weil der schielt und läßt die Zunge raushängen und sabbert und brabbelt, wie die das eben so machen. Also, ich kann einfach nich anders. Mr. Wilkins hat uns zwar eingeschärft, wir dürfen auf gar keinen Fall zu nem Chinesen hingehen, ohne daß wir uns vorher von ihm die Erlaubnis holen, aber ich geh trotzdem hin. In der Hosentasche hab ich 'n paar Tischtennisbälle, und ich nehm einen raus und besorg mir nen Kuli und setz meinen Servus drauf und geb ihn dem Jungen. Erst steckt er ihn mal in den

Mund, aber dann klammert er sich mit seiner Hand an meinen Finger. Und dann lächelt er richtig schön, und seine Mami hat auf einmal Tränen in den Augen, und sie schnattert ganz aufgeregt, und unser Dolmetscher sagt, das wär das allererste Mal, daß der Kleine gelächelt hat. Ich könnt ihr wohl schon 'n paar Sachen erzählen, aber wir haben keine Zeit.

Ich geh also weiter, und der kleine Junge schmeißt den Pingpong-Ball weg und trifft meinen Hinterkopf. Wie's der Teufel will, schießt genau in diesem Moment jemand 'n Foto, und das kommt natürlich in die Zeitung. »Junger Chinese gibt seinem Haß auf die amerikanischen Kapitalisten Ausdruck«, steht drunter.

Na ja, jedenfalls kommt Mr. Wilkins her und zerrt mich weg, und vor ich recht weiß, was los is, sind wir schon im Flugzeug und hoch oben in der Luft. Vor wir in Washington landen, meint er dann noch: »Tja Gump, Sie kennen doch bestimmt die chinesische Tradition, wonach jemand, der einem Chinesen das Leben rettet, in Zukunft für dieses Menschenleben verantwortlich ist.« Er hat so 'n richtig fieses Grinsen in seiner Visage, und er sitzt direkt neben mir, und eben haben se durchgegeben, daß man sich anschnallen muß und nicht mehr aufstehen darf. Ich guck Ihn nur aus den Augenwinkeln an und laß den dicksten Furz meines Lebens. Hört sich ungefähr an wie ne Kreissäge. Die Augen von Mr. Wilkins springen beinah aus den Höhlen. »Igittt!« macht er und wedelt in der Luft rum und will seinen Sicherheitsgurt aufmachen.

Ne hübsche Stewardeß kommt nachgucken, was der ganze Spektakel zu bedeuten hat, und Mr. Wilkins is am Husten und Würgen, und jetz wedle *ich* in der Luft rum und halt mir die Nase zu. Ich zeig auf Mr. Wilkins und ruf: »Mach doch mal jemand 'n Fenster auf« und so nen Bockmist. Mr. Wilkins läuft knallrot an und protestiert und zeigt auf mich, aber die Stewardeß grinst einfach nur und geht wieder auf ihren Platz.

Wie er sich wieder 'n bißchen abgeregt hat, zupft er sich seine Krawatte zurecht und murmelt: »Gump, was Sie da gemacht haben, war ausgesprochen ordinär.« Aber ich grinse nur und guck gradeaus.

Sie haben mich dann wieder nach Fort Dix geschickt, aber nich mehr zu den Heizern gesteckt. Ich krieg vielmehr gesagt, ich werd vorzeitig aus der Army entlassen, und dann dauert's bloß noch nen Tag oder so, und schon mach ich die Fliege. Ich krieg Geld für ne Fahrkahrte nach Hause, und selber hab ich auch noch 'n paar Dollar. Jetzt muß ich mir bloß noch überlegen, wo ich hinfahr.

Also, eigentlich müßt ich ja heimfahren und meine Mami besuchen, wo die doch im Fürsorgeheim is und überhaupt, und dann sag ich mir auch, ich sollt die Krabbensache ins Rollen bringen und so langsam mal was aus meinem Leben machen, aber mir geht einfach nich aus 'm Kopf, daß Jerry Curran in Harvard is. Zum Bahnhof nehm ich den Bus, und bis ich da bin, versuch ich rauszukriegen, wie ich alles richtigmachen kann. Aber wie ich dann am Fahrkartenschalter steh, sag ich, ich will nach Boston. Es gibt einfach Augenblicke, da kannste nich alles richtig machen.

10

Ich hab keine Adresse von Jenny, bloß 'n Postfach, aber sie hat mir ja nen Brief geschrieben, und da steht drin, wie der Laden heißt, wo sie mit den Cracked Eggs spielt, nämlich Hodaddy Club. Eigentlich hab ich vom

Bahnhof aus zu Fuß hingewollt, aber ich hab mich dauernd verlaufen, und dann hab ich eben 'n Taxi genommen. Das is am Nachmittag gewesen, und bis auf 'n paar Betrunkene war der Laden leer, aber auf 'm Boden is noch 'n guter Zentimeter Bier vom Abend vorher gestanden. Der Typ hinter 'm Tresen konnte mir immerhin sagen, daß Jenny so circa um neun kommt. Ich frag ihn, ob ich hier warten kann, und er meint »klar«. Ich setz mich also hin und mach mir's für die nächsten vier, fünf Stunden gemütlich.

Der Laden füllt sich allmählich. Die meisten Gäste sehen aus wie Studenten, aber angezogen sind se wie die Tolpatsche in ner Slapsticknummer. Alle haben se schmutzige Bluejeans und T-Shirts an, und die Typen haben Bärte im Gesicht und Brillen auf der Nase, und die Haare von den Mädchen sehen aus, wie wenn jeden Moment 'n Vogel rausfliegen könnt. Dann kommt auch schon die Band zum Aufbauen auf die Bühne – drei, vier Typen –, und die haben haufenweise elektrisches Zeugs, was se überall einstecken. Mit dem, was wir damals im Studentenclub gemacht haben, hat das nich mehr viel zu tun, und Jenny Curran seh ich auch nirgends. Wie das elektrische Zeugs steht, fangen se dann an zu spielen, und eins können Sie mir glauben, die sind vielleicht *laut*! Jede Menge bunter Lämpchen fangen an zu blitzen und blinken, und die Musik klingt ungefähr wie 'n Düsenflugzeug beim Abheben. Aber die Menge findet's toll, und wie das Stück rum ist, sind se alle am Schreien und am Johlen. Dann wird 'n Spot auf den Rand von der Bühne gerichtet, und da isse endlich – Jenny Curran!

Sie sieht jetzt aber anders aus wie früher. Die Haare gehen ihr bis zum Po, und sie hat im Lokal ne Sonnenbrille auf, und das, wo's längst schon dunkel is. Sie trägt Bluejeans und 'n Hemd mit so viel Buttons dran, daß sie aussieht wie ne Schalttafel. Die Band legt wieder los, und Jenny fängt an zu singen. Sie hat sich das Mikrofon geschnappt und tanzt damit auf der ganzen Bühne rum. Sie springt hin und her und wirft die Arme in die Luft und die Haare hin und her. Ich würd gern den Text von dem Song verstehen, aber da spielen die viel zu laut dafür. Die donnern auf 'm Schlagzeug rum und hämmern auf die Tasten vom Klavier und quälen die E-Gitarren, bis man meinen könnt, gleich kommt die Decke runter. Was zum Teufel soll denn das sein, hab ich gedacht.

Dann machen sie ne Pause, und ich steh auf und will durch die Tür durch, wo's hinter die Bühne geht, aber da steht so 'n Typ, und der meint, ich kann da nich rein, und wie ich wieder auf meinen Platz geh, merk ich, daß alle auf meine Army-Uniform starren. »Da haste dir ja vielleicht 'n Kostüm ausgesucht«, sagt einer, und jemand anders ruft: »Der helle Wahnsinn!« und wieder 'n andrer fragt: »Is der echt?«

So langsam komm ich mir mal wieder wie 'n Idiot vor, ich geh also raus und sag mir, vielleicht kriegste das alles auf die Reihe, wenn du 'n bißchen rumläufst. Das mach ich dann auch, und wie ich so circa ne halbe Stunde später wieder zu dem Laden hinkomm, hat sich vor 'm Eingang ne lange Schlange gebildet. Ich geh vorne hin und will dem Typen erklären, mein ganzer Kram is da drin, aber der meint bloß, ich soll mich hinten anstellen und warten, bis ich dran bin. Ich hab dann bestimmt ne Stunde gewartet und mir die Musik angehört, wo von drinnen rausgekommen is, und ich muß zugeben, wenn man weit genug weg is, hört sich das ne Idee besser an.

Irgendwann isses mir zu blöd geworden, und ich bin durch ne enge Gasse hinter den Club gegangen, und da hab ich mich auf die Treppe gesetzt und zugeguckt, wie die Ratten im Abfall rumgepest sind. Zum die Zeit vertreiben zieh ich meine Mundharmonika aus der Tasche und spiel 'n bißchen. Die Musik von der Band hört man auch hier hinten, und nach ner Weile kann ich mitspielen. Ich muß bloß viel mit 'm Schieber arbeiten und quasi 'n bißchen aus der Tonart fallen, dann paßt's zu dem, was die spielen. Ich weiß nich, wie lang's gedauert hat, bis ich meine eignen Läufe machen konnte – in C-Dur, ganz hoch oben –, jedenfalls war ich dann ziemlich baff, weil wenn man das Zeug selber spielt, isses gar nich übel.

Auf einmal wird hinter mir die Tür aufgerissen, und Jenny Curran steht da. Wie's aussieht, haben die wieder ne Pause gemacht, und ich hab gar nich drauf geachtet und einfach weitergespielt.

»Wer ist das da draußen?« will sie wissen.

»Ich bin's«, sag ich, aber hinterm Haus isses dunkel, und sie streckt den Kopf aus der Tür raus und fragt: »Wer spielt denn da so Mundharmonika?«

Ich steh auf und bin 'n bißchen verlegen von wegen meinen Klamotten, aber ich sag dann doch: »Ich bin's, Forrest.«

»*Wer*?« ruft sie.

»Forrest.«

»Forrest? *Forrest Gump*!« und auf einmal kommt sie aus der Tür gestürmt und wirft sich mir in die Arme.

Jenny und ich, wir sind hinter der Bühne rumgesessen und haben uns Neuigkeiten erzählt, bis sie die nächste Runde spielen mußte. Eigentlich isse gar nich ausgestiegen an der Uni. Die haben sie nämlich *rausgeschmissen,* wie man sie mitten in der Nacht im Zimmer von nem Typen erwischt hat. So was is damals noch 'n Grund für nen Rausschmiß gewesen. Der Banjo-Spieler hat sich lieber nach Kanada abgesetzt als wie in die Army zu gehen, und die kleine Band is auseinandergebrochen. Jenny is dann ne Zeitlang in Kalifornien gewesen und hat sich Blumen ins Haar gesteckt, aber sie meint, das sind alles Freaks, wo nix als high sind. Dann hat sie nen Typen getroffen und is mit dem nach Boston, und da haben sie bei 'n paar Friedensmärschen mitgemacht und bei all so was, aber dann stellt sich raus, der Typ is schwul, also trennt sie sich von dem und tut sich mit nem total entschlossenen Friedenskämpfer zusammen, wo Bomben basteln und Häuser in die Luft sprengen will. Mit dem hat's aber auch nich funktioniert, und der Typ, mit dem sie sich dann trifft, is Dozent in Harvard, aber wie sich rausstellt, isser verheiratet. Als nächstes isse mit jemand gegangen, da hat sie erst gemeint, der is echt nett, aber der hat dann alle beide in den Knast gebracht von wegen Ladendiebstahl, und dann hat sie sich gedacht, es wär Zeit, sich zusammenzureißen.

Sie is zu den Cracked Eggs gestoßen, und mit der neuen Art Musik, wo sie gemacht haben, sind sie in der Gegend von Boston richtig bekannt geworden. Sie is mit so nem Typen zusammen, sagt sie, wo Philosophie studiert, aber ich kann nach dem Konzert trotzdem mit zu ihnen kommen. Ich find's sehr schade, daß sie nen Freund hat, aber ich weiß nich, wo ich sonst hinkönnt, also geh ich mit.

Ihr Freund heißt Rudolph – so 'n schmächtiger Typ, wo vielleicht 50 Kilo wiegt und Haare hat wie 'n Mop. Um den Hals trägt er jede Menge Perlen, und wie wir in die Wohnung kommen, sitzt er auf 'm Boden und meditiert wie 'n Guru.

»Rudolph«, sagt Jenny, »das is Forrest, 'n Freund von mir von zu Hause. Er wohnt ne Weile bei uns.«

Rudolph sagt keinen Ton, aber er macht ne Bewegung mit der Hand wie der Papst, wenn er was segnet.

Jenny hat bloß ein Bett, aber sie bereitet auf 'm Boden ne Art Nachtlager vor, und da schlaf ich dann. Schlechter wie die meisten Army-Pritschen is das auch nich – und verdammt viel besser wie manche.

Wie ich am nächsten Morgen aufsteh, sitzt Rudolph immer noch mitten im Zimmer und meditiert. Jenny macht mir was zum Frühstück, und nachher will sie mir Cambridge zeigen. Sie meint, ich brauch erst mal neue Klamotten, weil hier oben kriegen die das in den falschen Hals und glauben, ich will sie hochnehmen. Wir gehen also in so nen Ramschladen, und ich kauf mir nen Overall und 'n Lumberjackett und zieh mich gleich um und nehm meine Uniform in ner Papiertüte unter 'n Arm.

Dann laufen wir an der Uni prompt dem verheirateten Professor über 'n Weg, mit dem Jenny mal was gehabt hat. Sie versteht sich auch jetzt noch ganz gut mit dem, wenn sie auch gern von ihm als nem »degenerierten Arschloch« spricht. Doktor Quackenbush heißt er.

Nu ja, jedenfalls isser total aufgeregt, weil nächste Woche fängt er mit nem neuen Seminar an, wo er sich ganz alleine ausgedacht hat, und das heißt, ›die Rolle des Idioten in der Weltliteratur‹.

Jetzt sag ich auch was, nämlich, »das klingt aber intressant«, und er meint: »Warum setzen Sie sich nicht mal in das Seminar rein? Vielleicht gefällt's Ihnen ja?«

Jenny guckt uns beide irgendwie komisch an, aber sagen tut sie nix. Wir gehen wieder in die Wohnung, und Rudolph hockt immer noch ganz alleine auf 'm Boden. In der Küche frag ich Jenny ganz leise, ob Rudolph überhaupt sprechen kann, und sie meint, ja, früher oder später kommt das schon.

Am Nachmittag nimmt mich Jenny mit zu den Typen von ihrer Band und sagt denen, ich würd ganz himmlisch Mundharmonika spielen, und wie's wäre, wenn ich mich heut abend im Club einfach mal dazuhock. Einer von den Typen fragt mich, was ich denn am liebsten spiel, und ich sag ›Dixie‹, und er kann gar nich glauben, was er da gehört hat, aber Jenny mischt sich ein und meint: »Das macht gar nix, das läuft bestens, wenn er sich erst 'n bißchen in unsre Sachen eingehört hat.«

Ich spiel also schon am gleichen Abend zusammen mit der Band, und alle sagen, ich wäre echt 'n Gewinn, und mir gefällt's total gut – so dahocken und zugukken, wie Jenny singt und über die Bühne wirbelt.

Am nächsten Montag hab ich mir dann gedacht, gehste mal zu diesem Doktor Quackenbush in sein Seminar, ›die Rolle des Idioten in der Weltliteratur‹. Allein schon der Titel gibt mir das Gefühl, jemand Wichtiges zu sein.

»Wir haben heute«, sagt Doktor Quackenbush zu seinen Studenten, »einen Gast, der gelegentlich mal bei uns reinschauen wird. Bitte heißen Sie Forrest Gump willkommen.« Alle drehen sich um und gucken mich an, und ich winke kurz, und dann fängt die Sitzung an.

»Der Idiot«, sagt Doktor Quackenbush, »spielt schon sehr lange in Geschichte wie Literatur eine bedeutende Rolle. Vermutlich haben Sie alle vom Dorftrottel gehört, wobei es sich in der Regel um irgendeine zurückgebliebene Person handelte, die häufig die Zielscheibe von Hohn und Spott war. Später hielt sich dann der Hochadel zu seiner Erheiterung Hofnarren. In vielen Fällen handelte es sich dabei um einen Idioten, in anderen nur um einen Clown oder Spaßmacher . . .«

So is das dann ne ganze Zeitlang weitergegangen, und dabei is mir klar geworden, daß Idioten keine nutzlosen Personen sind – die haben nämlich auf der Welt ne Aufgabe – so 'n bißchen wie Dan gemeint hat –, und zwar sollen sie die Leute zum Lachen bringen. Na ja, besser als nix.

»Die meisten Schriftsteller verwenden die Figur des Narren für den Kunstgriff der Doppeldeutigkeit. Der Narr macht sich zwar lächerlich, aber gleichzeitig eröffnet sich dem Leser die höhere Weisheit seiner Narrheit. Gelegentlich läßt ein großer Dichter wie Shakespeare aber auch seinen Narren einer der Hauptfiguren zum Narren halten und verhilft durch diese Umkehr dem Leser zu einer erhellenden Einsicht.«

Also, so langsam bin ich 'n bißchen verwirrt. Aber das is normal. Mr. Quackenbush meint jedenfalls, er will demonstrieren, was er meint, und deshalb werden wir ne Szene aus irgend so nem Stück spielen – König Lear heißt das – wo 'n Narr drin vorkommt und 'n verkleideter Verrückter, und der König selber is wahnsinnig. Zu nem Typen, wo Elmer Harrington III heißt, sagt er, der soll die Rolle von dem armen Thoms übernehmen, und 'n Mädchen, was Lucille heißt, soll den Narren spielen, und 'n gewisser Horace kriegt die Rolle vom wahnsinnigen alten König Lear. Dann sagt er, »Forrest, wie wär's , spielen Sie den Grafen von Gloster?«

Mr. Quackenbush meint, er besorgt 'n paar Requisiten, aber unser Kostüm müssen wir selber zusammenstellen, weil dann wäre das »realistischer«, meint er. Also, ich weiß wirklich nich so recht, wie ich in diese Sache reingerutscht bin.

Inzwischen hat sich bei unsrer Band, den Cracked Eggs, ne ganze Menge getan. So 'n Plattenmensch is extra aus New York hochgeflogen und hat uns zugehört, und der meint, er will uns ins Studio bringen und unsre Musik auf Band aufnehmen. Die Typen sind alle ganz begeistert – Jenny und ich natürlich auch. Feeblestein heißt der Typ aus New York. Wenn alles gutgeht bringt er uns ganz groß raus, meint er, wir brauchen nix weiter zu tun, als wie 'n Blatt Papier unterschreiben und reich werden.

George, der wo bei uns am Keyboard sitzt, hat mir 'n bißchen was auf seinem Instrument beigebracht, und Mose, unser Drummer, läßt mich ab und zu auf seinem

Schlagzeug rumklopfen. Is eigentlich ganz witzig, auf dem ganzen Zeug spielen zu lernen – und natürlich auf meiner Harmonika. Ich üb jeden Tag ne Runde, und am Abend spielt dann die Band im Hodaddy Club.

Wie ich dann mal am Nachmittag von meinem Seminar heimkomm, sitzt Jenny ganz alleine auf 'm Sofa. Ich frag sie, wo Rudolph is, und sie meint, er wär »abgehauen«. Ich frag, wieso denn, und sie meint, »weil er 'n nichtsnutziger Mistkerl ist, wie all die andren auch«, und da sag ich, »wieso gehn wir nich irgendwo essen und reden da mal drüber?«

Reden tut natürlich vor allem sie, und im Grunde isses ein einziges Geschimpfe über die Männer. Wir wären »faule, verantwortungslose, eigensüchtige, niederträchtige Scheißkerle«, sagt sie. So geht das ne ganze Weile, und dann fängt sie an zu heulen. »Ach komm, Jenny, wein doch nich. Gibt doch gar keinen Grund. Dieser Rudolph hat mir überhaupt nich nach nem richtigen Mann für dich ausgesehen – wie der auf 'm Boden rumgehockt is und so.«

Sie meint bloß: »Wahrscheinlich hast du recht, Forrest. Ich möcht jetzt nach Hause.«

Wie wir daheim sind, fängt Jenny an, sich auszuziehen. Dann hat sie nur noch ihr Unterhöschen an, und ich sitz auf 'm Sofa und tu, wie wenn ich nix merk, aber sie kommt her und stellt sich vor mich hin und sagt: »Forrest, ich will, daß du mich bumst.«

Wie vom Donner gerührt bin ich! Ich sitz bloß da und glotz zu ihr hoch. Dann setzt sie sich neben mich und macht sich an meiner Hose zu schaffen, und dann hab ich auf einmal kein Hemd mehr an, und sie drückt mich und küßt mich und all so was. Erst kommt's mir schon 'n bißchen komisch vor, daß sie das alles macht, weil ich hab da zwar schon die ganze Zeit davon geträumt, aber so hab ich mir's dann doch nich vorgestellt. Aber dann muß wohl was über mich gekommen sein, weil dann isses total egal gewesen, was ich mir vorgestellt hab, und wir haben uns auf 'm Sofa rumgewälzt und haben schon fast nix mehr angehabt, und dann zieht Jenny mir die Unterhose runter und kriegt ganz große Augen und ruft: »Ohhhh, sieh mal, was du da hast!« und sie packt mich genauso, wie das Miss French damals gemacht hat, aber Jenny hat nie nix von wegen Augen zumachen gesagt, und da hab ich sie auch nich zugemacht.

Also, an dem Nachmittag haben wir Sachen gemacht, so was wär mir in meinen wildesten Träumen nich eingefallen. Alles mögliche hat sie mir gezeigt, da wär ich selber nie und nimmer draufgekommen – seitlich, kreuzweise, von hinten, langgestreckt, im Stehen, im Sitzen, vorgebeugt, zurückgelehnt. Wir haben's einfach auf jede Art probiert, bloß nich auseinander!

Im ganzen Wohnzimmer und in der Küche haben wir uns rumgewälzt, irgendwelches Zeug umgeschmissen, Vorhänge runtergerissen und sogar aus Versehen den Fernseher eingeschaltet. Am Schluß haben wir's noch im Spülbecken gemacht, aber fragen Sie mich nicht, wie. Wie's dann schließlich vorbei is, liegt Jenny ne Weile einfach nur da, und dann guckt sie mich an und meint: »Verdammt, Forrest, wo bist du nur mein Leben lang gewesen?«

»Meistens irgendwo in der Nähe«, sag ich.

Danach is natürlich zwischen Jenny und mir alles 'n bißchen anders gewesen. Wir haben zusammen im selben Bett geschlafen, was für mich zuerst 'n bißchen komisch gewesen is, aber da hab ich mich ganz leicht dran gewöhnt. Im Hodaddy Club is Jenny jetzt immer mal bei mir vorbeigekommen und hat mir die Haare verstrubbelt, oder sie is mir mit 'm Finger hinten am Hals runtergefahren. Alles is auf einmal ganz anders, grad wie wenn das Leben für mich jetzt erst richtig anfangen würd, und ich bin der glücklichste Kerl von der Welt.

11

Dann is der Tag gekommen für die Aufführung von unserm kleinen Theaterstück im Seminar von Professor Quackenbush. Wir sollen ne Szene spielen, wo der König mit seinem Hofnarren auf die Heide geht, und dann fängt's total zu stürmen an, und alle laufen in so ne Hütte.

In dieser Hütte is 'n Typ, wo sich armer Thoms nennt, in Wirklichkeit heißt er aber Edgar, und er hat sich bloß als Verrückten getarnt, weil dem sein Bruder is 'n Arschloch und hat in gelinkt. Der König *is* total übergeschnappt, Edgar *spielt* nen Übergeschnappten, und der Narr führt sich natürlich auf wie 'n Narr. Ich bin der Graf von Gloster und der Vater von Edgar und so was wie 'n Normaler unter all den Spinnern.

Professor Quackenbush hat ne alte Decke als Hüttenattrappe aufgehängt, und für den Sturm hat er ne Art Windmaschine besorgt – nen großen Ventilator, wo vorne mit Wäscheklammern Papierstreifen drangeklemmt sind. Und nun erscheint Elmer Harrington III als König Lear, und zwar steckt er in nem Jutesack und trägt 'n Küchensieb auf 'm Kopf. Das Mädchen, wo den Narren spielt, hat irgendwo 'n richtiges Narrenkostüm aufgetan. An der kleinen Kappe hängen Glöckchen dran, und die Schuhe sind vorne hochgebogen wie in Arabien. Der Typ, wo den armen Thoms macht, hat sich ne Beatles-Perücke besorgt und 'n paar Klamotten aus ner Mülltonne, und das Gesicht hat er sich mit Dreck beschmiert. Total ernst nehmen die das alle.

Trotzdem mach ich wohl von dem ganzen Haufen

Manchmal ein wenig barsch, aber ein guter Ausbilder im vietnamesischen Lager: Lieutenant Dan (Gary Sinise)

Suchend blickt Forrest sich in der ungewohnten Umgebung nach dem Feind um. Es soll da einen Typen namens Charlie geben . . .

Lieutenant Dan läßt mit sich reden: Forrest und sein Freund Bubba (Mykelti Williamson) dürfen fortan gemeinsam Dienst schieben.

die beste Figur, weil Jenny hat sich hingesetzt und aus nem Bettlaken und nem Kissenbezug 'n Kostüm für mich genäht, und dann noch aus ner Tischdecke nen Umhang, wie Superman einen anhat.

Jedenfalls schmeißt Professor Quackenbush seine Windmaschine an und meint, wir sollen auf Seite zwölf anfangen, wo der arme Thoms seine traurige Geschichte erzählt.

»Gebt dem armen Thoms, den der böse Feind heimsuchte, ein Almosen«, sagte Thoms.

Und König Lear meint: »Was, brachten ihn die Töchter in solch Elend, Konntest du nichts retten? Gabst du alles hin?«

Dieser Quatsch geht dann noch ne Weile so weiter, und dann sagt der Narr: »Diese kalte Nacht wird uns alle zu Narren und Tollen machen.«

Da hat er allerdings recht.

Jetzt soll ich gleich mit meiner Fackel, die wo der Professer von der Abteilung Drama ausgeliehen hat, in die Hütte reingehen. Der Narr ruft: »Seht, hier kommt ein wandelndes Feuer!« und Professor Quackenbush steckt meine Fackel an, und ich geh in die Hütte rein.

»Das ist der böse Feind Flibbertigibbet«, behauptet der arme Thoms.

»Wer ist der?« fragt der König.

Und ich ruf: »Wer seid ihr? Eure Namen?«

Thoms meint, er wär bloß: »Der arme Thoms, der den schwimmenden Frosch ißt, die Kröte, die Unke, den Kellermolch und den Wassermolch . . .«, und was nich alles sonst noch für 'n Zeugs, und dann erkenn ich auf einmal den König und sag: »Wie, gnäd'ger Herr! Nicht bessere Gesellschaft?«

Der arme Thoms antwortet: »Der Prinz der Finsternis ist ein Edelmann, Modo heißt er und Mahu.«

Die Windmaschine is jetzt voll am Blasen, und wie's aussieht, hat Professor Quackenbush, wie er seine

Hütte gebaut hat, nich an meine 1,95 gedacht, weil ich stoß mit meiner Fackel an die Decke.

Der arme Thoms muß jetzt eigentlich sagen: »Thoms friert«, aber tatsächlich ruft er: »Paß auf, die Fackel!«

Ich guck in meinen Text, weil mir is schleierhaft, wo er diese Zeile herhat, und Elmer Harrington III brüllt: »Paß mit deiner Fackel auf, du Idiot!« und ich geb zurück: »Also, dieses eine Mal in meinem Leben bin nich ich der Idiot, sondern *du*!« Dann fängt plötzlich das Dach von der Hütte Feuer und fällt auf die Beatles-Perücke vom armen Thoms, und die fängt auch an zu brennen.

»Macht endlich den verdammten Ventilator aus!« schreit jemand, aber es ist schon zu spät. Alles brennt schon!

Der arme Thoms is am Heulen und Schreien, und König Lear nimmt sich das Küchensieb vom Kopf und knallt's dem armen Thoms auf 'n Schädel, zum das Feuer löschen. Alle rennen in der Gegend rum und würgen und husten und fluchen, und das Mädchen, wo den Narren spielt, wird hysterisch und kreischt und schreit: »Wir müssen alle sterben!« nen Augenblick lang sieht's ganz danach aus.

Ich dreh mich um, und – verdammt! Mein Umhang hat auch Feuer gefangen. Ich reiß das Fenster auf, pack das Mädchen um die Taille und spring mit ihr raus – nur aus 'm zweiten Stock, und unten hat's nen Haufen Büsche, wo den Sturz abbremsen. Bloß is grad Mittagspause, und Hunderte von Leuten latschen im Hof rum, und plötzlich fallen wir glühend und brennend vom Himmel.

Aus 'm offnen Fenster von dem Hörsaal kommt schwarzer Rauch, und auf einmal guckt Professor Quackenbush raus unf fuchtelt mit geballten Fäusten in der Luft rum, und sein Gesicht is voll mit Ruß.

»Gump, du verdammter Idiot! Du bescheuertes Arschloch! Dafür wirst du bezahlen!« brüllt er.

Der Narr, das heißt das Mädchen, kriecht auf 'm Boden rum und heult und jammert, aber eigentlich is ihr nix passiert – bloß 'n bißchen angesengt isse. Ich mach also die Fliege und lauf über 'n Hof, so schnell wie ich kann. Der Umhang brennt immer noch, und ich zieh ne Rauchfahne hinter mir her. Ich hab nich angehalten, bis ich daheim gewesen bin, und wie ich in die Wohnung komm, meint Jenny: »Ah, Forrest, wie ist's gelaufen? Du bist bestimmt großartig gewesen!« Dann macht sie auf einmal 'n ganz komisches Gesicht und fragt: »Sag mal, riecht's hier nich verbrannt?«

»Das ist ne lange Geschichte«, sag ich.

Zur ›Rolle des Idioten in der Weltliteratur‹ bin ich dann nich mehr hingegangen, weil das hat mir gereicht. Aber Jenny und ich, wir spielen jeden Abend in der Band, und den ganzen Tag lieben wir einander und gehen spazieren und machen Picknicks am Ufer vom Charles River, und es is grad wie im Himmel. Jenny hat nen schönen, zärtlichen Song geschrieben. ›Do It to Me Hard and Fast‹, und da krieg ich Gelegenheit zu nem Fünf-Minuten-Solo auf meiner Harmonika. Der ganze Frühling und Sommer is herrlich gewesen, und wir sind nach New York runtergedüst und haben die Bandaufnahmen für Mr. Feeblestein gemacht, und 'n paar Wochen später ruft er an und meint, sie machen 'n Album draus. Wir kriegen dann bald von überall her Anrufe von Leuten, wo wollen, daß wir in ihren Städten spielen, und von dem Geld von Mr. Feeblestein kaufen wir uns nen großen Bus mit Betten drin und allem drum und dran und gehen auf Tournee.

In dieser Zeit passiert noch was andres, was dann in meinem Leben ne große Rolle gespielt hat. Wie wir grad Pause machen, nimmt mich mal Mose, unser

Schlagzeuger, zur Seite und sagt: »Forrest, du bist echt 'n netter, offener Typ, aber ich kenn da was, wovon du auf deiner Harmonika garantiert noch besser wirst. Sollstste unbedingt mal probieren.«

Ich frag ihn, was das denn wär, und Mose meint, »da«, und gibt mir ne kleine Zigarette. Ich sag, »danke, ich rauch nich«, und Mose meint, »das is keine normale Zigarette, Forrest, da is 'n Stoff drin, der erweitert den Horizont.«

Ich sag ihm, ich weiß nich so recht, ob ich ne Horizonterweiterung brauch, aber er besteht praktisch drauf. »Probier's wenigstens mal«, meint er, und ich überleg hin und her und komm dann zu dem Ergebnis, *eine* Zigarette kann wohl nich schaden.

Also, ich muß schon sagen, mein Horizont hat sich echt erweitert.

Alles hat sich quasi verlangsamt und richtig rosige Farben angenommen. Nach der Pause hab ich so gut gespielt wie in meinem Leben noch nie, es is grad gewesen, wie wenn ich die ganzen Töne, wo wir gespielt haben, gleich hundertmal hören würd. Hinterher is Mose hergekommen und hat gemeint: »Forrest, das is noch gar nix, du mußt das mal beim Ficken probieren.«

Das mach ich dann auch, und wieder hat er recht. Ich nehm dann was von meinem Geld und kauf mir dieses Zeugs, und vor ich's recht merk, rauch ich's schon von früh bis spät. Dumm is an der Sache bloß, daß ich davon nach ner Weile blöder werd. Am Morgen steh ich auf und zünd mir nen Joint an – so heißen die Dinger mämlich –, und dann lieg ich einfach nur den ganzen Tag rum, bis es Zeit is zum Musik machen. Jenny hat erst mal nix gesagt, weil die hat sich auch hin und wieder 'n paar Züge gegönnt, aber irgendwann sagt sie: »Forrest, meinste nicht, du rauchst zuviel von diesem Dreckszeug?«

»Ich weiß nich«, sag ich. »Ab wann isses *zu*viel?«

Und Jenny meint: »Soviel, wie du rauchst, *ist* zuviel.«

Aber ich will nich aufhören. Irgendwie verschwindet da nämlich alles davon, wo ich mir Sorgen drüber machen könnt, obwohl – viel Sorgen gibt's da ja um die Zeit gar nich. Am Abend bin ich in den Pausen im Hodaddy Club hinten rausgegangen und hab mich hingehockt und zu den Sternen raufgestarrt. Wenn's keine Sterne gab, hab ich trotzdem hochgeguckt, und einmal, wie Jenny rausgekommen is, hab ich in den Regen raufgeschaut.

»Forrest, du mußt endlich aufhören damit«, sagt sie. »Ich mach mir Sorgen um dich. Du tust überhaupt nichts mehr außer spielen und den ganzen Tag rumliegen. Das ist verdammt ungesund. Ich glaub, du mußt mal raus aus dem Ganzen. Morgen noch das Konzert in Provincetown, dann haben wir erst mal keine neuen Termine. Ich find, wir sollten irgendwohin fahren und Urlaub machen. In den Bergen vielleicht.«

Ich nick einfach nur. Ich bin mir nich mal sicher, ob ich alles mitgekriegt hab, was sie gesagt hat. Am nächsten Abend in Provincetown guck ich, wo der Bühnenausgang is, geh raus und zünd mir nen Joint an. Ich sitz da ganz allein, und dann kommen da zwei so Mädchen an. Die eine sagt: »He, bist du nicht der Mundharmonikaspieler von den Cracked Eggs?«

Ich nick, und sie läßt sich mir einfach auf den Schoß plumpsen. Die andre is am Grinsen und Quieken, und plötzlich zieht sie sich die Bluse aus. Das andre Mädchen fummelt an meinem Reißverschluß rum, und ich soll ihr den Rock hochschieben, aber ich sitz bloß ganz weggetreten da. Auf einmal geht die Tür auf und Jenny ruft: »Forrest, wir machen . . .«, dann kommt nen Augenblick gar nix mehr, und dann sagt sie. »Au, Scheiße« und knallt die Tür zu.

Ich spring auf, und das Mädchen auf meinem Schoß

fällt auf 'n Boden, und die andre ist am Fluchen und so, aber ich geh rein, und da is Jenny, und sie hat sich gegen die Wand gelehnt und weint. Ich geh zu ihr hin, aber sie sagt: »Bleib mir bloß vom Leib, du Scheißkerl! Ihr Männer seid doch alle gleich – wie die Hunde. Ihr nehmt auf gar niemand Rücksicht.«

So schlecht wie jetzt isses mir noch nie gegangen. Ich kann mich kaum dran erinnern, was wir nach der Pause noch gespielt haben. Auf der Heimfahrt hat sich Jenny vorne in den Bus gesetzt und kein Wort mit mir geredet. Sie hat dann auf 'm Sofa geschlafen, und am nächsten Morgen meint sie, es wär wohl an der Zeit, daß ich mir ne eigne Bude such. Ich pack meinen Kram zusammen und geh – und laß den Kopf ganz weit runterhängen. Ich konnt's ihr nich erklären und nix. Rausgeflogen.

Jenny is dann irgendwohin verschwunden. Ich hab rumgefragt, aber keiner hat gewußt, wo sie is. Mose meint, ich kann bei ihm pennen, bis ich ne Bude find, aber das is trotzdem ne schrecklich einsame Zeit. Weil wir im Moment nich spielen, gibt's eigentlich nix zu tun, und ich denk mir, vielleicht sollt ich allmählich mal nach Hause fahren und meine Mama besuchen, und womöglich kann ich da unten, wo der arme Bubba gewohnt hat, die Krabbensache ins Rollen bringen. Vermutlich bin ich doch nich zum Rockstar geboren. Womöglich, denk ich mir, bin ich nix als 'n Vollidiot.

Aber dann kommt Mose mal nach Hause und sagt, er wär in der Kneipe an der Ecke gewesen und hätt sich im Fernsehen die Nachrichten angeguckt, und da hat er doch tatsächlich Jenny Curran gesehen.

Sie is in Washington unten und marschiert in ner Riesendemo gegen den Vietnamkrieg mit, und Mose kann gar nich kapieren, was sie bloß mit so nem Quatsch am Hut hat, wo sie doch hier mit uns Kohle machen könnt.

Ich sag, ich muß hin zu ihr, und Mose meint: »Hol sie

zurück, wenn du kannst.« Er hat ne Ahnung, wo sie wohnen könnt, weil so ne Gruppe aus Boston hat sich zum Demonstrieren gegen den Vietnamkrieg in Washington ne Wohnung genommen.

Ich pack meinen ganzen Kram zusammen, bedank mich bei Mose und mach mich auf die Socken. Ob ich zurückkomm oder nich, kann ich nich sagen.

Wie ich nach Washington runterkomm, is da der Teufel los. Überall Polizei, und die Leute brüllen auf der Straße rum und schmeißen irgendwelches Zeugs, wie bei ner richtigen Randale. Die Polizisten braten Leuten, wo Sachen schmeißen, eins über, und es sieht ganz so aus, wie wenn die Situation außer Kontrolle geraten tät.

Ich geh zu der Adresse, wo Jenny vielleicht wohnt, aber da is keiner zu Hause. Ich wart praktisch den ganzen Tag auf der Treppe, bis abends so gegen neun 'n Wagen hält und 'n paar Leute aussteigen, und – tatsächlich, da isse!

Ich steh von der Treppe auf und geh auf sie zu, aber sie dreht sich um und läuft wieder zum Auto. Die andren – zwei Typen und 'n Mädchen – wissen nich, wer ich bin und was sie machen sollen, aber dann sagt einer von denen: »Hör zu, ich würd sie nich ausgerechnet jetzt anmachen – sie ist total geschafft.« Ich will wissen, wieso, und der Typ nimmt mich zur Seite und erzählt's mir.

Jenny kommt direkt aus 'm Knast. Gestern isse verhaftet worden, und man hat sie über Nacht im Frauengefängnis behalten, und bevor irgend jemand sie heute morgen da rausholen konnte, haben die im Knast gemeint, sie hätt bestimmt Läuse oder irgend so 'n Zeugs, weil ihre Haare sind doch total lang, und haben alles abrasiert. Jenny is kahl.

Wie's aussieht, will sie nich, daß ich sie so seh, weil

sie is im Auto verschwunden und hat sich auf 'n Rücksitz gelegt. Ich kriech also auf Händen und Füßen hin, daß ich sie nich durchs Fenster sehen kann, und sag: »Jenny, ich bin's, Forrest.«

Sie sagt keinen Ton, und da erzähl ich ihr eben, wie sehr mir das leid tut, was passiert is. Ich werd nie wieder Dope rauchen, versprech ich ihr, und auch nich mehr in der Band spielen – von wegen den ganzen schlechten Einflüssen und Versuchungen. Und das mit ihren Haaren tut mir auch leid, sag ich. Dann krabble ich zur Treppe zurück, wo mein Kram is, fisch aus meinem Matchsack ne alte Armee-Strickmütze raus und bring sie auf allen vieren zum Auto, wo ich sie auf nen Stock spieß und durch's Fenster schieb. Sie nimmt die Mütze, setzt sie auf, kommt raus aus 'm Auto und meint: »Ach, steh schon auf, du Blödmann, und komm ins Haus.«

Wir hocken uns hin und unterhalten uns, und die andren rauchen Dope und trinken Bier, aber ich will nix. Die diskutieren, was sie morgen machen sollen, weil da is ne Riesendemo, und da will sich 'n Haufen Vietnam-Veteranen die Orden von der Brust reißen und auf die Stufen vom Kapitol schmeißen.

Auf einmal sagt Jenny: »Hört mal her, Forrest ist Träger der Tapferkeitsmedaille des Kongresses.« Dann sagt erst mal keiner mehr was, und alle glotzen mich an, und dann schauen sie einander an, und einer meint: »Das ist ja ein Geschenk des Himmels!«

Am nächsten Morgen kommt Jenny ins Wohnzimmer, wo ich auf 'm Sofa schlaf, und sagt: »Forrest, ich möcht, daß du heut mitkommst – und zieh deine Uniform an.« Ich frag, wieso, und sie meint: »Weil du heute deinen Beitrag zur Beendigung des Leidens in Vietnam leisten wirst.« Ich zieh also meine Uniform an, und nach ner Weile kommt Jenny mit nem Haufen Ketten wieder rein, die wo sie in nem Eisenwarengeschäft gekauft hat, und sagt: »Forrest, wickle die um dich rum.«

Wieder frag ich, warum, aber sie meint bloß: »Mach's einfach. Das kriegst du dann schon mit. Du willst mir doch ne Freude machen, oder?«

Dann machen wir uns auf die Socken. Ich – in Uniform und mit diesen Ketten –, Jenny und die andren. Es is 'n total klarer Tag, und wie wir zum Kapitol kommen, hat's da nen richtigen Mob und Fernsehkameras und die Polizei von der ganzen Welt. Alle schreien und zeigen der Polizei den Vogel. Dann seh ich Typen in Uniform, wo beieinanderstehen. Einer nach dem andern geht so nah wie möglich an die Stufen vom Kapitol vor, nimmt seinen Orden ab und wirft ihn weg. 'n paar von denen sitzen im Rollstuhl, und bei andren fehlt 'n Arm oder 'n Bein. Zum Teil knallen sie die Orden bloß auf die Stufen, zum Teil werfen sie die Dinger aber auch richtig weit weg. Jemand tippt mich auf die Schulter und meint, ich bin jetzt dran. Ich schau mich nach Jenny um, und wie sie nickt, geh ich nach vorne.

Es wird ziemlich ruhig, und über Megaphon sagt jemand meinen Namen, und daß ich die Tapferkeitsmedaille des Kongresses wegschmeißen werd zum Zeichen, daß ich für die Beendigung des Vietnamkriegs bin. Alle fangen an zu johlen und klatschen, und ich seh die andern Orden auf der Treppe liegen. Ganz weit oben, im Portal vom Kongreß stehen Bullen rum und 'n paar Leute mit Anzügen. Ich denk mir, ich muß mein Bestes geben, nehm den Orden ab und schau ihn mir nen Moment lang an. Ich muß an Bubba denken und an Dan, und irgendwas überkommt mich. Aber ich muß doch den Orden werfen, also hol ich aus und werf das Ding so fest wie ich kann. 'n paar Sekunden später kippt einer von den Anzug-Typen im Portal einfach um. Dummerweise hab ich den Orden zu weit geschmissen, und das Ding is dem an den Kopf geknallt.

Jetzt is echt der Teufel los. Die Polizei macht Ausfälle mitten in die Menge rein, und die Leute brüllen wild durcheinander und Tränengas wird eingesetzt. Auf einmal stürzen sich fünf, sechs Polizisten auf mich und trommeln mit ihren Knüppeln auf mir rum. Noch mehr Polizisten kommen angelaufen, und schon sitz ich mit Handschellen in nem Polizeiwagen und werd in den Knast gekarrt.

Die ganze Nacht bin ich im Gefängnis, und am Morgen kommen sie und stellen mich vor den Richter. Das kenn ich ja schon.

Irgend so 'n Typ will dem Richter verklickern, was Sache is, nämlich, ›Körperverletzung mit einer gefährlichen Waffe, mit einem Orden, und Widerstand gegen die Staatsgewalt‹, und lauter so 'n Quatsch. »Mr. Gump«, meint der Richter, »sind Sie sich im klaren darüber, daß Sie mit Ihrem Orden den Senatspräsidenten am Kopf getroffen haben?«

Ich sag nix, aber es sieht ganz so aus, wie wenn ich diesmal geliefert wär.

»Mr. Gump«, sagt der Richter, »ich kann mir nicht denken, wie ein Mann Ihres Formats, ein Mann, der seinem Land treu gedient hat, sich mit solchen Tuttifruttis einlassen kann, die ihre Orden wegwerfen. Ich lasse sie dreißig Tage lang unter psychiatrische Beobachtung stellen. Ich will doch mal sehen, ob Sie draufkommen, warum Sie so etwas Idiotisches getan haben.«

Hinterher bin ich wieder in die Zelle gekommen, und 'n bißchen später haben sie mich in nen Bus gesteckt und in die Nervenklinik St. Elisabeth verfrachtet.

Nun werd ich also doch »weggebracht«.

12

Dieser Laden is nu wirklich ne Klapsmühle. Ich bin mit nem Typen auf einem Zimmer, wo Fred heißt und schon fast 'n Jahr da is. Der hat mir als allererstes verklickert, mit was für Verrückten ich hier klarkommen muß. Einer von diesen Typen hat sechs Leute vergiftet, 'n andrer hat seine Mama mit nem Fleischermesser erstochen. Die Leute hier haben einfach jede Art Scheiße gebaut – von Mord bis Vergewaltigung, und dann gib's da noch welche, wo dauernd behaupten, sie wären Napoleon oder der König von Spanien. Schließlich frag ich Fred, wieso *er* hier is, und er meint, weil er 'n Axtmörder is, aber so circa in ner Woche lassen sie ihn raus.

Am zweiten Tag in dem Laden krieg ich gesagt, ich soll mich im Büro vom Psychiater, von Dr. Walton, melden. Wie sich rausstellt, is Dr. Walton ne Frau. Sie meint, erst muß ich nen kleinen Test machen, und dann kommt die ärztliche Untersuchung. Ich muß mich an nen Tisch setzen, und sie zeigt mir Karten mit Tintenklecksen drauf und jedesmal fragt sie, was ich glaub, daß das is. Ich sag immer nur »Tintenklecks«, aber nach ner Weile wird sie wütend und will, daß ich was andres sag. Dann erfind ich eben irgendwas. Hinterher gibt sie mir nen langen Testbogen, und den soll ich ausfüllen, und wie ich fertig bin, sagt sie: »Ziehen Sie sich aus.«

Mit ein, zwei Ausnahmen is mir immer, wenn ich mich ausgezogen hab, was Schlimmes passiert, ich sag also, das mach ich lieber nich, und sie macht sich ne Notiz. Dann meint sie, entweder ich mach's selber, oder sie holt nen Pfleger, wo mir dabei hilft. So is die mit mir umgesprungen.

Ich mach's dann eben selber, und wie ich splitternackt bin, kommt sie ins Zimmer und guckt mich von oben bis unten an und sagt: »Herrje – was für ein Prachtexemplar von Mann!«

Dann klopft sie mir mit nem kleinen Gummihammer gegen die Kniescheibe, wie's die an der Uni damals auch gemacht haben, und drückt mir an allen möglichen Stellen am Körper rum. Aber »vorbeugen« hat sie nich gesagt, und da bin ich ihr dankbar dafür. Hinterher meint sie, ich könnt mich anziehen und auf mein Zimmer gehen. Unterwegs komm ich an nem Raum mit ner Glastür vorbei, und da is 'n Haufen Jungs drin und die sind am Sabbern und Spastiken und hauen mit der Faust auf 'n Boden. Ich bleib stehen und guck ne Weile rein, und die tun mir echt leid – die erinnern mich 'n bißchen an meine Zeit in der Klapsenschule.

'n paar Tage später muß ich mich dann wieder im Büro von Dr. Walton melden. Wie ich hinkomm, is da die Frau Doktor und dann noch zwei Typen, wo auch wie Ärzte angezogen sind, und sie meint, das wär Dr. Duke und Dr. Earl – alle beide vom *National Institute of Mental Health,* und die interessierten sich brennend für meinen Fall.

Dr. Duke und Dr. Earl lassen mich hinsitzen und fragen alles mögliche, und auf die Kniescheiben klopfen sie mir auch – erst der eine und dann der andre. Dann meint Dr. Duke: »Nun, wir haben Ihre Testergebnisse vorliegen, Forrest, und es ist ganz erstaunlich, wie gut sie im Mathematikteil abgeschnitten haben. Deshalb möchten wir Ihnen noch ein paar Aufgaben geben.« Ich hab dann die Tests machen gemußt, und die sind viel schwerer gewesen als wie der erste, aber ich glaub, ich bin ganz gut klargekommen. Wenn ich gewußt hätt, was das für Folgen hat – also, dann hätt ich's total in den Sand gesetzt.

»Forrest«, meint Dr. Earl. »Sie sind ein Phänomen. Sie haben ein Gehirn wie ein Computer. Wie gut Sie damit logisch denken können, weiß ich nicht – deswegen sind Sie ja wahrscheinlich hier. Jedenfalls hab ich so etwas wirklich noch nie gesehen.«

»Ja, George«, meint Dr. Duke, »der Mann hat's wirklich in sich. Ich habe vor einiger Zeit mal für die NASA gearbeitet, und ich finde, wir sollten ihn ins Luft- und Raumfahrtzentrum nach Houston schicken, damit die ihn durchchecken. Die suchen nämlich genauso einen.«

Alle drei Ärzte glotzen mich an und nicken, und dann klopfen sie mir noch mal mit 'm Hammer auf die Kniescheibe. Sieht ganz so aus, als wär ich echt geliefert.

In nem großen Flugzeug, wo außer mir und Dr. Duke niemand mitgeflogen is, haben sie mich nach Houston runtergebracht, und an sich is das 'n ganz netter Flug gewesen. Blöd war bloß, daß sie mir die Hände und Füße am Sitz festgebunden haben.

»Hören Sie her, Forrest«, sagt Dr. Duke, »die Sache sieht so aus. Sie sitzen im Moment komplett in der Scheiße, weil sie den Orden auf den Senatspräsident geworfen haben. Dafür können Sie zehn Jahre bekommen. Aber wenn Sie mit den Leuten von der NASA zusammenarbeiten, sorge ich persönlich dafür, daß Sie nicht ins Gefängnis kommen – okay?«

Ich nick, weil eins is mir klar – ich muß aus 'm Knast rauskommen und Jenny wiederfinden. Ich vermisse sie ganz schrecklich.

Ich bin so circa nen Monat bei der NASA in Houston und werd andauernd untersucht und getestet und ausgefragt – grad wie wenn sie mich in die Johnny-Carson-Show reinnehmen wollten.

Machen Sie aber nich.

Irgendwann befördern sie mich in 'n großes Zimmer und verraten mir, was ihnen tatsächlich so vorschwebt.

»Gump«, sagen sie, »wir wollen Sie bei einem Weltraumflug einsetzen. Dr. Duke hat schon darauf hingewiesen, daß Ihr Gehirn wie ein Computer arbeitet – nur besser. Wenn wir es richtig programmieren können, werden Sie für das amerikanische Weltraumprogramm von größtem Nutzen sein. Na, was sagen Sie dazu?«

Ich überleg mir das ne Minute lang oder so, und dann sag ich, da muß ich erst meine Mama fragen, aber die schieben gleich noch 'n stärkeres Argument nach – nämlich zehn Jahre meines Lebens im Bau.

Ich sag also ja, obwohl mir das eigentlich jedesmal Ärger einbringt.

Die haben sich ausgedacht, sie packen mich in 'n Raumschiff und schießen mich so circa ne Million Meilen in die Luft und lassen mich um die Erde kreisen. Auf 'n Mond haben sie schon Leute geschossen, aber da haben sie absolut nix gefunden, was auch nur nen Pfifferling wert gewesen wär, drum bereiten sie jetzt nen Trip zum Mars vor. Gott sei Dank steht im Moment aber noch nich der Mars auf 'm Programm, sondern bloß ne Art Trainingsflug, bei dem sie rauskriegen wollen, was für Typen am besten für den Marstrip geeignet sind.

Außer mir haben sie noch ne Frau und nen Affen zum Mitfliegen ausgesucht.

Das weibliche Besatzungsmitglied heißt Major Janet Fritch und macht nen ziemlich grimmigen Eindruck. Sie soll Amerikas erste Frau im Weltraum werden, bloß weiß keiner was davon, weil die ganze Sache is streng geheim. Major Fritch is ne recht kleine Person mit Haaren wo aussehen, wie wenn sie mit ner Schüssel überm Kopf geschnitten worden wären, und wie's aussieht, kann sie weder mit mir noch mit dem Affen was anfangen.

Der Affe is 'n Weibchen und eigentlich gar nich so

übel. 'n riesiger Orang-Utan, wo Sue heißt und im Urwald von Sumatra eingefangen worden is. Die haben hier nen ganzen Haufen von diesen Affen, und schießen sie schon ne ganze Weile in den Weltraum hoch, aber sie meinen, Sue wär für unsern Trip am besten, weil sie 'n Weibchen is und netter als wie die Männchen, und außerdem is das schon ihr dritter Raumflug. Wie ich das gesagt krieg, wunder ich mich schon, wieso die uns da mit ner Crew hochschicken, bei der das einzige erfahrene Besatzungsmitglied 'n Affe is. Da kommt man doch ins Grübeln, nich?

Vor's losgeht, müssen wir jedenfalls noch jede Menge Training hinter uns bringen. Wir werden in nem Zyklotron durch die Gegend gewirbelt und in kleine Kammern ohne Schwerkraft gesteckt und all so was. Und den ganzen Tag pauken sie mir irgendwelchen Scheiß ins Hirn, wo ich mir merken soll – Gleichungen, wo man mit ausrechnen kann, wie weit's von irgendwo, wo wir grad sind, bis dahin is, wo die uns haben wollen, und wie wir dann zurückkommen. Koaxiale Koordinaten, sphärische Trigonometrie, Boolsche Algebra, Antilogarithmen, Fouriersche Analysen, Quadrat- und Matrixmathe und lauter so ne Kacke. Die meinen, ich wär der Backup-Computer für den Backup-Computer.

Ich habe Jenny Curran nen Haufen Briefe geschrieben, aber die sind alle mit »Adressat unbekannt« zurückgekommen. Einen hab ich auch meiner Mama geschrieben, und der lange Brief, den wo sie mir dann geschickt hat, is auf den Satz rausgelaufen: »Wie kannst du das deiner armen alten Mama antun, wo sie doch im Fürsorgeheim is, und du alles bist, was sie auf der Welt noch hat?«

Ich trau mich nich, ihr zu sagen, daß ich ins Gefängnis muß, wenn ich nich mitspiel, und schreib bloß zurück, sie soll sich keine Sorgen machen, weil unsre Crew wär sehr erfahren.

Endlich kommt der große Tag, und das kann ich Ihnen sagen: Ich bin total nervös und sterb fast vor Angst! Obwohl das Ganze streng geheim war, isses an die Presse durchgesickert, und jetzt kommen wir sogar im Fernsehen.

Am Morgen hat uns jemand Zeitungen gebracht, damit wir sehen, wie berühmt wir sind. Das sind 'n paar von den Schlagzeilen:

»Frau, Affe und Idiot starten nächstes US-Raumfahrt-Projekt.«

»Amerika schickt seltsame Botschafter zu fremden Planeten.«

»Gör, Gimpel und Gorilla heben morgen ab.«

In der *New York Post* hat gestanden: »Sie starten – aber wer hat das Kommando?«

Die einzige Schlagzeile, wo einigermaßen nett geklungen hat, war in der *New York Times*: »Neues Weltraumunternehmen mit uneinheitlicher Crew.«

Wie gewöhnlich herrscht schon direkt nach 'm Aufstehen das ganz große Durcheinander. Wir wollen zum Frühstücken, aber jemand meint: »Ihr kriegt am Flugtag kein Frühstück.« Dann sagt ein andrer: »Natürlich kriegen sie eins«, und wieder 'n andrer: »Nein, kriegen sie nicht«, und so geht das dann ne ganze Weile weiter, bis keiner mehr Hunger hat.

Sie stecken uns in unsre Raumanzüge und fahren uns in nem kleinen Bus zur Startrampe raus, Sue sitzt in nem Käfig hinten drin. Das Raumschiff is an die hundert Stockwerke hoch und schäumt und zischt und dampft, wie wenn's uns gleich bei lebendigen Leib auffressen will! 'n Lift bringt uns zur Kapsel hoch, und da schnallen die uns an und packen Sue auf ihren Platz hinter uns. Dann heißt's erst mal warten.

Und warten.

Und warten.

Und warten.

Das Raumschiff is die ganze Zeit am Brodeln und Zischen und Brummen und Dampfen. Irgendwer sagt, hundert Millionen Menschen gucken uns im Fernsehen zu. Die warten vermutlich, daß was passiert. Um Mittag rum klopft dann jemand an die Tür und meint, der Start is verschoben, bis irgend 'n Schaden am Raumschiff repariert is.

Wir fahren also alle wieder mit dem Lift runter – ich, Sue und Major Fritch, die wo als einzigste jammert und mault. Sue und ich, wir atmen nämlich total auf.

Unsre Erleichterung dauert aber nich lange. So circa ne Stunde später kommt jemand in den Raum gelaufen, wo wir uns grad zum Mittagessen hinsetzen wollen, und ruft: »Werft euch sofort wieder in eure Raumanzüge! Die Vorbereitungen zum Start sind schon in vollem Gange!«

Alles is wieder am Brüllen und Rumrennen. Wahrscheinlich hat sich 'n Haufen Fernsehzuschauer am Telefon beschwert oder irgend so was, und da haben sie sich entschlossen, uns Feuer unter 'm Hintern zu machen auf Teufel komm raus. Aber was soll's – das spielt jetzt keine Rolle mehr.

Wir werden jedenfalls wieder in den Bus gepackt und zum Raumschiff gekarrt, und wie wir mit dem Lift schon halb oben sind, sagt auf einmal jemand: »Herrgott, wir haben den verdammten Affen vergessen«, und er brüllt zu irgendwelchen Typen runter, sie sollen Sue holen und raufbringen.

Wir werden wieder angeschnallt, und jemand zählt von hundert rückwärts, und 'n paar andre bringen Sue in die Kapsel. Jetzt liegen wir alle in unsren Sitzen, und der Countdown is so circa bei zehn, wie auf einmal hinter uns, wo Sue is, so 'n seltsames Knurren zu hören ist. Ich dreh mich um, so gut's geht, und trau meinen Augen nich! Der Mordsaffe da hinten is überhaupt nich Sue, sondern 'n Männchen, wo die Zähne fletscht und an seinen Gurten zerrt, daß man meint, jeden Moment reißt er sich los!

Ich geb Major Fritch Bescheid, und sie schaut nach hinten und sagt: »Oh, mein Gott!« und erwischt über Funk irgend jemand im Kontrollzentrum. »Hören Sie«, ruft se, »da is was schiefgegangen. Sie haben eins von den Affen*männchen* zu uns reingesetzt, wir blasen die Sache besser ab, bis das behoben ist!« Aber plötzlich fängt das Raumschiff an zu zittern und zu beben, und der Typ vom Kontrollturm meint: »Das ist jetzt *dein* Problem, Schwester, wir müssen den Zeitplan einhalten.«

Und schon geht's ab.

13

Mein erster Eindruck is, daß ich unter irgendwas zerquetscht werd – wie mein Papi, als die Bananen auf ihn draufgefallen sind. Da kannste dich nich rühren, nich schreien, nix sagen, nix tun – da biste komplett machtlos. Zum Fenster raus sieht man bloß blauen Himmel. Das Raumschiff schießt ins All.

Etwas später hat man das Gefühl, daß wir 'n bißchen langsamer werden, und alles wird leichter. Major Fritch erklärt, jetzt könnten wir die Sicherheitsgurte lösen und uns an die Arbeit machen, was immer sie damit meint. Sie sagt, wir fliegen jetzt 15000 Meilen pro Stunde. Ich schau zurück, und die Erde is tatsächlich bloß noch 'n kleiner Ball und sieht genauso aus wie auf den ganzen Bildern aus 'm Weltraum. Der Riesenaffe funkelt Major Fritch und mich böse an. Offenbar isser total sauer und niedergeschlagen. Sie meint, vielleicht will er sein Mittagessen oder so, und ich soll mal nach hinten gehen und ihm ne Banane geben – nich, daß er wütend wird und irgendwas Schlimmes anstellt.

Die haben uns für den Affen 'n kleines Freßpaket mitgegeben, wo Bananen, Körner, getrocknete Beeren, Blätter und all so 'n Mist drin is. Ich mach's auf und kram drin rum und such nach was, wo der Affe sich drüber freut. Major Fritch redet grad mit der Kontrollstation in Houston:

»Hören Sie, wir müssen irgendwas unternehmen wegen dieses Affen. Das ist nich Sue – es ist ein Männchen, und es scheint sich nicht eben drüber zu freuen, daß es hier ist – vielleicht wird es sogar gewalttätig.«

Es dauert ne Weile, bis die Nachricht unten und die Antwort wieder oben is: »Ach was! Ein Affe ist wie der andere.«

»Verdammt, das stimmt nicht«, sagte Major Fritch. »Wenn *sie* mit diesem ollen Riesenviech hier in diesem winzigen Kabuff säßen, würden Sie sich mit Sicherheit anders anhören.«

Nach ner Minute oder zwei sagt ne scheppernde Stimme: »Hören Sie her, ich befehle Ihnen, hierüber Stillschweigen zu bewahren, sonst machen wir uns zum Gespött der Leute. Für Sie wie für jeden anderen ist dieser Affe Sue – ganz egal, was er zwischen den Beinen hat.«

Major Fritch guckt mich an und schüttelt den Kopf. »Aye, aye, Sir«, sagt sie, »aber ich laß das Viech in seinen Gurten hängen, solange ich mit ihm hier drin bin – haben Sie mich verstanden?«

Von der Kontrollstation kommt ein einziges Wort: »Roger.«

Also, wenn man sich erst mal dran gewöhnt hat, isses im Weltraum eigentlich ganz witzig. Wir sind schwerelos und können im ganzen Raumschiff rumschweben, und die Aussicht is schon was Besonderes – Mond und Sonne, Erde und Sterne. Ich frag mich, wo wohl Jenny Curran da unten is und was sie macht.

Wir fliegen immer rund um die Erde, und wenn so circa jede Stunde 'n Tag und ne Nacht vorbeigeht, kriegt man irgendwie für alles nen andren Blickwinkel. Ich mein, jetzt mach ich also nen Weltraumflug, und wenn ich zurückkomm – oder soll ich sagen: *falls* ich zurückkomm –, was is dann? Soll ich meine Krabbenzucht ins Rollen bringen? Oder sehen, daß ich Jenny wiederfind? Bei den Cracked Eggs spielen? Oder überlegen, was ich für Mama tun kann, die wo im Fürsorgeheim is? Äußerst merkwürdig is das alles.

Major Fritch macht so oft wie möglich 'n Nickerchen, aber wenn sie grad nich schläft, mosert sie rum. Auf den Affen und die Armleuchter in der Kontrollstation schimpft sie, und weil sie keinen Platz hat, wo sie sich das Make-up auflegen kann, und wenn ich was mampfe, trotzdem keine Essenszeit is. Herrgott, wir haben sowieso bloß Granola-Riegel. Ich will mich ja nich großartig beschweren, aber ich find, ne gutaussehende Frau hätten sie schon aussuchen könne, oder wenigstens eine, wo nich die ganze Zeit rummosert.

Und eins kann ich Ihnen sagen – der Affe ist auch nich grad 'n Goldkind.

Zuerst gab ich ihm ne Banane – okay? Er schnappt sie sich und fängt mit Schälen an, aber dann läßt er sie los. Die Banane schwebt in der ganzen Kapsel rum, und ich kann sehen, wo ich sie find. Ich geb sie dem Affen noch mal in die Hand, und der vermatscht se total und schmeißt den Matsch überall rum, und ich muß das dann aufputzen. Und die ganze Zeit muß man ihn bei Laune halten. Sobald man ihn allein läßt, macht er 'n Wahnsinnsspektakel und klappert mit den Zähnen wie diese Plastikgebisse zum Aufziehen. Nach ner Weile macht dich das total verrückt.

Schließlich hab ich meine Mundharmonika rausgeholt und ihm 'n bißchen was vorgespielt – ›Home on the Range‹ isses glaub ich gewesen. Der Affe hat sich etwas beruhigt, ich hab also weitergespielt. Sachen wie ›The Yellow Rose of Texas‹ und ›I Dream of Jeannnie with the Light Brown Hair‹. Jetzt liegt der Affe da und guckt mich an – friedlich wie ein Baby. Daß wir ne Fernsehkamera im Raumschiff haben, wo das alles aufnimmt und an die Kontrollstation runterschickt, hab ich ganz vergessen. Wie ich am nächsten Morgen aufwach, hält jemand unten in Houston ne Zeitung so vor die Kamera, daß wir sehen, was draufsteht. Die Schlagzeile lautet: »Idiot besänftigt Affen mit Weltraummusik.« Das is genau die Art von Scheißdreck, wo ich mich dauernd mit rumschlagen muß.

Im Grunde läuft's aber ganz gut, nur merk ich, Sue guckt Major Fritch dauernd irgendwie komisch an. Sobald sie in seine Nähe kommt, wird er plötzlich munter und grabscht nach ihr, wie wenn er sie packen will oder so, und sie fängt dann gleich an zu schimpfen: »Bleib mir vom Leib, du scheußliches Viech. Behalt deine Pfoten gefälligst bei dir!« Irgendwas hat der gute Sue im Sinn. Soviel is sicher.

Es dauert nich lang, bis ich rausfind, was. Ich bin grad hinter ne kleine Trennwand gegangen und will da in ne Flasche pinkeln, aber auf einmal hör ich nen Riesenspektakel und streck den Kopf hinter der Wand vor. Sue hat Major Fritch am Wickel gekriegt, und eine Hand hat er unten in ihrem Raumanzug. Sie brüllt wie am Spieß und knallt Sue das Mikrophon auf'n Schädel.

Dann dämmert mir langsam, wo das Problem liegt. Wir sind nun schon fast zwei Tage im Weltraum, und die ganze Zeit hängt der gute Sue auf seinem Sitz in den Gurten und hat nich einmal austreten gekonnt oder so. Ich weiß nur zu gut, was das heißt. Der muß doch gleich platzen! Ich geh also rüber und zieh ihn von Major Fritch weg, und die is immer noch am Brüllen. Sie schreit, er wär ein »schmutziges Viech« und all so nen Scheiß. Sobald sie frei is, geht sie vorne zum

Cockpit, legt den Kopf auf die Arme und fängt an zu schluchzen. Ich mach Sue los und nehm ihn mit hinter die Trennwand.

Da such ich ihm ne leere Flasche, wo er reinpinkeln kann, aber wie er fertig ist, nimmt er die Flasche und zerdeppert sie an ner Tafel mit lauter bunten Lämpchen, und die Pisse schwebt im Raumschiff rum. Was soll's, sag ich mir und führ Sue zu seinem Platz zurück, aber dann seh ich nen großen Spritzer Pisse direkt auf Major Fritch zuschweben. Sieht ganz so aus, wie wenn ihr der an den Kopf fliegt. Ich laß Sue los und versuch, die Pisse wegzukriegen mit so nem Netz, was man uns gegeben hat für Sachen, wo in der Gegend rumschweben. Aber grad wie ich den Spritzer schnappen will, setzt sich Major Fritch auf und dreht sich um, und die Pisse erwischt sie voll im Gesicht.

Sie fängt wieder an zu brüllen und zu heulen, aber inzwischen is Sue schon dabei, Kabel aus 'm Bedienungsfeld rauszureißen. Major Fritch kreischt: »Halt ihn auf! Halt ihn auf!« aber schon sprüht's im ganzen Raumschiff Funken. Sue springt an die Decke und auf den Boden und reißt überall irgend nen Mist raus. Über Funk fragt ne Stimme: »Was zum Teufel geht da oben vor?« aber da isses schon zu spät.

Das Raumschiff torkelt und überschlägt sich, und ich, Sue und Major Fritch, wir werden wie Korken durch die Gegend geschleudert. Man kann sich nirgends festhalten und weder stehen noch sitzen. Die Stimme von der Kontrollstation meint jetzt über Funk: »Uns ist aufgefallen, daß es bei Ihrem Raumschiff ein kleines Problem mit der Stabilisierung gibt. Forrest, würden Sie von Hand das D-6-Programm in den Steuerbord-Computer eingeben?«

Verdammte Scheiße – soll das 'n Witz sein?! Ich werd hier rumgewirbelt wie 'n Kreisel, und 'n wilder Affe is auch noch los! Major Fritch brüllt so laut, daß ich nix hören und schon gar nix denken kann. So ungefähr soll das Geschrei wohl heißen, wir würden abstürzen und verglühen. Ich schaff's, nen Blick aus 'm Fenster zu werfen, und es sieht wirklich nich gut aus. Die Erde kommt verdammt schnell auf uns zu.

Irgendwie isses mir gelungen, zum Steuerbord-Computer rüberzukommen, mich da mit einer Hand festzuhalten und die Kiste mit D-6 zu füttern. Das is 'n Programm, wo unser Raumschiff im Indischen Ozean runterbringen soll, falls wir Schwierigkeiten kriegen, und die haben wir nu weiß Gott.

Major Fritch und Sue halten sich verzweifelt irgendwo fest, und Major Fritch brüllt: »Was machst du da drüben?« Ich sag's ihr, und sie meint: »Das kannste vergessen, du dummes Arschloch, den Indischen Ozean haben wir schon hinter uns. Warte bis wir wieder rumkommen und versuch, uns im Südpazifik runterzubringen.«

Ob Sie's glauben oder nich, einmal um die ganze Welt, das dauert nich lang, wenn man in nem Raumschiff is. Major Fritch schnappt sich das Mikrophon und brüllt zu den Leuten im Kontrollzentrum runter, daß uns entweder ne Wasserung oder ne Bruchlandung im Südpazifik bevorsteht, und sie sollen uns holen kommen, so schnell sie können. Ich drück Tasten wie wild, und die olle Erde kommt langsam verdammt nahe. Wir fliegen über irgendwas drüber, und Major Fritch meint, das is Südamerika, und dann kommt wieder nix wie Wasser, und rechts von uns is der Südpol und ganz vorne Australien.

Dann herrscht plötzlich ne sengende Hitze, und von draußen kommen komische Geräusche. Das Raumschiff fängt an zu beben und zischen, und jetzt schießen wir frontal auf die Erde zu. Major Fritch ruft: »Zieh den Fallschirmhebel!«, aber ich bin auf meinem Sitz wie festgenagelt. Major Fritch wird gegen die Decke von der Kabine gepreßt, und es sieht ganz so aus, wie wenn Schluß der Vorstellung wäre, weil wir haben so circa 10000 Meilen pro Stunde drauf und fliegen direkt auf so nen großen grünen Klecks Land mitten im Ozean zu. Wenn wir da in dem Tempo draufknallen, bleibt nich mal 'n Fettfleck von uns übrig.

Aber dann macht's auf einmal ›klick‹, und das Raumschiff wird langsamer. Ich schau rüber – und tatsächlich! Der gute Sue hat den Fallschirmhebel gezogen und uns das Leben gerettet. Denk dran, hab ich mir gesagt, daß du ihm ne Banane gibst, wenn die ganze Kacke ausgestanden ist.

Das Raumschiff schwingt unterm Fallschirm hin und her, und wie's aussieht, fallen wir auf diesen großen grünen Klecks Land, was wohl nich so gut is, weil eigentlich sollen wir im Wasser runtergehen, wo uns Schiffe aufsammeln können. Aber seit wir diese Kiste betreten haben, is überhaupt nix nach Plan gelaufen – was kann man da schon erwarten. Major Fritch is am Funkgerät und gibt an die Kontrollstation durch: »Wir landen auf ner Insel nördlich von Australien, mitten im Ozean, aber ich bin nicht sicher, wo wir sind.«

'n paar Sekunden später sagt ne Stimme: »Wenn Sie nicht sicher sind – warum schauen Sie dann nicht zum Fenster raus, sie blödes Weibstück?«

Major Fritch legt also das Mikrophon hin, geht zum Fenster und sagt: »Herrgott, das sieht aus wie Borneo oder so«, aber wie sie das der Kontrollstation durchgeben will, is das Funkgerät schon tot.

Jetzt sind wir schon ganz nah an der Erde dran, und das Raumschiff schwingt immer noch unterm Fallschirm hin und her. Unter uns hat's nur Urwald und Berge und dann noch nen kleinen See, wo irgendwie braun aussieht. Wir können grade so erkennen, daß direkt nebem dem See irgendwas los ist. Ich, Sue und

Major Fritch, wir drücken uns alle die Nasen an der Scheibe platt und gucken runter, und auf einmal ruft Major Fritch: »Gott im Himmel! Das is überhaupt nich Borneo – das is dieses verdammte Neuguinea, und der ganze Scheiß, den die da unten abziehen, muß irgend so ein Cargo-Kult sein!«

Sue und ich, wir gucken ganz scharf runter, und am Ufer von dem See stehen so circa tausend Eingeborene, und alle strecken die Arme zu uns rauf. Sie tragen kurze Grasröcke und haben wilde Frisuren, und zum Teil haben sie Schilde und Speere dabei.

»Verdammt«, sag ich, »*was* soll das sein?«

»Ein Cargo-Kult«, meint Major Fritch. »Im Zweiten Weltkrieg haben wir diesen Dschungelhüpfern Päckchen runtergeworfen mit Bonbons und so, damit sie auf unsrer Seite bleiben, und das haben die nie vergessen. Die haben gedacht, das war Gott oder irgend so jemand und warten immer noch drauf, daß wir wiederkommen. Sie haben sogar primitive Landebahnen gebaut – siehst du, da unten? Das ist bestimmt ein Landeplatz, der mit lauter runden schwarzen Markierungen gekennzeichnet ist.«

»Also, für mich sehen die Dinger eher wie Kochtöpfe aus«, sag ich.

»Stimmt, irgendwie schon«, meint Major Fritch.

»Is da hier nich die Gegend, wo die Kannibalen zu Hause sind?« frag ich.

»Das werden wir wohl schnell rausfinden«, meint sie.

Das Raumschiff schaukelt sachte auf den See zu, und kurz vor wir aufsetzen fangen die mit Trommeln an und machen dauernd ihre Münder auf und zu. Hören können wir in der Kapsel nix, aber unsre Phantasie reicht völlig.

14

Unsre Landung in dem kleinen See war eigentlich ganz okay. 'n Platscher und 'n Schlag, und die Erde hat uns wieder. Richtig ruhig isses auf einmal, und ich und Sue und Major Fritch, wir gucken zum Fenster raus.

'n ganzer Eingeborenenstamm steht so circa drei Meter von uns weg am Ufer und glotzt, und die sehen alle wie die wildesten Menschen aus, wo man sich vorstellen kann. Die machen ganz finstre Gesichter und beugen sich vor und wollen sehen, was da in den See geplumpst is. Major Fritch meint, vielleicht sind sie sauer, weil wir ihnen nix runtergeworfen haben. Sie sagt, sie setzt sich jetzt hin und überlegt, was wir als nächstes machen, weil soweit is ja irgendwie alles gut gegangen, und sie will jetzt keinen falschen Fehler machen mit diesen Schwarzen.

Sieben oder acht besonders große Kerle springen ins Wasser und schieben uns ans Ufer, und dann klopft's an der Tür von der Kapsel ganz laut.

Major Fritch sitzt immer noch da und überlegt. Wir schauen uns an, und Major Fritch zischt: »Keiner rührt sich, kapiert?«

Ich sag: »Womöglich werden sie wütend, wenn wir sie nich reinlassen.«

»Seid einfach ganz still«, meint sie. »Vielleicht glauben sie dann, hier is niemand, und gehen weg.«

Wir warten also, aber schon klopft wieder jemand ans Raumschiff.

»Wenn's klopft und man macht nich auf, das is unhöflich«, sag ich und Major Fritch zischt mich an. »Halt's Maul, du blöder Kerl – siehst du denn nicht, daß diese Leute gefährlich sind?«

Dann geht auf einmal der gute Sue rüber und macht ganz allein die Tür auf, und da steht 'n schwarzer Riese davor, wie ich keinen mehr gesehen hab, seit wir in

Miami gegen die Maisköppe aus Nebraska gespielt haben.

Der hat nen Knochen in der Nase stecken, nen Speer in der Hand, nen Haufen Klunkern um den Hals und trägt nen Grasrock. Seine Haare sehen 'n bißchen so aus wie die Beatles-Perücke, die wo der arme Thoms in dem Shakespeare-Stück aufgehabt hat.

Wie's aussieht, is der Kerl total verdutzt, daß er plötzlich Auge in Auge unserm Sue gegenübersteht. Er is sogar dermaßen perplex, daß er wie tot umkippt. Major Fritch und ich, wir gucken wieder heimlich aus 'm Fenster, und wie die ganzen andern Eingeborenen diesen Typen umkippen sehen, schlagen sie sich in die Büsche – wahrscheinlich wollen sie erst mal sehen, was nun kommt.

Major Fritch sagt: »Ganz leise jetzt – nicht von der Stelle rühren«, aber Sue schnappt sich irgendwo ne Flasche, springt raus und leert sie dem Typen ins Gesicht – von wegen Lebensgeister wecken und so. Der Typ setzte sich dann auch schlagartig auf und hustet und prustet und schüttelt sich wie 'n begossener Pudel. Mit dem Aufwecken hat's also echt gut geklappt, bloß was Sue da genommen und dem ins Gesicht gekippt hat, is die Flasche gewesen, wo ich zum Pinkeln genommen hab. Wie der Blick von dem Typ wieder auf Sue fällt, wirft er die Hände in die Höhe, läßt sich vornüber mit dem Gesicht auf 'n Boden fallen und katzbuckelt wie 'n Araber.

Die andern kommen so langsam wieder aus den Büschen hervor. Die haben wohl nen ziemlichen Schreck gekriegt und gucken wie Autos und haben ihre Speere wurfbereit in den Händen. Der Typ auf 'm Boden hört kurz mit seiner Verbeugerei auf und guckt hoch, und wie er die andren sieht, ruft er denen was zu, und die lassen die Speere sinken und sammeln sich ums Raumschiff.

»Jetzt wirken sie ja ganz friedlich«, meint Major Fritch. »Ich würd sagen, wir gehn raus und weisen uns aus. In ein paar Minuten kommen die Leute von der NASA uns abholen.« Wie sich rausstellt, is das der größte Bockmist, den wo ich je gehört hab.

Major Fritch und ich, wir steigen jedenfalls aus, und die ganzen Eingeborenen machen »oooh!« und »aaah!« Der alte Knabe auf 'm Boden guckt erst mal ziemlich dumm aus der Wäsche, aber dann steht er auf und sagt: »Hallo – ich guter Junge. Wer sind Sie?« und streckt uns die Hand hin.

Ich schüttle sie, und Major Fritch will ihm erklären, wer wir sind, nämlich ›Teilnehmer am multiorbitalen präplanetaren subgravitationellen intersphärischen Raumflug-Trainingsprogramm der NASA‹.

Der Typ steht bloß da und glotzt, wie wenn wir vom Himmel gefallen wären. Ich sag also, »wir sind Amerikaner«, und gleich kriegt er leuchtende Augen und meint: »Was Sie nicht sagen! Amerikaner! Das ist ja ganz reizend!«

»Sie sprechen Englisch?« fragt Major Fritch.

»Gewiß«, meint er. »Ich bin in Amerika gewesen. Während des Kriegs. Die militärische Abwehr hat mich rekrutiert. Ich habe Englisch gelernt, und dann wurde ich wieder hierher geschickt, um unser Volk für den Guerillakampf gegen die Japaner zu formieren.« Wie er das sagt, kriegt Sue ganz große strahlende Augen.

Mir kommt's immer noch komisch vor, daß so 'n bulliger alter Kerl am Ende der Welt derart gut Amerikanisch kann, ich frag ihn also: »Wo haben Sie studiert?«

»In Yale, alter Knabe«, meint er. »Boola-boola und was es da so alles gab. Wie er »boola-boola« sagt, rufen plötzlich alle »boola-boola«, und die Trommeln setzen wieder ein, bis der Riese seinen Arm schwenkt und für Ruhe sorgt.

»Mein Name ist Sam«, sagt er. »Jedenfalls nannte man mich in Yale so. Mein richtiger Name ist ein ziemlicher Zungenbrecher. Wie schön, daß Sie bei uns vorbeischauen. Möchten Sie vielleicht einen Tee?«

Ich werf Major Fritch nen Blick zu, aber der hat's die Sprache verschlagen, also antworte eben ich: »Ja, das wär prima«, und dann findet Major Fritch die Sprache wieder, und sie fragt in nem ziemlich schrillem Ton: »Sie haben nicht zufällig ein Telefon, das wir mal benutzen könnten, oder?«

Sam macht 'n finsteres Gesicht und schwenkt die Arme, und die Trommeln setzen wieder ein, und alle begleiten uns in den Dschungel und rufen »boolaboola«.

Mitten im Dschungel haben die 'n richtiges kleines Dorf mit Grashütten und dem ganzen Drumrum – genau wie im Kino –, und die Hütte von Old Sam ist die größte von allen. Der Stuhl vor'm Eingang sieht 'n bißchen aus wie 'n Thron, und vier, fünf Frauen, wo obenrum nix anhaben, machen alles, was er sagt – zum Beispiel für uns Tee holen. Dann zeigt er auf 'n paar Steine, wo Major Fritch und ich uns draufsetzen sollen. Sue is die ganze Zeit hinter uns hergelatscht und hat meine Hand nich losgelassen, und Old Sam gibt ihm zu verstehen, er soll sich auf 'n Boden setzen.

»Einen tollen Affen haben Sie da«, meint er. »Woher haben Sie den?«

»Er arbeitet für die NASA«, sagt Major Fritch. Sie macht keinen allzu glücklichen Eindruck.

»Was Sie nicht sagen!« meint Old Sam. »Bekommt er ein Gehalt?«

»Ich glaube, er möchte ne Banane«, werf ich ein. Old Sam sagt irgendwas zu ner Eingeborenenfrau, und die bringt Sue ne Banane.

»Ich bitte vielmals um Vergebung«, meint Old Sam,

»ich habe Sie ja noch gar nicht nach Ihren Namen gefragt.«

»Major Janet Fritch, US-Luftwaffe. Personennummer 04534573. Mehr werden Sie von mir nicht erfahren.«

»Aber, gute Frau«, sagt Old Sam. »Sie sind hier doch keine Gefangene. Wir sind nur ein armer rückständiger Stamm. Manche behaupten, wir hätten seit der Steinzeit keine großen Fortschritte gemacht. Wir meinen es nicht böse mit ihnen.«

»Ich habe nichts mehr zu sagen, bis ich telefonieren kann«, faucht Major Fritch.

»Wie Sie wollen. Und wie ist es mit Ihnen, junger Mann?«

»Mein Name is Forrest.«

»Ach, wirklich? Etwa nach Ihrem berühmten General aus dem Bürgerkrieg, Nathan Bedford Forrest?«

»Genau.«

»Wie überaus interessant. Sagen Sie, Forrest, wo haben Sie studiert?«

Ich wollt schon sagen, ich bin ne Weile auf die Universität von Alabama gegangen, aber dann denk ich mir, geh lieber auf Nummer sicher. Ich sag also, ich bin in Harvard gewesen, was ja nich direkt gelogen is.

»Ach ja, das gute alte Harvard«, meint Old Sam. »Kenne ich gut. Reizende Burschen trifft man da – wenn's bei denen für Yale auch nicht ganz gereicht hat.« Dann lacht er schallend. »Insofern machen Sie übrigens wirklich den Eindruck eines Harvard-Mannes.« Also, irgendwie hab ich das Gefühl, wir kriegen Ärger.

Es is später Nachmittag, und Old Sam sagt zu 'n paar von diesen Frauen, sie sollen uns zeigen, wo wir wohnen, und die führen uns zu ner Grashütte mit nem niedrigen Eingang, und der Boden is die bloße Erde, und das Ganze erinnert mich irgendwie an die Hütte, wo König Lear reingegangen is. Zwei richtig große Typen mit Speeren tauchen auf und stehen vor unsrer Tür Wache.

Die ganze Nacht sind die Eingeborenen am Trommeln und »boola-boola« schreien, und wir sehen durch die Tür, daß sie nen riesigen Kessel aufgestellt und drunter Feuer gemacht haben. Ich und Major Fritch, wir wissen nicht recht, was wir davon halten sollen, aber Sue ist scheinbar im Bilde, weil er sitzt ganz niedergeschlagen in der Ecke.

So circa um neun oder zehn haben sie uns immer noch nix zum Essen gebracht, und Major Fritch meint, vielleicht sollt ich mal Old Sam nach 'm Abendessen fragen. Ich will zur Tür raus, aber die zwei Eingeborenen kreuzen die Speere vor mir, und ich laß es gut sein und geh wieder rein. Auf einmal dämmert's mir, wieso uns keiner zum Essen eingeladen hat – das Essen sind *wir*. Schöne Aussichten sind das!

Dann hört die Trommelei auf, und niemand singt mehr »boola-boola«.

Dafür schreit jetzt jemand da draußen rum, und 'n andrer, wo sich anhört wie Old Sam, hält dagegen. Das geht dann ne ganze Weile hin und her, und die Diskussion wird immer hitziger. Ich denk mir grad, noch lauter können die jetzt gar nicht mehr schreien, da macht's ganz laut ›bäng‹. Das hört sich an, wie wenn man jemand auf 'n Brett oder auf 'n Kopf haut. Nen Augenblick lang is alles ganz still, aber dann fängt die Trommelei wieder an, und alle rufen »boola-boola«.

Am nächsten Morgen sitzen wir in der Hütte, und Old Sam kommt rein und sagt: »Guten Morgen. Haben Sie gut geschlafen?«

»Nein, Herrgott!« beschwert sich Major Fritch. »Wie um alles in der Welt soll man bei dem Heidenspektakel da draußen schlafen?«

Old Sam macht 'n gequältes Gesicht und meint: »Ach, das tut mir aber leid. Nur müssen Sie wissen, daß meine Leute irgendein Geschenk erwartet haben, als sie ihr Gefährt vom Himmel fallen sahen. Wir warten schon seit 1945 darauf, daß Ihre Landsleute wieder einmal mit Geschenken zu uns kommen. Als feststand, daß Sie keine Geschenke bringen, wurde natürlich angenommen, Sie selber seien die Geschenke, und meine Leute beabsichtigten, Sie zu kochen und aufzuessen, bis ich sie davon abbringen konnte.«

»Sie wollen mich verarschen, mein Lieber«, faucht Major Fritch.

»Aber nein, ganz im Gegenteil«, sagt Old Sam. »Wissen Sie, man kann mein Volk nicht als zivilisiert bezeichnen – jedenfalls nicht nach Ihren Maßstäben. Es hat nämlich eine ausgesprochene Vorliebe für Menschenfleisch. Speziell für weißes Fleisch.«

»Soll das etwa heißen, das sind Kannibalen?« fragt Major Fritch.

Old Sam zuckt die Schultern. »So könnte man das nennen.«

»Das ist ja widerwärtig«, zischt Major Fritch. »Hören Sie mal her, Sie haben für unsere Sicherheit und unsere Rückkehr in die zivilisierte Welt zu sorgen. Ein Suchtrupp der NASA kann jeden Moment eintreffen. Ich verlange, daß Sie uns mit dem Respekt behandeln, den Sie jeder verbündeten Nation entgegenbringen würden.«

»Nun«, meint Old Sam, »genau das hatten meine Leute heute nacht mit Ihnen vor.«

»Hören Sie gut zu!« schreit Major Fritch. »Ich verlange unsere sofortige Freilassung, damit wir zur nächsten Stadt oder Ansiedlung aufbrechen können, wo es ein Telefon gibt.«

»Ich fürchte«, sagt Old Sam, »das wird nicht gehen. Selbst wenn wir Sie ziehen ließen, würden sie doch nur

Bitte lächeln: Bubba ist guter Dinge, wenn er an seine Zukunft denkt. Doch leider soll es anders kommen, als er es sich vorgestellt hat.

Jenny hat endlich das Ziel ihrer Träume erreicht. Wie die Sängerin Joan Baez, ihr großes Vorbild, trägt sie in einem Club Lieder zur Gitarre vor.

Wieder daheim in USA: Volksheld Forrest wartet mit gemischten Gefühlen auf die Tapferkeitsmedaille, die ihm der Präsident persönlich überreichen wird.

von den Pygmäen geschnappt, bevor sie hundert Meter weit im Dschungel wären.«

»Pygmäen?« fragt Major Fritsch.

»Zwischen uns und den Pygmäen herrscht schon seit vielen Generationen Krieg. Ich glaube, irgendwann hat jemand mal ein Schwein gestohlen. Niemand weiß mehr, wer und wo. Der Hergang ist in das Reich der Sagen übergegangen. Jedenfalls sind wir schon seit Menschengedenken von Pygmäen eingeschlossen.«

»Also, Pygmäen sind mir immer noch lieber als ein Haufen verdammter Kannibalen«, meint Major Fritch. »Die Pygmäen sind doch keine Kannibalen, oder?«

»Nein, Madam«, sagt Old Sam, »das sind Kopfjäger.«

»Großartig«, brummt Major Fritch.

»Nun«, meint Old Sam, »heute nacht ist es mir noch gelungen, Sie vor dem Kochtopf zu bewahren, aber ich weiß nicht, wie lange ich meine Leute noch zurückhalten kann. Sie sind jedenfalls wild entschlossen, aus Ihrer Anwesenheit irgendeinen Gewinn zu ziehen.

»Ach ja?« fragt Major Fritch. »Was für einen, zum Beispiel?«

»Also, da wär zunächst mal Ihr Affe. Ich habe das Gefühl, wenigstens ihn möchten sie aufessen.«

»Dieser Affe steht im Alleineigentum der Vereinigten Staaten von Amerika«, sagt Major Fritch.

»Trotzdem würde ich es für eine diplomatische Geste Ihrerseits halten.«

Der gute Sue macht 'n finsteres Gesicht, nickt ganz langsam und starrt traurig auf die Tür.

»Und dann«, fährt Old Sam fort, »würde ich sagen, solange Sie hier sind, könnten Sie vielleicht bestimmte Arbeiten verrichten.«

»Was für Arbeiten?« fragt Major Fritch mißtrauisch.

»Nun«, antwortet Old Sam, »landwirtschaftliche Arbeiten. Sehen Sie, ich versuche seit Jahren, die erbärmliche Lage meines Volkes zu verbessern, und vor nicht allzulanger Zeit bin ich auf eine Idee gekommen. Wenn es uns gelingt, den fruchtbaren Boden hier unter Einsatz moderner Agrotechnik nutzbar zu machen, könnten wir uns allmählich aus unserer Notlage befreien und uns in die Weltwirtschaft eingliedern. Kurz gesagt, wir könnten diese rückständige, unfruchtbare Stammeswirtschaft hinter uns lassen und eine florierende, kultivierte Nation werden.«

»Was für landwirtschaftliche Arbeiten?« will Major Fritch wissen.

»Ich spreche von Baumwolle, meine gute Frau! Die profitabelste aller Pflanzen – auf die sich vor nicht allzulanger Zeit in ihrem Land ein ganzes Imperium gründete!«

»Sie erwarten, daß wir Baumwolle anbauen?« japste Major Fritch.

»Da können Sie ihren süßen Hintern drauf verwetten, Schwester«, sagt Old Sam.

15

Jetzt pflanzen wir also Baumwolle, und zwar einen Hektar nach dem andern, bergauf und bergab. Also, falls wir je aus dieser Kacke rauskommen, dann weiß ich eins mit Sicherheit: Baumwollfarmer will ich in meinem ganzen Leben nich werden.

'n paar Sachen sind schon passiert, seit dem ersten Tag im Dschungel bei Old Sam und seinen Kannibalen. Major Fritch und ich, wir haben erst mal Old Sam überredet, daß wir unsren armen Sue nich seinem Stamm zum Essen geben müssen. Wir haben ihm klargemacht, daß Sue als Baumwollpflanzer viel mehr wert is wie als ne Mahlzeit. Der gute Sue is jetzt also tagtäglich mit nem großen Strohhut auf'm Kopf und nem Jutesack bei uns draußen und pflanzt Baumwolle.

Außerdem is – so circa in der dritten Woche, wo wir dort gewesen sind – Old Sam zu uns in die Hütte gekommen und hat gemeint: »Sagen Sie mal, Forrest, spielen Sie Schach, alter Knabe?«

»Nein«, sag ich.

»Nun, Sie sind doch ein Harvard-Mann, vielleicht wollen Sie's lernen«, meint er.

Ich nick und lern dann eben Schach. Jeden Abend, wenn wir mit der Arbeit auf den Baumwollfeldern fertig sind, holt Old Sam sein Schachspiel raus und wir hocken uns ans Feuer und spielen bis spät in die Nacht. Er zeigt mir die ganzen Züge, und die ersten paar Tage bringt er mir auch Strategie bei. Da hört er dann aber schnell damit auf, weil ich schlag ihn zwei, drei Mal.

Bald werden die Spiele länger, manchmal dauern sie sogar 'n paar Tage, weil Old Sam kann sich nie entscheiden, wo er hinziehen soll. Er setzt sich hin und studiert die Schachfiguren, und dann macht er endlich irgendwas, aber ich schlag ihn dann doch jedesmal. Manchmal wird er total wütend auf sich selber und haut sich mit nem Stock aufs Bein oder rammt den Kopf gegen nen Fels oder irgend so was.

»Für nen Harvard-Mann spielen Sie ziemlich gut Schach«, sagt er immer wieder, oder: »Hören Sie mal, Forrest, warum haben Sie diesen Zug gemacht?« Ich habe dann aber nie was gesagt und bloß mit den Schultern gezuckt, und dann hat Old Sam gekocht vor Wut.

Einmal hat er gemeint: »Wissen Sie, Forrest, es freut mich wirklich, daß Sie hier sind und daß ich jemanden zum Schachspielen habe, und ich bin auch froh, daß ich Sie vor dem Kochtopf bewahren konnte. Nur möchte ich wenigstens ein einziges Mal gegen Sie gewinnen.« Wie er das gesagt hat, leckt er sich die Lippen.

Da braucht man nu wirklich kein Idiot sein, daß

einem 'n Licht aufgeht: Sobald er einmal gewonnen hat, is ihm das genug, und er verspeist mich auf der Stelle zum Abendessen. Holzauge sei wachsam, sag ich mir, wenn Sie verstehen, was ich meine.

In der Zwischenzeit is mit Major Fritch was ganz Merkwürdiges passiert.

Wie sie grad mal mit Sue und mir von den Baumwollfeldern zurückkommt, streckt 'n wuchtiger schwarzer Mann den Kopf aus nem Gebüsch raus und winkt sie zu sich her. Ich und Sue, wir bleiben stehen, und Major Fritch geht rüber und fragt: »Wer is das da drin?« Plötzlich taucht 'n massiger Arm auf, schnappt sich Major Fritch und zieht sie rein ins Gebüsch. Sue und ich, wir gucken uns an, und dann laufen wir zu der Stelle hin, wo sie grad noch gewesen is. Sue is als erster da, und wie ich mich ins Gebüsch stürzen will, hält er mich zurück. Er schüttelt den Kopf und winkt mich beiseite, und wir gehen 'n Stück weit weg. Von da drin kommen alle möglichen Geräusche, und die Büsche wackeln wie verrückt. Schließlich schnall ich, was da abgeht, aber Major Fritch hört sich nich so an, wie wenn sie irgendwie in Gefahr wär, ich geh also mit Sue ins Dorf zurück.

So circa ne Stunde später taucht Major Fritch mit diesem wuchtigen Typen auf, und der strahlt über beide Backen. Sie nimmt ihn bei der Hand und führt ihn in die Hütte und meint: »Forrest, ich möchte dir Grurck vorstellen« und zieht ihn nach vorne.

»Hallo«, sag ich. Ich hab den Typ schon öfter mal im Dorf gesehen. Grurck strahlt und nickt, und ich nick zurück, und Sue kratzt sich am Sack.

»Grurck hat mich gefragt, ob ich bei ihm einziehen will«, meint sie, »und ich glaub, ich mach's. Für uns drei ist's hier sowieso reichlich eng, findest du nicht auch?«

Ich nicke.

»Du verrätst das doch niemand, Forrest?« fragt Major Fritch.

Also, ich möcht echt mal wissen, wem sie meint, daß ich das erzählen könnt! Aber ich schüttle einfach nur den Kopf, und Major Fritch holt sich ihren Kram und zieht mit Grurck ab in seine Hütte.

Die Tage und Monate kommen und gehen – und dann sogar die Jahre. Tagtäglich arbeiten wir – also ich, Sue und Major Fritch – auf den Baumwollfeldern, und so langsam komm ich mir vor wie Onkel Tom oder so. Wenn ich am Abend Old Sam beim Schach abgezogen hab, geh ich in die Hütte und hock mich noch ne Weile zu Sue. Wir können inzwischen quasi miteinander reden – mit ner Mischung aus Grunzen, Gestikulieren und Grimassen schneiden. Irgendwann kann ich mir dann seine Lebensgeschichte zusammensetzen, und es stellt sich raus, daß die ungefähr gleich traurig is wie meine.

Wie er noch 'n ganz kleiner Affe war, is seine Mami mal mit seinem Papi im Dschungel spazierengegangen, und plötzlich tauchen irgendwelche Typen auf und schmeißen 'n Netz über sie und schleifen sie weg. Sue konnte sich nem Onkel und ner Tante anschließen, bis die ihn rausgeschmissen haben, weil denen hat er zuviel gefressen. Dann muß er sehen, wo er bleibt.

Es war dann aber ganz okay. Er hat sich einfach von Ast zu Ast geschwungen und Bananen gefuttert, bis ihn eines schönen Tages die Neugier gepackt hat, was wohl im Rest der Welt so los is. So schwingt er sich von Baum zu Baum, bis er zu nem Dorf am Rande vom Dschungel kommt. Er kriegt Durst und klettert runter und hockt sich zum Trinken an nen Bach, und dann kommt so 'n Typ in nem Kanu angepaddelt. Sue hat noch nie so 'n Ding gesehen, er bleibt also sitzen und schaut sich's an, und der Kerl kommt auf ihn zu gerudert. Sue glaubt, er darf mitfahren, aber von wegen! Der Kerl haut ihm sein Paddel auf 'n Kopf und fesselt ihn an allen vieren, und vor er recht geschnallt hat, was los ist, hat man ihn schon an nen andren Typen verkauft, wo ihn in Paris zur Schau stellt.

Zu der Tierschau gehört auch noch 'n Orang-Utan-Weibchen. Doris heißt sie und is eine der bestaussehenden Äffinnen, wo er jemals gesehen hat, und nach ner Weile verlieben sie sich ineinander. Der Typ schleppt sie um die ganze Welt, und egal wo er hingeht – die Hauptattraktion von seiner Tierschau is immer, daß er Doris und Sue in denselben Käfig steckt, wo ihnen dann alle beim Bumsen zugucken können. So 'n Laden is das gewesen. Irgendwie war das natürlich peinlich für den guten Sue, aber sonst haben sie ja nie ne Gelgenheit dazu gekriegt.

Dann hat man sie mal in Japan vorgeführt, und 'n Typ kommt zu dem Tierschau-Besitzer her und will Doris kaufen, und schon wird sie weggebracht, und Sue hat keine Ahnung, wohin, und er is wieder ganz alleine.

Das hat Sues Einstellung radikal verändert. Er is jetzt immer total miesepetrig, und bei der Vorführung brummt und faucht er bloß noch, und irgendwann fängt er damit an, Scheiße durch die Gitterstäbe auf die ganzen Leute zu schmeißen, wo gutes Geld dafür gezahlt haben, daß sie sehen, was 'n Orang-Utan so macht.

So geht das dann ne Weile, bis der Tierschau-Typ die Schnauze voll hat und Sue an die Leute von der NASA verkauft – und auf die Tour is er schließlich hier gelandet. Ich kann mir schon 'n bißchen denken, wie er sich fühlt, weil er sehnt sich immer noch nach Doris, und ich sehn mich immer noch nach Jenny Curran. Kein Tag vergeht, wo ich mich nich frag, was wohl aus ihr geworden is. Aber alle beide sitzen wir hier fest am Ende der Welt.

Das Baumwoll-Abenteuer von Old Sam übersteigt

die wildesten Fantasien. Wir säen und ernten einen Ballen nach 'm andren, und das wird alles in großen Grasschuppen gelagert, die wo auf Stelzen 'n Stück über den Boden gebaut sind. Irgendwann meint Old Sam dann, daß sie jetzt für die ganze Baumwolle nen großen Lastkahn bauen wollen, und dann würden wir uns durchs Pygmäenland durchschlagen bis wir wo hinkommen, wo wir das Zeugs verkaufen und 'n Vermögen verdienen können. »Ich hab mir das alles genau überlegt«, meint Old Sam. »Zuerst versteigern wir die Baumwolle, und mit dem Geld kaufen wir dann alles, was mein Volk so braucht.«

Ich frag, was die denn so brauchen, und er sagt: »Ach, wissen Sie, alter Knabe, Glasperlen und Schmuck, vielleicht zwei, drei Spiegel, ein tragbares Radio und eventuell eine Kiste guter kubanischer Zigarren – und dann noch zwei, drei Kisten Schnaps.«

Jetzt wissen wir also, was angesagt is.

Die Monate vergehen, und wir bringen grad die letzte Baumwollernte ein. Old Sam hat den Lastkahn so gut wie fertig, und am Abend vors losgehn soll is 'n großer Schwof, wo alle feiern und die bösen Geister vertreiben.

Der ganze Stamm sitzt ums Feuer rum und ruft »boola-boola« und haut auf die Trommeln. Nen Mordskessel haben sie rangeschleppt und aufs Feuer gestellt, und der is am Dampfen und Brodeln, aber Old Sam meint, das wär bloß ne »symbolische Geste«.

Wir hocken da und spielen Schach, und ich kann Ihnen sagen – ich könnt platzen vor Aufregung. Laß uns erst mal in die Nähe von ner Stadt oder nem Dorf kommen, dann kratzen wir ganz schnell die Kurve. Der gute Sue weiß scheinbar auch, was angesagt is, weil der sitzt in der Hütte, strahlt über beide Backen und kitzelt sich in der Achselhöhle.

Ein oder zwei Schachspiele haben wir schon hinter

uns, und grad sind wir wieder am Ende vom dritten, wie ich auf einmal aufs Brett guck und – verdammt! Old Sam bietet mir Schach. Er grinst so was von breit, daß ich im Dunkeln nix wie seine Zähne seh, und ich sag mir, aus dieser Zwickmühle mußt du wieder raus – und zwar subito.

Das Dumme is nur, da is abolut nix zu machen. Weil ich mich zu früh gefreut und nix wie Faxen im Kopf gehabt hab, bin ich jetzt auf 'm Schachbrett in ner unmöglichen Position – und nirgends kein Ausweg.

Ich studier das Brett noch ne Weile, und meine gerunzelte Stirn is taghell erleuchtet, weil die grinsenden Beißer von Old Sam werfen den Feuerschein zurück. Dann sag ich: »Äh, Augenblick, ich muß mal eben pinkeln.«

Old Sam grinst und nickt, und eins will ich Ihnen sagen – das is, soweit ich weiß, das erste Mal, daß ich sowas sag und mich damit nich in die Scheiße rein reit, sondern draus raus.

Ich geh also hinter der Hütte pinkeln, aber nachher geh ich nich wieder zum Schachbrett, sondern rein zu Sue und erklär ihm, wie's aussieht. Dann schleich ich mich zur Hütte von Grurck rüber und frag ganz leise nach Major Fritch. Sie kommt raus, und ich sag ihr was passiert is und daß wir uns wohl besser schleunigst davonmachen – vor die uns alle blanchieren oder so.

Wir waren uns dann alle einig, daß wir versuchen abzuhauen. Grurck will auch mit von wegen seiner Liebe zu Major Fritch – oder wie er sich ausgedrückt hat. Wir robben also zu viert zum Dorf raus, schaffen's bis zum Fluß und wollen grad in so 'n Eingeborenenkanu reinklettern – aber dann guck ich auf einmal hoch, und über uns steht Old Sam mit so circa tausend von seinen Eingeborenen und macht 'n bitterböses und enttäuschtes Gesicht.

»Also, hör mal, alter Knabe«, meint er, »hast du wirklich geglaubt, du kannst mich alten Fuchs austricksen?« Und ich sag: »Äh, wir wollten nur ne kleine Kanufahrt machen – im Mondschein, verstehen Sie?«

Er meint, »ja«, das versteht er »sehr wohl«, und dann packen uns seine Männer und bringen uns mit vorgehaltener Waffe zurück ins Dorf. Der Kochkessel blubbert und dampft auf Teufel komm raus, und wir werden an Pfähle gefesselt, wo in den Boden gerammt sind, und das sind nich grad rosige Aussichten.

»Tja, alter Knabe«, meint Old Sam, »die Ereignisse haben in der Tat eine unglückliche Wendung genommen. Aber schauen Sie – als Trost bleibt Ihnen immerhin die Gewißheit, daß sich an Ihnen zwei, drei hungrige Mäuler sattessen können. Und das muß Ihnen der Neid lassen – Sie sind zweifellos der beste Schachspieler, dem ich je begegnet bin, und drei meiner vier Jahre in Yale bin ich dort Schachmeister gewesen.«

»Was Sie angeht, Madam«, sagt Old Sam zu Major Fritch, »tut es mir wirklich leid, Ihre kleine *affaire d'amour* mit dem guten alten Grurck beenden zu müssen, aber Sie wissen ja, wie das ist.«

»Nein, das weiß ich nicht, du abscheulicher Wilder«, faucht Major Fritch. »Was willst du überhaupt? Du solltest dich was schämen!«

»Vielleicht können wir Sie und Grurck auf derselben Platte servieren«, gluckst Old Sam. »Ein bißchen helles und ein bißchen dunkles Fleisch – also, ich werde einen Schenkel nehmen oder vielleicht auch eine Brust. Doch, doch, das gibt dem Ganzen eine hübsche Note.«

»Du widerlicher Scheißkerl!« schreit Major Fritch.

»Ganz, wie Sie meinen«, sagt Old Sam. »Der Festschmaus möge beginnen!«

Dann haben sie uns losgebunden, und 'n Haufen Bimbos hat uns zum Kochtopf geschleppt. Erst haben sie Sue geschnappt, weil Old Sam meint, der gibt ne gute Brühe, aber wie der Arme schon überm Kessel schwebt und die ihn grad reinfallen lassen wollen, kommt plötzlich wie aus 'm Nichts 'n Pfeil und trifft einen von den Kerlen, die wo Sue hochhalten. Der Typ fällt um, und Sue auf ihn drauf. Dann prasseln die Pfeile nur so auf uns runter, und alle kriegen Panik.

»Die Pygmäen!« ruft Old Sam. »Zu den Waffen!« und alle laufen ihre Speere und Messer holen.

Major Fritch, Sue und ich, wir haben keine Speere und Messer und wollen wieder zum Fluß laufen, aber wir sind noch nich weiter als drei Meter gekommen, wie wir plötzlich kopfüber in irgendwelchen Netzfallen zwischen den Bäumen hängen.

Wie die Fledermäuse hängen wir da, und das ganze Blut strömt uns in den Kopf, und so 'n kleiner Typ kommt aus 'm Gebüsch gelaufen und kriegt sich fast nich mehr ein vor Lachen, wie er uns total eingeschnürt da oben baumeln sieht. Aus 'm Dorf kommen wilde Geräusche, aber nach ner Weile wird's ruhig. Dann tauchen bei uns jede Menge Pygmäen auf, und die schneiden uns los und fesseln uns gleich wieder an Händen und Füssen und schleifen uns ins Dorf.

Da sieht's vielleicht aus! Sie haben Old Sam und seine ganzen Eingeborenen gefangen und gefesselt und sind drauf und dran, sie gleich in den brodelnden Topf zu schmeißen.

»Tja, alter Knabe«, meint Old Sam, »da sind Sie ja noch mal im allerletzten Moment gerettet worden, nicht wahr?«

Ich nicke, aber ich weiß nich so recht, ob wir nich vom Fegefeuer direkt in die Hölle gekommen sind.

»Nun«, sagt Old Sam, »sieht ganz so aus, als ob ich und meine Jungs abtreten müßten, aber *Sie* haben vielleicht noch eine Chance. Versuchen Sie Ihre Mundharmonika zu erwischen und spielen Sie ein, zwei Liedchen. Das könnte Ihnen das Leben retten. Der König der Pygmäen ist ganz verrückt nach amerikanischer Musik.«

»Danke«, sag ich.

»Keine Ursache, alter Knabe«, antwortet Old Sam. Sie haben ihn hochgehoben und über den brodelnden Kessel gehalten, und auf einmal ruft er: »Springer auf A4, dann Turm auf C6, damit sind Sie geschlagen!«

Dann gibt's nen großen Platscher, und die gefesselten Eingeborenen von Old Sam rufen wieder »boolaboola«. Für uns alle sieht's ganz schlecht aus.

16

Wie der Stamm von Old Sam gekocht und die Köpfe geschrumpft waren, haben uns die Pygmäen an allen vieren an lange Stangen gefesselt und wie Schweine in den Dschungel getragen.

»Was haben die vor mit uns, was glaubst du?« ruft mir Major Fritch zu.

»Keine Ahnung. Is mir auch scheißegal!« ruf ich zurück. Ich hab die Schnauze voll von dieser ganzen Kacke. Irgendwann is einfach genug.

Nach nem Tag oder zwei kommen wir jedenfalls zum Pygmäendorf, und wie Sie sich vielleicht denken können, hat's da in ner Lichtung im Dschungel nen Haufen winzige Hütten. Sie schleppen uns zu ner Hütte im Zentrum von der Lichtung, wo 'n Haufen Pygmäen rumsteht. 'n alter zahnloser Winzling mit nem weißen Bart hockt auf so ner Art Kinderhochstuhl. Das muß wohl der Pygmäenkönig sein.

Sie lassen uns auf 'n Boden plumpsen und binden uns los, und wir stehen auf und klopfen uns die Klamotten aus, und der König von den Pygmäen quasselt irgendwelchen Quatsch daher. Dann klettert er von seinem Stuhl runter, geht direkt auf Sue zu und tritt ihn in die Eier.

»Wieso macht er denn das?« frag ich Grurck, der wo 'n bißchen Englisch kann, seit er mit Major Fritch zusammengelebt hat.

»Will wissen, ob Affe ist Junge oder Mädchen«, sagt Grurck.

Also, da müßt's ja ne nettere Methode geben, um das rauszufinden, denk ich mir, aber sagen tu ich lieber nix.

Dann kommt der König zu mir her und plappert irgendwas auf pygmalion oder wie sich dieses Kauderwelsch nennt, und ich mach mich drauf gefaßt, daß ich auch gleich in die Eier getreten werd, aber Grurck meint, »Will wissen, warum du bei schrecklichen Kannibalen lebst.«

»Sag ihm, wir haben uns das nicht ausgesucht«, piepst Major Fritch dazwischen.

»Ich hab ne Idee!« ruf ich. »Sag ihm, wir sind amerikanische Musiker.«

Grurck sagt das dem König, und der schaut uns ganz scharf an, und dann fragt er Grurck was.

»Was meint er?« will Major Fritch wissen.

»Will wissen, was der Affe spielt«, antwortet Grurck.

»Sag ihm, der Affe spielt auf den Speeren.« Grurck übersetzt das, und dann will der Pygmäenkönig was geboten kriegen.

Ich zieh meine Mundharmonika aus der Tasche und spiel 'n Liedchen – ›the Camptown Races‹. Der Pygmäenkönig hört ne Minute zu, dann fängt er an zu klatschen und führt was auf, wo wie 'n Holzschuhtanz aussieht.

Wie ich fertig bin, fragt er, was Major Fritch und Grurck spielt, und ich sag zu Grurck, er soll ihm verklickern, Major Fritch spielt auf den Messern und Grurck spielt überhaupt nix, weil er is der Manager.

Der Pygmäenkönig guckt ziemlich dumm aus der Wäsche und meint, das hat er ja noch nie gehört, daß einer auf den Messern spielt oder auf den Speeren, aber trotzdem befiehlt er seinen Leuten, sie sollen Sue 'n paar Speere und Major Fritch 'n paar Messer geben, und dann wird man ja sehen, was für ne Musik wir zustande bringen.

Wie wir die Speere und Messer kriegen, ruf ich: »Und jetzt – los!« und der gute Sue haut dem Pygmäenkönig seinen Speer über die Birne, und Major Fritch treibt 'n paar Pygmäen auseinander. Die andern Pygmäen schmeißen Steine hinter uns her und schießen mit ihren Bogen und Blasrohren Pfeile auf uns ab. Auf einmal stehen wir am Ufer von nem Fluß, und es geht nich weiter, und die Pygmäen holen schnell auf. Wir wollen grad reinspringen und um unser Leben schwimmen, wie plötzlich am andern Ufer ein Schuß fällt.

Jetzt sitzen uns die Pygmäen schon direkt im Nakken, aber da fällt noch 'n Schuß, und die ganze Bande nimmt Reißaus und läuft in den Dschungel zurück. Wir schauen über 'n Fluß, und da stehen doch tatsächlich 'n paar Typen in Tropenanzügen mit weißen Helmen. Sie steigen in 'n Kanu und paddeln auf uns zu, und wie sie näher kommen seh ich, daß bei einem der Typen NASA auf 'm Helm steht. Die haben uns endlich gefunden.

Wie sie an unser Ufer kommen, steigt der Typ mit dem Helm von der NASA aus 'm Kanu aus und kommt auf uns zu. Er bleibt direkt vor Sue stehen, streckt ihm die Hand hin und meint: »Mr. Gump, wenn ich nich irre?«

»Wo zum Teufel habt ihr Arschlöcher gesteckt?« brüllt Major Fritch. »Wir sind fast vier Jahre in diesem gottverdammten Dschungel festgesessen!«

»Tut mir leid, Madam«, sagt der Typ, »aber Sie können sich doch denken, daß wir Prioritäten setzen müssen.«

Nu, jedenfalls werden wir von einem Schicksal erlöst, wo schlimmer is als der Tod. Sie packen uns in ihr Kanu und paddeln den Fluß runter. »Ja, Herrschaften, die Zivilisation ist gleich um die Ecke. Bestimmt kann jeder von Ihnen seine Geschichte an eine Zeitschrift verkaufen und ein Vermögen verdienen.«

»Halten Sie das Kanu an!« ruft Major Fritch plötzlich.

Die Typen werfen sich verdutzte Blicke zu, aber sie paddeln zum Ufer rüber.

»Ich habe eine Entscheidung getroffen«, sagt Major Fritch. »Zum ersten Mal in meinem Leben habe ich einen Mann gefunden, der mich wirklich versteht, und ich werde ihn nicht ziehen lassen. Fast vier Jahre lang bin ich in diesem Land mit Grurck glücklich gewesen, und ich werde mit ihm hierbleiben. Wir werden uns im Dschungel ein neues Leben aufbauen und eine Familie gründen und glücklich sein bis ans Ende unserer Tage.«

»Aber dieser Mann ist ein Kannibale«, meint einer von den Typen.

»Du bist ja nur neidisch, Freundchen«, faucht Major Fritch und steigt aus und geht mit Grurck Hand in Hand in den Dschungel zurück. Vor sie verschwinden, dreht sich Major Fritch noch mal um und winkt mir und Sue kurz zu, und dann sind sie endgültig weg.

Der gute Sue hockt mit verkrampften Fingern hinten im Kanu.

»Wartet noch nen Moment«, sag ich zu den Typen. Ich geh nach hinten und setz mich neben Sue und frag ihn: »An was denkst du?«

Sue sagt gar nix, aber in seinen Augen stehen winzige Tränen, und da weiß ich, was gleich kommt. Er legt mir den Arm um die Schultern, drückt mich ganz fest, springt aus 'm Boot und läuft am Ufer nen Baum hoch. Dann sehen wir nur noch, wie er sich an ner Liane in den Dschungel schwingt.

Der Typ von der NASA schüttelt den Kopf. »Und was ist mir dir, du Leuchte? Folgst du deinen Freunden in den Busch?«

Ich guck ihnen ne Weile nach, sag »nee« und lehn mich zurück. Also, mit dem Gedanken hab ich schon gespielt, aber ich bring's einfach nich fertig. Ich hab eben sonst noch 'n paar Sachen zu erledigen.

Mit 'm Flieger isses dann zurück nach Amerika gegangen, und unterwegs haben se mir was von nem großartigen Empfang erzählt, aber so was hab ich doch schon mal gehört.

Wie wir gelandet sind, is da aber tatsächlich so circa ne Million Menschen rumgestanden, und die haben gejubelt und geklatscht, und man hat echt meinen können, die freuen sich, daß ich gekommen bin. Dann sitz ich auf 'm Rücksitz von so nem riesigen schwarzen Schlitten und werd in die Stadt kutschiert, und angeblich fahren wir ins Weiße Haus zum Präsidenten. Da bin ich auch schon mal gewesen.

Also, wie wir dann zum Weißen Haus kommen, rechne ich eigentlich mit dem gleichen Präsidenten, der wo mir 'n Frühstück spendiert und die ›Beverly Hillbillies‹ mit mir geguckt hat, aber die haben jetzt nen neuen Präsidenten – nen Typen mit angeklatschten Haaren, Hamsterbacken und ner Nase wie Pinocchio.

»Nun«, meint dieser Präsident, »hatten Sie eine angenehme Reise?«

'n Typ in nem Anzug, wo neben ihm steht, beugt sich vor und flüstert ihm was ins Ohr, und dann sagt der Präsident: »Äh, ich wollte sagen, was für ein Glück, daß Sie der Tortur im Dschungel entronnen sind.«

Der Typ im Anzug flüstert dem Präsident noch mal

was zu, und der will wissen: »Äh, was ist aus ihrer Begleitung geworden?«

»Aus Sue?« frag ich.

»Hieß sie so?« Jetzt guckt er auf ein Kärtchen in seiner Hand. »Hier steht Major Janet Fritch. Sie wurde von einem Kannibalen in den Dschungel gezerrt – genau in dem Moment, als man Sie gefunden hatte.«

»*Wo* steht das?« frag ich.

»Hier.« Der Präsident zeigt auf das Kärtchen.

»Das stimmt nicht«, sag ich.

»Wollen Sie vielleicht behaupten, ich lüge?« zischt der Präsident.

»Ich sag nur, das stimmt nich«, antworte ich.

»Hören Sie genau zu«, meint der Präsident. »Ich bin ihr Oberbefehlshaber! Ich bin kein Gauner! Ich lüge nicht!«

»Tut mir sehr leid«, sag ich, »aber das mit Major Fritch stimmt nich. Das Kärtchen, was Sie in der Hand ...«

»Tonband?« kreischt der Präsident.

»Was?« frag ich.

»Nein, nein, Herr Präsident«, beschwichtigt der Typ im Anzug. »›In der Hand‹ hat er gesagt – nicht ›Tonband‹.«

»TONBAND!!« brüllt der Präsident. »Hab ich Ihnen nicht gesagt, Sie sollen dieses Wort in meiner Gegenwart nie mehr in den Mund nehmen? Ihr seid alle nichts als ein Haufen Kommunistenschweine.« Der Präsident hämmert sich mit der Faust aufs Knie.

»Keiner von euch kapiert's. Ich weiß von gar nichts! Überhaupt nichts! Und wenn ich je etwas wußte, hab ich's entweder vergessen, oder es ist streng geheim!«

»Aber, Herr Präsident«, sagt der Typ im Anzug, »er hat's wirklich nicht gesagt. Er hat nur gesagt ...«

»Jetzt behaupten Sie auch noch, ich lüge! Sie sind fristlos entlassen!«

»Sie können mich nicht entlassen«, sagt der Typ. »Ich bin doch der Vizepräsident.«

»Ach, dann entschuldigen Sie, aber eins kann ich Ihnen sagen – Sie werden es nie zum Präsidenten bringen, wenn Sie den Leuten erzählen, Ihr Oberbefehlshaber sei ein Lügner.«

»Da haben Sie natürlich recht«, sagt der Vizepräsident. »Ich bitte um Entschuldigung.«

»Nein, *ich* bitte um Entschuldigung«, meint der Präsident.

»Also, wie auch immer«, sagt der Vizepräsident und druckst irgendwie rum. »Wenn Sie mich jetzt entschuldigen wollen, ich muß mal pinkeln.«

»Das ist die erste vernünftige Idee, von der ich den ganzen Tag gehört habe.« Dann dreht er sich zu mir um und fragt: »Sagen Sie mal, sind Sie nicht der Tischtennisspieler, der dem Vorsitzenden Mao das Leben gerettet hat?«

»Ja«, sag ich, und der Präsident will wissen: »Wie sind Sie bloß auf so eine Idee gekommen?«

»Er war am Ertrinken«, antworte ich, und der Präsident meint: »Sie hätten ihn runterdrücken sollen, statt ihn zu retten. Na ja, das ist ja inzwischen Geschichte, der Scheißkerl ist nämlich gestorben, während Sie im Dschungel waren.«

»Haben Sie nen Fernseher?« frag ich.

Der Präsident guckt mich irgendwie komisch an. »Ja, schon, aber ich schalt ihn zur Zeit nicht oft an. Zuviel schlechte Nachrichten.«

»Gucken Sie auch ab und zu die *Beverly Hillbillies*?« frag ich.

»Das kommt erst später«, sagt er.

»Und was kommt jetzt?«

»›Die Stunde der Wahrheit‹, aber das schaut man sich besser nicht an. Lauter Scheiße.« Dann meint er, »Schauen Sie, ich muß zu einer Sitzung, vielleicht bring ich Sie jetzt zur Tür?« Wie wir ans Portal kommen, sagt er leise: »Hören Sie her, wollen Sie ne Uhr kaufen?«

»Hä?« mach ich, und er stellt sich direkt neben mich und schiebt den Ärmel von seinem Jackett hoch. Hat der sich doch tatsächlich zwanzig oder dreißig Armbanduhren umgeschnallt!

»Ich hab kein Geld«, sag ich.

Der Präsident krempelt sich den Ärmel wieder runter und klopft mir auf die Schulter. »Kommen Sie wieder her, wenn Sie welches haben. Wir werden uns schon einig, okay?«

Er schüttelt mir die Hand, und 'n Haufen Fotografen kommt her und knipst rum und ich geh. Also, der Präsident is scheinbar doch 'n ganz netter Bursche.

Ich frag mich, was die jetzt wohl mir mit vorhaben, und ich krieg auch bald ne Antwort.

Man hat mich in nem Hotel untergebracht, und 'n paar Tage später, wie der Rummel allmählich vorbei war, sind am Nachmittag zwei Typen in mein Zimmer gekommen und haben gesagt: »Hören Sie mal zu, Gump, Sie können sich jetzt keinen schlauen Lenz mehr machen. Der Staat kommt für nichts mehr auf, Sie sind jetzt ganz auf sich gestellt.«

»Meinetwegen«, sag ich, »aber wie wär's mit nem bißchen Reisegeld für die Heimfahrt? Ich bin im Moment ziemlich knapp bei Kasse.«

»Nichts da, Gump. Sie können von Glück sagen, daß Sie nicht im Gefängnis sitzen, Sie haben schließlich dem Senatspräsidenten nen Orden an den Kopf geworfen. Wir haben Ihnen einen Gefallen getan, als wir Ihnen diese Sache vom Hals geschafft haben, aber jetzt wollen wir nichts mehr mit Ihnen zu tun haben.«

Ich mußte also aus dem Hotel ausziehen, und das is ganz einfach gewesen, weil zum Packen hab ich sowieso nix gehabt. Dann bin ich einfach ne Weile rumgelaufen und auch an diesem Weißen Haus vorbeigekommen, wo der Präsident drin wohnt. Vor der Tür is 'n Haufen Leute gestanden mit Gummimasken von dem Präsidenten seinem Gesicht und mit irgendwelchen Transparenten in der Hand. Also, das hat mich echt überrascht, und das freut den doch bestimmt, daß er bei allen so beliebt is.

17

Die haben zwar gesagt, ich krieg kein Geld, aber einer von diesen Typen hat mir dann doch nen Dollar geliehen, vor ich aus 'm Hotel weggegangen bin. Bei nächster Gelgenheit ruf ich also das Fürsorgeheim von meiner Mama an und will ihr sagen, daß mir nix passiert is. Aber so ne Nonne meint: »Wir haben hier keine Mrs. Gump mehr.«

Wie ich frag, wo sie jetzt is, sagt die Nonne: »Keine Ahnung. Die ist abgehauen mit nem Protestanten.« Ich bedank mich und leg auf. Also, auf ne Art bin ich sogar erleichtert. Wenigstens is Mami mit *irgend* jemand abgehauen und is nich mehr im Fürsorgeheim. Ich muß sie suchen, sag ich mir, aber besonders eilig hab ich's damit ehrlich gesagt nich, weil ich hör sie schon heulen und jammern und 'n Mordstheater machen, weil ich von daheim weggegangen bin – das is so sicher wie daß es gleich zum Regnen anfängt.

Und wie es anfängt! Es gießt in Strömen, und ich stell mich unter ne Markise, bis so 'n Typ rauskommt und mich wegjagt. Ich bin klatschnaß und friere, und wie ich an nem Regierungsgebäude vorbeilatsch, seh ich nen großen Plastikmüllsack mitten auf 'm Gehweg über so nem Gitter liegen, der wo sich ein bißchen bewegt, wie wenn da was drin wär!

Ich geh hin und stups mit der Fußspitze 'n bißchen an. Plötzlich springt der Sack nen guten Meter zurück, und ne Stimme sagt: »Scher dich zum Teufel und laß mich in Ruh!«

»Wer is denn da drin?« frag ich, und die Stimme antwortet: »Das ist *mein* Gitter – such dir 'n eigenes.«

»Von was reden Sie denn?« frag ich.

»Das ist mein Gitter«, sagt die Stimme. »Runter von meinem Gitter!«

»Was für 'n Gitter?« will ich wissen.

Plötzlich wird der Sack 'n bißchen angehoben, und 'n Typ steckt den Kopf raus und blinzelt zu mir rauf, wie wenn ich 'n Idiot wär.

»Du bist wohl neu in der Stadt, oder was?« fragt er.

»Eigentlich schon«, antworte ich. »Ich versuch bloß, aus 'm Regen zu kommen.«

Der Typ unterm Müllsack sieht ziemlich mitgenommen aus. Er hat ne Halbglatze und total blutunterlaufene Augen und fast keine Zähne mehr, und seit Monaten hat er sich nich mehr rasiert.

»Na ja«, sagt er, »wenn das so is, dann geht das erst mal in Ordnung. Da!« Er streckt mir nen richtig schön zusammengefalteten Müllsack hin.

»Und was mach ich jetzt damit?« frag ich.

»Falt ihn auseinander und hock dich drunter, du verdammter Idiot – hast du nicht gesagt, du willst aus 'm Regen kommen?« Und dann zieht er seinen Müllsack wieder auf den Boden runter.

Ich hab dann gemacht, was der gesagt hat, und so übel war's ehrlich gesagt gar nich. Aus dem Gitter ist warme Luft geströmt, und unter dem Müllsack isses richtig schön warm geworden und den Regen hat er auch abgehalten. Wir sind also Seite an Seite auf diesem Gitter gehockt mit den Säcken über uns drüber, und nach ner Weile fragt der Typ mich: »Wie heißt du denn überhaupt?«

»Forrest«, sag ich.

»Ach ja? Ich hab mal einen gekannt, der Forrest hieß. Is schon lange her.«

»Und wie heißt du?« frag ich.

»Dan«, meint er.

»Dan? *Dan*? – Mann, sag bloß . . .!« ruf ich und schmeiß meinen Müllsack von mir. Bei dem Typen heb ich ihn hoch, und er isses! Er hat keine Beine und sitzt auf so nem Holzwägelchen mit Rollschuhrädern unten dran. Zwanzig Jahre älter sieht er aus, ich erkenn ihn kaum noch. Aber er isses. Der gute alte Lieutenant Dan!

Wie sie ihn aus 'm Armeelazarett entlassen haben, is Dan nach Connecticut zurückgegangen und hat versucht, wieder nen Job als Geschichtslehrer zu kriegen. In Geschichte is aber nix frei gewesen, da haben sie ihn eben Mathe unterrichten lassen. Mathe hat er aber überhaupt nicht gemocht, und außerdem is das Klassenzimmer im zweiten Stock von der Schule gewesen, und das war immer ne Wahnsinnsplagerei für ihn, bis er oben war – ohne Beine und so . Seine Frau is mit nem Fernsehproduzenten abgehauen, der wo in New York lebt, und hat die Scheidung eingereicht von wegen ›Unverträglichkeit der Charaktere‹.

Er fängt an zu trinken, verliert seinen Job und macht erst mal ne Weile überhaupt nix. Dann räumen ihm Einbrecher seine Bude aus, und ihm bleibt gar nix, und bei den künstlichen Beinen, wo se ihm im Lazarett gegeben haben, stimmt die Größe nich. Nach 'n paar Jahren, sagt er, hat er einfach aufgegeben, und nun lebt er eben wie 'n Penner. Jeden Monat gibt's 'n bißchen Behindertenrente, aber meistens verschenkt er das Geld an die andren Penner.

»Also, ich weiß nich, Forrest«, sagt er, »wahrscheinlich wart ich nur noch auf den Tod oder so.«

Dan drückt mir 'n paar Dollar in die Hand und meint,

gleich um die Ecke könnt ich zwei Flaschen ›Roter Dragoner‹ besorgen. Ich kauf aber bloß eine Flasche, und das Geld für meinen Wein geb ich lieber für 'n Sandwich aus, weil ich hab den ganzen Tag noch nix zwischen die Zähne gekriegt.

»Na, alter Kumpel«, sagt Dan, wie er die Hälfte von seinem Wein weggeputzt hat, »erzähl mir doch, was du so getrieben hast, seit ich dich zum letztenmal gesehen hab.«

Ich hab ihm also von der Pingpong-Spielerei in China erzählt, und wie ich Jenny Curran wiedergefunden und dann bei den Cracked Eggs gespielt hab, und wie ich bei der Friedensdemo meinen Orden weggeschmissen hab und im Gefängnis gelandet bin.

»Ach ja, daran kann ich mich noch gut erinnern. Ich glaub, da war ich noch im Lazarett. Ich hab mir auch überlegt, ob ich hingehen soll, aber meine Orden hätt ich wohl nich weggeworfen. Schau mal.« Er knöpft sich die Jacke auf, und drunter hat er auf 'm Hemd seine ganzen Orden – bestimmt zehn oder zwölf.

»Die erinnern mich an irgendwas«, meint er. »Ich weiß aber nich genau, an was. An den Krieg natürlich, aber das is nich alles. Ich hab etwas verloren, was schlimmer ist als der Verlust meiner Beine – meinen Geist. Meine Seele, wenn du so willst. Da is jetzt nur noch eine Leere. Nur noch Orden, wo einmal meine Seele war.«

»Und was is mit den ›Naturgesetzen‹, die wo alles bestimmen?« frag ich. »Und mit dem ›großen Plan‹, wo wir uns alle reinfügen müssen?«

»Scheiß drauf«, sagt er. »Das war alles bloß 'n Haufen philosophischer Bockmist.«

»Aber seit du mir das erklärt hast, hab ich mich genau da dran gehalten. Ich hab mich von der ›Strömung‹ tragen lassen und versucht, mein Bestes zu geben und alles richtig zu machen.«

»Vielleicht funktioniert's ja bei dir, Forrest. Ich hab geglaubt, bei mir würd's auch klappen – aber schau mich jezt nur mal an. Sieh mal genau hin. Wozu taug ich denn noch? Ich bin ein gottverdammtes Monster ohne Beine. Ein Penner. Ein Säufer. Ein fünfunddreißigjähriger Stadtstreicher.«

»Könnte alles noch schlimmer sein«, sag ich.

»Ach ja? Nämlich wie?« fragt er, und weil ich da nix drauf zu sagen weiß, erzähl ich ihm lieber noch was von mir – wie sie mich in die Klapsmühle gesteckt und in ner Rakete hochgeschossen haben, und wie ich bei den Kannibalen wieder runtergekommen bin, und von Sue und Major Fritch und den Pygmäen.

»Mann o Mann, Forrest, du hast ja wirklich allerhand Abenteuer bestanden«, meint Dan. »Aber wie kommt's dann, daß du hier mit mir unter nem Müllsack auf diesem Gitter hockst?«

»Weiß ich nicht«, sag ich, »aber ich hab nich vor, lange zu bleiben.«

»Hast du was Bestimmtes im Sinn?«

»Sobald's aufhört zu regnen«, sag ich, »setz ich meinen dicken Hintern in Bewegung und mach mich auf die Suche nach Jenny Curran.«

»Wo ist sie?« fragt er.

»Weiß ich auch nich, aber ich werd's schon rauskriegen.«

»Klingt, wie wenn du 'n bißchen Hilfe brauchen könntest«, meint er.

Ich schau rüber zu Dan, und seine Augen glänzen hinter seinem Bart vor. Also, irgendwas sagt mir, wenn einer von uns beiden Hilfe braucht, dann er, aber das geht schon in Ordnung.

Ich bin mit Dan über Nacht in so 'n Kirchenasyl gegangen, weil es hat überhaupt nich aufgehört zu regnen, und Dan hat fünzig Pence pro Nase für unser Abendessen gelöhnt und nen Vierteldollar für die Betten. Das Essen wär umsonst gewesen, wenn man sich erst in ne Predigt oder so was Ähnliches reingesetzt hätt, aber Dan meint, da schläft er schon noch lieber im Regen draußen, als daß er unsre kostbare Zeit vergeudet und sich die Weltsicht von so nem Halleluja-Billy anhört.

Am nächsten Morgen leiht mir Dan nen Dollar, und ich such ne Telefonzelle und ruf in Boston bei Mose an, der wo bei den Cracked Eggs Schlagzeug gespielt hat. Er wohnt auch tatsächlich noch da und is total überrascht, wie er meine Stimme hört.

»Forrest! Ich kann's gar nicht glauben!« ruft er. »Dich haben wir längst aufgegeben.«

Die Cracked Eggs haben sich getrennt, sagt er. Das ganze Geld, wo Mr. Feeblestein ihnen versprochen hat, is für Unkosten oder irgend so was draufgegangen, und nach der zweiten Platte haben sie keinen Vertrag mehr gekriegt. Mose meint, die Leute hören jetzt ne neue Art Musik – Rolling Stones und Eagles und so 'n Zeugs –, und die meisten von den Cracked Eggs haben sich nen ordentlichen Job besorgt.

Von Jenny hat schon lang keiner mehr was gehört. Nach der Friedensdemo in Washington unten, wo sie mich verhaftet haben, isse zwar zurückgekommen und war noch mal 'n paar Monate bei den Cracked Eggs, aber Mose meint, irgendwas wär einfach nich wie früher gewesen. Einmal, sagt er, isse heulend auf der Bühne zusammengebrochen, und sie mußten bis zur Pause 'n Instrumentalstück spielen.

Dann hat sie jede Menge Wodka getrunken und is abends zu spät zum Konzert gekommen, und wie sie grad vorhatten, das mal anzusprechen, hat sie auf einmal den ganzen Bettel hingeschmissen.

Mose is sich sicher, das hat was mit mir zu tun, aber sie wollte nie darüber reden. 'n paar Wochen später isse aus Boston weggezogen und hat gesagt, sie geht nach Chicago. Das is das letzte, was er von ihr mitgekriegt hat, und das is schon fast vier Jahre her.

Ich frag ihn, ob er irgend ne Möglichkeit weiß, wie ich sie erreichen kann, und er meint, vielleicht hat er noch irgendwo die Telefonnummer, wo sie ihm gegeben hat, wie sie wegegangen is. Er legt den Hörer hin, und nach 'n paar Minuten is er wieder dran und gibt mir die Nummer. »Ansonsten«, sagt er, »hab ich nicht den blassesten Dunst.«

Ich sag ihm, er soll auf sich aufpassen, und falls ich mal nach Boston komm, schau ich vorbei.

»Spielst du noch Mundharmonika?« will er wissen.

»Ja, ab und zu«, sag ich.

Ich hab mir bei Dan noch mal nen Dollar geliehen und die Nummer in Chicago angerufen.

»Jenny Curran? Ach, *Jenny*!« sagt ne Männerstimme. »O ja, an die erinnere ich mich. Hübsche Kleine. Die is aber schon lang nicht mehr da.«

»Wissen Sie, wo sie jetzt is?«

»Nach Indianapolis hat sie gewollt, wie sie hier weg is. Hat nen Job bei Temperer an Land gezogen.«

»Bei wem?«

»Temperer. Diese Reifenfabrik. Kennen Sie doch bestimmt. Autoreifen machen die.«

Ich hab mich bei dem Typen bedankt, bin wieder zu Dan gegangen und hab ihm alles erzählt.

»Also, ich war zwar noch nie in Indianapolis, aber da soll's im Herbst ganz schön sein, hab ich mir sagen lassen.«

Wir versuchen's mit Trampen, haben aber kein Glück. Erst mal nimmt uns zwar so 'n Typ hinten auf seinem Ziegellaster bis an den Stadtrand mit, aber dann will einfach keiner mehr anhalten. Wahrscheinlich sieht das eben total merkwürdig aus, wie Dan auf seinem

Wägelchen hockt, und ich großer Klotz nebendran. Wieso nehmen wir eigentlich nich den Bus, fragt Dan, weil da reicht sein Geld noch dafür. Ich hab, ehrlich gesagt, 'n schlechtes Gefühl, weil ich sein Geld ausgeb, aber irgendwie sag ich mir, er *will* ja weg, und bestimmt wär's nich das Schlechteste, ihn aus Washington rauszukriegen.

Wir sind also mit 'm Bus nach Indianapolis gefahren, und ich hab Dan auf den Platz neben mir gesetzt und sein Wägelchen oben in der Gepäckablage verstaut. Auf der ganzen Fahrt kippt er sich ›Roten Dragoner‹ hinter die Binde und sagt immer wieder, wie beschissen diese Welt und dieses Leben doch is. Vielleicht hat er ja recht. Woher soll ich das wissen. Schließlich bin ich bloß 'n Idiot.

Der Bus lädt uns im Zentrum von Indianapolis ab, und wie wir noch rumstehen und überlegen, was wir jetzt machen, kommt 'n Polizist angelatscht und meint, »hier wird nich auf der Straße rumgelungert«, wir setzen uns also in Bewegung. Dan fragt nen Typen, wie wir zur Reifenfabrik Temperer kommen, und der erklärt uns, daß die ganz weit draußen vor der Stadt is. Wir machen uns gleich auf die Socken. Nach ner Weile hören die Gehwege auf, und Dan kommt mit seinem Gefährt nich mehr weiter, und da nehm ich eben Dan unter einen Arm und das Wägelchen unter den andren – und weiter geht's im Takt.

So ungefähr um Mittag rum sehen wir 'n großes Schild, wo Temperer Reifen draufsteht, und das muß ja wohl der Laden sein. Dan will lieber draußen warten. Ich geh rein und frag die Frau an der Information, ob ich Jenny Curran sprechen kann. Sie guckt in ner Liste nach und meint, Jenny arbeitet in der Runderneuerung, aber da darf niemand rein – bloß die, wo in der Fabrik arbeiten. Also, ich bleib einfach stehen, weil ich weiß nich, was ich jetzt machen soll, und die Frau sagt: »Schau her, Süßer, die haben in zwei, drei Minuten Mittagspause. Warum gehste nich da rüber, neben das Gebäude. Wahrscheinlich kommt sie da raus«, und das mach ich dann auch.

Ne ganze Menge Leute kommen da raus, und dann seh ich endlich Jenny ganz allein aus 'm Tor kommen und zu nem schönen Plätzchen mit nem Baum rübergehen und ihr Sandwich auspacken. Ich geh rüber und schleich mich quasi an, und sie sitzt auf 'm Boden, und ich sag: »Das sieht aber echt nach nem guten Sandwich aus.« Sie schaut nich mal auf. Sie starrt einfach gradaus und meint: »Forrest, das kann niemand anders sein als du.«

18

Ich kann Ihnen sagen, das is das glücklichste Wiedersehen in meinem ganzen Leben gewesen. Jenny weint und drückt mich, und ich mach genau dasselbe, und die ganze Runderneuerung steht da und fragt sich, was da los ist. Jenny sagt, in so circa drei Stunden isse fertig mit der Arbeit. Dan und ich sollen über die Straße rüber in so ne kleine Bar gehen und 'n Bier trinken und auf sie warten. Dann will sie uns mit zu sich nehmen.

Wir gehen in die Kneipe, und Dan trinkt 'n Glas ›Ripple‹, weil ›Roter Dragoner‹ haben se nich, aber er meint, ›Ripple‹ wär sowieso besser, weil der hätt 'n volleres Bukett.

'n Haufen andre Typen sind auch noch da, und die sind am Trinken und Darts spielen und Armdrücken. 'n richtiger Brocken von Mann is scheinbar der beste Armdrücker in dem Laden, und ab und zu geht einer zu ihm rüber und hockt sich zu ihm an den Tisch und versucht sein Glück, schafft's aber nich. Da geht's sogar um Geld – fünf oder zehn Dollar pro Versuch.

»Forrest«, flüstert Dan nach ner Weile, »was meinste, kannst du's mit dem Riesenbaby da drüben aufnehmen?« Ich sag, weiß ich nich, und Dan meint, »da hast fünf Dollar, weil ich wette, du schaffst das.«

Ich geh also rüber und frag den Typen: »Wär es Ihnen recht, wenn ich mich hinsetz und mit Ihnen armdrück?«

Er schaut hoch, grinst und meint: »Solang du Geld hast, kannste's gern probieren.«

Ich setz mich also hin, und wir packen uns an der Hand, und irgend einer sagt: »Los!« Der andre Typ plagt sich und knurrt wie 'n Hund, wo beim Scheißen nen Pfirsichstein rauspressen will, aber in zehn Sekunden oder so hab ich dem seine Hand auf die Tischplatte geknallt. Die ganzen andren Typen stehen um uns rum und machen »oooh« und »aaah«, und ich hör Danny schreien und jubeln.

Der andre Typ war nich grad begeistert, aber er hat mir fünf Dollar gezahlt und is vom Tisch aufgestanden.

»Mir is der Ellbogen weggerutscht«, meint er. »Wenn du das nächste Mal herkommst, tret ich wieder gegen dich an, klar?« Ich nick und geh wieder zu Dan rüber und geb ihm das Geld.

»Forrest«, sagt er, »vielleicht is das ne Masche, mit der wir leicht an Kohle kommen.« Ich frag ihn, ob ich nen Vierteldollar krieg und mir aus der Schale auf 'm Tresen 'n eingelegtes Ei holen kann, und Dan gibt mir nen ganzen Dollar und meint: »Hol dir, was du willst. Jetzt wissen wir, wie wir uns die Brötchen verdienen können.«

Jenny is nach der Arbeit in die Kneipe gekommen und hat uns mit zu sich genommen. Sie wohnt in nem kleinen Apartment nich arg weit weg von der Reifenfabrik

Temperer und hat alles richtig nett eingerichtet mit so Sachen wie ausgestopfte Tierchen und bunten Perlenketten, wo an der Schlafzimmertür hängen. Wir gehen einkaufen, und holen uns 'n Hähnchen. Jenny kocht für mich und Dan, und ich erzähl ihr alles, was passiert is, seit ich sie zum letztenmal gesehen hab.

Vor allem interessiert sie sich für Major Fritch, aber wie ich ihr sag, daß die mit nem Kannibalen durchgebrannt is, nimmt sie die Sache lockerer. Jenny meint, für sie wär das Leben die letzten paar Jahre auch nich grad 'n Honiglecken gewesen.

Wie sie bei den Cracked Eggs weg is, hat sie sich mit nem Mädchen, wo sie in der Friedensbewegung kennengelernt hat, nach Chicago abgesetzt. Sie is immer wieder nach Demos im Gefängnis gelandet, und irgendwann, sagt sie, wollt sie nich mehr dauernd vor 'm Richter stehen, und außerdem hat sie Bedenken gekriegt von wegen ihrem langen Vorstrafenregister und so.

Jedenfalls hat sie mit so circa fuffzehn Leuten im gleichen Haus gewohnt, und die waren nich grad auf ihrer Wellenlänge. Die haben keine Unterwäsche getragen und nix, und die Klospülung hat auch keiner gezogen. Dann nimmt sie sich mit nem Typen, dem wo das genauso stinkt wie ihr, 'n Apartment, aber das funktioniert auch nich.

»Weißt du, Forrest«, sagt sie, »ich hab sogar versucht, mich in ihn zu verlieben, aber da war nichts zu machen, weil ich immer an dich gedacht hab.«

Sie hatte ihrer Mami geschrieben, sie soll bei meiner Mami in Erfahrung bringen, wo sie mich festhalten, aber die hat zurückgeschrieben, unser Haus wär abgebrannt, und meine Mami wär jetzt im Fürsorgeheim. Wie Jenny diesen Brief endlich gekriegt hat, is meine Mami aber schon mit dem Protestanten abgehauen gewesen.

Na ja, Jenny war jedenfalls pleite, und wie sie gehört hat, daß se in der Reifenfabrik Leute suchen, isse nach Indianapolis gegangen. So um den Dreh rum is in der Glotze gekommen, daß ich in den Weltraum geschossen werden soll, aber wie sie das gesehen hat, war's schon zu spät, um nach Houston runterzukommen. Völlig entsetzt, sagt sie, hat sie den Absturz von meinem Raumschiff in der Glotze gesehen und hat gedacht, ich wär tot. Seitdem hat sie einfach nur ihre Zeit abgerissen bei der Runderneuerung.

Ich nehm sie in die Arme und halt sie ganz fest. Dan meint, er muß mal pinkeln und rollt ins Bad. Wie er drin is, fragt Jenny, wie er das machen will, und ob er keine Hilfe braucht, und ich sag: »Nee, ich hab mal gesehen, wie er das macht. Er kommt schon klar.«

Sie schüttelt den Kopf und meint: »Da sieht man, wo der Vietnamkrieg hingeführt hat.«

Was soll man dagegen sagen? Es is nun wirklich 'n trauriger Anblick, wenn 'n Mann ohne Beine in nen Schuh pinkeln und das hinterher ins Klo kippen muß.

Wir richten uns dann zu dritt in der kleinen Wohnung von Jenny ein. Für Dan macht Jenny im Wohnzimmer mit ner kleinen Matratze ne Ecke zurecht, und im Bad steht immer 'n Topf auf 'm Boden, damit er nich seinen Schuh nehmen muß. Jenny geht jeden Morgen in die Reifenfabrik, und ich bleib mit Dan zuhause, und wir unterhalten uns. Irgendwann gehen wir dann in diese kleine Kneipe in der Nähe von der Fabrik und warten, bis Jenny Feierabend hat.

Gleich in der ersten Woche, wie wir damit angefangen haben, will der Typ, den wo ich beim Armdrücken geschlagen hab, sich seine fünf Dollar zurückholen, und er kriegt von mir seine Chance. Er probiert's dann noch zwei, drei Mal, und schließlich hat er so circa 25 Dollar verloren, und dann läßt er sich nich mehr blikken. Aber irgend jemand will immer sein Glück versuchen, und nach nem Monat oder zwei kommen Typen aus der ganzen Stadt und aus den Kleinstädten drumrum. Dan und ich, wir kriegen pro Woche so circa 150 bis 200 Dollar in die Kasse, und das is nich übel, kann ich Ihnen sagen. Der Besitzer von der Kneipe will schon US-Meisterschaften ausrichten und dafür sorgen, daß das Fernsehen kommt und all so was. Aber vor da was draus werden kann, passiert was andres, wo mein Leben total verändert.

Irgendwann kommt nämlich 'n Typ mit weißem Anzug, Hawaiihemd und nem Haufen Goldklunkern um den Hals in die Kneipe. Er hockt sich an die Bar und wartet, bis ich 'n paar Typen im Armdrücken abserviert hab, und dann kommt er rüber und setzt sich zu uns an 'n Tisch.

»Ich bin Mike«, sagt er, »und ich hab viel von euch gehört.«

»Was denn«, fragt Dan, und Mike meint, »dieser Typ da soll der stärkste Mann der Welt sein.«

»Und was heißt das?« fragt Dan, und Mike sagt: »Ich glaub, ich hab ne Idee, wie ihr verdammt viel mehr Kohle machen könnt als mit diesen Kinkerlitzchen hier.«

»Nämlich wie?« fragt Dan.

»Als so ne Art Ringer«, sagt Mike. »Nicht mit so ner Korinthenkackerei, wie ihr sie hier macht. Mit richtigen Kämpfen vor Hunderttausenden von Zuschauern, die alle Eintritt zahlen.«

»Und gegen wen?« fragt Dan.

»Egal gegen wen«, meint Mike. »Bei den Wrestlern, so nennt man die, gibt's nen richtigen Profizirkus – The Masked Marvel, The Incredible Hulk, Georgeous George, Filthy McSwine und wie sie alle heißen. Die Spitzenleute kommen im Jahr auf hundert bis zweihunderttausend Dollar. Wir werden's ganz langsam angehen. Erst bringen wir deinem Jungen 'n paar Griffe bei und zeigen ihm, wo's langgeht. Also, ich bin sicher, in kürzester Zeit ist er ein großer Star, und wir kassieren alle jede Menge Kohle.«

Dan guckt mich an und fragt: »Na, was hältste davon, Forrest?«

»Ich weiß nich recht«, sag ich. »Eigentlich hab ich mir gedacht, ich geh heim und mach ne kleine Krabbenzucht auf.«

»Krabben!« ruft Mike. »Mensch, mit dieser Sache kannste fünfzigmal mehr Kohle machen als mit Krabben! Du brauchst das ja nicht dein Leben lang zu tun – nach 'n paar Jahren haste 'n schönes Polster, 'n gefülltes Bankkonto, nen anständigen Notgroschen.«

»Vielleicht sollt ich erst Jenny fragen«, sag ich.

»Hör mal«, meint Mike, »ich komm hierher und biete dir ne einmalige Chance. Wenn du nicht interessiert bist, brauchst du's nur zu sagen, dann sag ich tschüß und bin weg.«

»Nee, nee«, meint Dan. Dann guckt er mich an. »Schau mal, Forrest, das is nich ganz falsch, was der Typ sagt. Ich mein, wie willste denn sonst an das Startkapital für diese Krabbensache rankommen?«

»Weißt du was?« meint Mike. »Du kannst sogar deinen Kumpel mitnehmen – als Manager. Und du kannst jederzeit wieder aussteigen. Na, was sagste?«

Ich laß mir das ne Minute durch den Kopf gehen. Klingt echt nich schlecht, aber in der Regel is bei solchen Sachen irgendwo 'n Haken. Ich mach trotzdem mein großes Maul auf und sag das verhängnisvolle Wort: »Ja.«

Dann werd ich eben Wrestler-Profi. Der Laden von Mike is in ner Sporthalle im Zentrum von Indianapolis, und jeden Tag nehm ich mit Dan den Bus und fahr rein und laß mir beibringen, wie man richtig ringt.

Kurz gesagt, man darf keinen verletzen, aber aussehen muß es, wie wenn man's tät.

Ich krieg alles mögliche beigebracht – Halbnelson, Flugzeugschraube, Bostoner Zange, Rammklotz, Hammerlock und all so was. Dan bringen sie bei, wie man brüllen und den Schiedsrichter anschreien muß, daß es 'n möglichst großes Spektakel gibt.

Jenny hält nich besonders viel von diesem Wrestling, weil sie hat Angst, ich könnt mir was tun, und wie ich ihr sag, da tut sich keiner was, das is alles 'n abgekartetes Spiel, meint sie: »Was soll das Ganze dann überhaupt?« Das is ne gute Frage, wo ich eigentlich nix drauf zu sagen weiß, aber jedenfalls freu ich mich drauf, ordentlich Geld für uns ranzuschaffen.

Dann wollen sie mir mal was zeigen, wo Bauchklatscher heißt, und da muß ich mich richtig volle Kanne auf jemand draufschmeißen, aber der rollt im letzten Moment weg. Bloß vermassle ich das irgendwie andauernd, und zwei, drei Mal lande ich auf dem Typen, vor der ne Chance hat wegzukommen. Schließlich kommt Mike in den Ring und meint: »Mensch Forrest, bist du denn 'n Idiot oder was? So 'n schwerer Elch wie du. Da kann einer ziemlich schlimme Verletzungen davontragen.«

»Ja, ich *bin* 'n Idiot«, sag ich, und Mike fragt: »Hä, wie meinste denn das?« Dan winkt ihn mal kurz auf die Seite und verklickert's ihm, und Mike ruft: »Großer Gott! Soll das 'n Witz sein?«, aber Dan schüttelt den Kopf. Mike guckt mich an, zuckt die Schultern und meint: »Na ja, muß es wohl auch geben.«

So circa ne Stunde später kommt Mike dann auf einmal aus seinem Büro zum Ring gelaufen.

»Ich hab's!« ruft er.

»Was?« fragt Dan.

»Nen Namen für ihn! Forrest braucht unbedingt nen Kampfnamen, und grad is mir der richtige eingefallen.«

»Und der wäre?« will Dan wissen.

»Döskopp!« verkündet Mike. »Wir stecken ihn in ne kurze Hose und setzen ihm ne große Narrenkappe auf den Kopf. Die Zuschauer werden begeistert sein!«

Dan läßt sich das durch den Kopf gehen. »Ich weiß nicht recht«, sagt er dann, »irgendwie gefällt mir das nicht. Klingt so, als wolltest du nen Deppen aus ihm machen.«

»Das ist doch bloß für die Fans«, meint Mike. »Irgend so 'n Gag muß schon sein. Das machen alle großen Stars. Und was wär besser als Döskopp!«

»Wie wär's mit Spaceman?« fragt Dan. »Das wär doch was. Dann könnt er nen Plastikhelm mit Fühlern tragen.«

»Nen Spaceman gibt's aber schon«, antwortet Mike.

»Gefällt mir trotzdem nicht«, brummt Dan, und dann fragt er mich: »Was hältst du davon, Forrest?«

»Das is mir lang wie breit«, sag ich.

Dabei isses dann eben geblieben, und nachdem ich monatelang trainiert hab, is endlich mein erster Auftritt als Wrestler angesagt. Mike kommt am Tag vor dem großen Kampf mit ner Schachtel in die Sporthalle, wo meine kurze Hose und die Narrenkappe drin sind. Er meint, ich soll nächsten Mittag wieder in der Sporthalle sein, und dann will er mich nach Muncie zu meinem ersten Kampf fahren.

Wie Jenny am Abend heimkommt, geh ich ins Bad, zieh mir die kurze Hose und die Narrenkappe an und geh so ins Wohznzimmer. Dan hockt auf seinem kleinen Wägelchen vor 'm Fernseher, und Jenny liest 'n Buch. Beide schauen auf, wie ich zur Tür reinkomm.

»Forrest, was zum Teufel . . .?« sagt Jenny.

»Das ist sein Kostüm«, erklärt Dan.

»In dem Zeug siehst du aus wie 'n Depp«, meint sie.

»Du mußt das anders sehen«, sagt Dan. »Das ist, wie

wenn er in nem Theaterstück mitspielen würd oder so.«

»Trotzdem sieht er aus wie 'n Depp. Ich glaub's einfach nicht! Du schaust seelenruhig zu, wie die ihn in diesen Klamotten öffentlich auftreten lassen?«

»Da geht's doch nur ums Geld«, meint Dan. »Da gibt's sogar nen Typen, der ›Kohlkopf‹ heißt. Statt nem Schwanzschutz bindet der sich Rübenkraut um die Hüften, und übern Kopf stülpt er sich ne ausgehöhlte Wassermelone, aus der kleine Augen rausgeschnitten sind zum Durchgucken. 'n andrer nennt sich ›die Fee‹ und hat Flügel auf dem Rücken und nen Zauberstab in der Hand. Dabei is das 'n Brummer mit hundertfünfzig Kilo – den müßtest du mal sehen.«

»Was die andren machen, interessiert mich nicht«, sagt Jenny. »Die Sache gefällt mir überhaupt nicht. Forrest, zieh diese Klamotten aus.«

Ich geh also wieder ins Bad und zieh mein Kostüm aus. Vielleicht hat Jenny ja recht, denk ich mir, aber irgendwie muß man ja sein Geld verdienen. Ach, und verglichen mit dem Typen, gegen den ich morgen in Muncie antret, is das ja noch gar nichts! Der nennt sich ›Kuhfladen‹ und hat so nen Body an, wo angemalt is wie Scheiße. Weiß der Teufel, wie der riecht.

19

Der Deal für Muncie is ganz einfach: Ich werd vom ›Kuhfladen‹ fertiggemacht.

Mike verklickerte mir das auf der Hinfahrt. Wie's aussieht, steht dem Kuhfladen der Sieg zu, weil der is der »Ranghöhere«. Ich tret zum ersten Mal an, also gehör ich auf die Verliererseite. Mike meint, er sagt mir das gleich von vorneherein, damit's hinterher kein böses Blut gibt.

»Ist ja absolut lächerlich«, sagt Jenny, »daß sich einer ›Kuhfladen‹ nennt.«

»Wahrscheinlich isser einer«, versuchte Dan sie aufzumuntern.

»Und denk dran, Forrest«, sagt Mike, »das ist alles nur ne Show. Daß du bloß nicht in Rage gerätst. Niemand darf verletzt werden. Gewinnen muß der Kuhfladen.«

Wie wir schließlich nach Muncie kommen, is da 'n Ring mit nem Riesenzuschauerraum, und da is schon 'n Kampf am laufen – der Kohlkopf gegen nen Typ, wo ›das Tier‹ heißt.

Das Tier hat überall Haare wie 'n Affe und trägt ne schwarze Augenmaske, und als erstes reißt er dem Kohlkopf die ausgehöhlte Wassermelone vom Kopf und kickt sie in die hinteren Reihen hoch. Dann packt der den Kohlkopf am Schädel und rammt ihn gegen den Eckpfosten, und als nächstes beißt er ihn in die Hand. Irgendwie tut mir der arme Kohlkopf leid, aber der hat auch 'n paar Tricks auf Lager – zum Beispiel langt er in das Rübenkraut runter, was er als Schwanzschutz trägt, und holt da ne Handvoll von irgend so nem Scheiß raus und reibt das dem Tier in die Augen.

Das Tier jault auf und stolpert im ganzen Ring rum und reibt sich das Zeug aus den Augen, und der Kohlkopf kommt von hinten und tritt ihn in den Arsch. Dann wirft er das Tier in die Seile und wickelt ihn so ein, daß er sich nich mehr rühren kann. Dann fängt er an, ihn halb totzuschlagen. Die Zuschauer buhen den Kohlkopf aus und schmeißen Pappbecher und all so 'n Zeugs, aber der zeigt ihnen bloß den Vogel. So langsam bin ich doch gespannt, wie's ausgeht, aber dann kommt Mike zu mir und Dan her und meint, es is höchste Zeit. Ich muß in die Umkleidekabine zum mein Kostüm anziehen, weil als nächstes bin ich dran gegen den Kuhfladen.

Ich zieh meine kurzen Hosen und die Narrenkappe an, und jemand klopft an die Tür und fragt: »Is der Döskopp fertig?« und Dan meint, »ja«, und der Typ sagt: »Sie sind dran, kommen Sie raus«, und schon geht's los.

Dan fährt hinter mir her den Gang runter. Der Kuhlfladen läuft schon im Ring rum und schneidet für die Zuschauer Grimassen, und ne gewisse Ähnlichkeit mit nem Kuhfladen hat er nun wirklich in seinem Body. Ich klettere jedenfalls in den Ring, und der Schiedsrichter winkt uns zu sich ran und meint: »Also, Jungs, ich erwarte einen fairen, sauberen Kampf – Finger in den Augen, Schläge unter die Gürtellinie, Beißen, Kratzen und solche Sachen laß ich nich durchgehen.« Ich nick, aber der Kuhfladen funkelt mich bloß wild an.

Wie die Runde eingeläutet is, umkreisen wir einander, und dann schnellt der Kuhfladen mit 'm Fuß vor und stellt mir 'n Bein, aber das geht daneben, und ich pack ihn an den Schultern und werf ihn in die Seile. Dabei merk ich, der hat sich mit irgend so nem glitschigen Scheiß eingerieben und is ganz schwer zu fassen. Ich versuch ihn um die Hüfte zu packen, aber der schießt mir aus den Armen wie 'n Aal. Ich schnapp ihn am Arm, aber er rutscht mir wieder aus den Händen und is am Grinsen und Lachen.

Dann kommt er volles Rohr auf mich zugeschossen und will mir seinen Kopf in den Bauch rammen, aber ich mach nen Schritt auf die Seite, und er saust durch die Seile und landet in der ersten Reihe. Er wird ausgebuht und ausgepfiffen, klettert aber wieder in den Ring und bringt nen Klappstuhl mit. Mit dem Klappstuhl macht er Jagd auf mich, und weil ich nix hab, mit was ich mich verteidigen könnt, renn ich vor ihm weg. Der Kuhfladen haut mir den Stuhl ins Kreuz, und das tut verdammt weh, das kann ich Ihnen sagen. Ich versuch dann, ihm den Stuhl abzujagen, aber er knallt mir das

Ding auf 'n Kopf, und ich bin in ne Ecke vom Ring eingekeilt und kann nich weg. Dann tritt er mir gegens Schienbein, und wie ich mich runterbeug und mir das Bein halt, tritt er mir auch noch gegens andre Schienbein.

Dan sitzt neben dem Ring und brüllt den Schiedrichter an, er soll dafür sorgen, daß der Stuhl aus 'm Ring verschwindet, aber das nützt nix. Der Kuhfladen drischt noch vier, fünf Mal mit dem Stuhl auf mich ein und schlägt mich nieder und springt auf mich drauf und packt mich an den Haaren und haut mir immer wieder den Kopf auf den Boden. Dann packt er meinen Arm und verdreht mir die Finger. Ich schau rüber zu Dan und sag: »Was zum Teufel soll denn das?« und Dan versucht unter den Seilen durch in den Ring zu kommen, aber Mike steht auf und zieht ihn am Hemdkragen zurück. Dann gongt's endlich, und ich kann in meine Ecke gehen.

»Hör zu«, sag ich, »den Scheißkerl will ich umbringen, so wie der mir den Stuhl auf den Kopf knallt und überhaupt! Da werd ich was dagegen unternehmen müssen.«

»Du wirst einfach nur *verlieren*«, meint Mike. »Der will dir nix tun – der will bloß, daß es gut aussieht.«

»Anfühlen tut sich's aber überhaupt nich gut«, sag ich.

»Bleib nur noch 'n paar Minuten im Ring und laß dich dann auf die Matte drücken«, meint Mike. »Denk dran, du kriegst fünfhundert Dollar fürs *Verlieren*, nicht fürs Gewinnen.«

»Wenn der mich noch mal mit dem Stuhl schlägt, garantier ich für gar nix«, sag ich. Ich schau in den Zuschauerraum, und da is Jenny und man sieht, daß sie sich ärgert und schämt. So langsam krieg ich das Gefühl, das Ganze bringt's echt nich.

Aber da ist schon wieder die Glocke zur nächsten

Runde, und weiter geht's. Der Kuhfladen versucht mich an den Haaren zu packen, aber ich schleuder ihn weg, und er saust wie 'n Kreisel in die Seile. Dann pack ich ihn um die Hüfte und heb ihn hoch, aber er rutscht mir aus den Armen und landet auf 'm Arsch, und er jammert und stöhnt und reibt sich den Arsch, aber schon hat ihm sein Manager so 'n Ding mit nem Gummiteil vornedran gegeben, wo man den Abfluß mit freipumpen kann, und mit dem drischt er mir jetzt auf den Schädel. Nun, ich schnapp mir das Ding und brech's über 'm Knie mitten durch und will mir den Kerl vorknöpfen, aber da seh ich Mike den Kopf schütteln, und dann laß ich eben zu, daß dieser Kuhfladen rankommt, mich am Arm packt und nen Hammerlock ansetzt.

Der Drecksack bricht mir fast den Arm. Dann stößt er mich auf die Matte runter und hämmert mir mit 'm Ellbogen auf den Hinterkopf. Mike lächelt und nickt – ganz selig isser jetzt. Der Kuhfladen steht wieder auf und fängt an, mich in die Rippen und den Bauch zu treten. Dann hat er wieder seinen Stuhl in der Hand und haut ihn mir acht oder neun Mal auf 'n Kopf, und schließlich rammt er mir sein Knie ins Kreuz, und ich kann gar nix dagegen unternehmen.

Ich lieg bloß da, und er hockt auf meinem Kopf, und der Schiedsrichter zählt bis drei, und damit müßt's eigentlich gelaufen sein. Der Kuhfladen steht auf und guckt auf mich runter und spuckt mir ins Gesicht. Das is schrecklich, und ich heul einfach los. Ich weiß nich, was ich sonst tun könnt, und ich kann auch gar nix dagegen machen. Der Kuhfladen stolziert im Ring rum, und Dan kommt zu mir hergefahren und wischt mir mit nem Handtuch das Gesicht ab, und schon is auch Jenny im Ring und umarmt mich, und sie heult auch, und die Menge johlt und schreit und schmeißt irgendwelches Zeugs in den Ring. »Komm, wir verschwinden hier«, sagt Dan, und ich quäl mich hoch, und der Kuhfladen streckt mir die Zunge raus und schneidet Grimassen.

»Sie haben ohne Zweifel den richtigen Namen«, sagte Jenny zum Kuhfladen, wie wir aus dem Ring steigen. »Das war widerlich.«

Das hätt sie eigentlich zu uns beiden sagen können. So geschämt hab ich mich in meinem ganzen Leben noch nicht.

Die Rückfahrt nach Indianapolis war ziemlich ungemütlich. Dan und Jenny haben praktisch gar nix gesagt, und ich bin total wund und aufgeschürft auf 'm Rücksitz gesessen.

»Die Show, die du heute abend abgezogen hast, das war Spitzenklasse, Forrest«, meint Mike. »Besonders das Heulen am Schluß – die Menge war ganz hingerissen!«

»Das war keine Verstellung«, sagt Dan.

»Ach Quatsch«, mault Mike. »Einer muß nun mal verlieren. Wißt ihr was? Ich seh zu, daß nächstes Mal Forrest gewinnt. Na, wie findet ihr das?«

»Es sollte überhaupt kein nächstes Mal geben«, sagt Jenny.

»Er hat heut abend gutes Geld verdient, oder?« fragt Mike.

»Sich für fünfhundert Dollar halb totschlagen lassen – berauschend ist das nicht«, meint Jenny.

»Na ja, das war der erste Kampf. Aber hört mal her – nächstes Mal kriegt er sechshundert.«

»Wie wär's mit zwölfhundert?« fragt Dan.

»Neunhundert«, sagt Mike.

»Und wie wär's wenn er 'n Trikot trägt statt dieser kurzen Hose und der Narrenkappe?« fragt Jenny.

»Davon sind die ganz begeistert gewesen«, meint Mike. »Das gibt ihm die besondere Note.«

»Ach ja? Was würdest du sagen, wenn du solches Zeug anziehen müßtest?« fragt Dan.

»Ich bin schließlich kein Idiot«, antwortet Mike.

»Halt bloß die Schnauze und komm nich mit so was«, knurrt Dan.

Mike hat jedenfalls Wort gehalten. Das nächste Mal bin ich gegen nen Typ angetreten, wo ›Fliegenmensch‹ heißt. Der steckt in nem Kostüm mit nem großen spitzen Insektenrüssel und ner Maske mit großen Glupschaugen. Den schmeiß ich ordentlich im Ring rum, und am Schluß setz ich mich auf seinen Kopf und kassier meine neunhundert Dollar. Ja, und die ganzen Zuschauer johlen und brüllen, »Döskopp! Döskopp! Döskopp!« Das war eigentlich kein schlechter Deal.

Als nächstes bin ich gegen die ›Fee‹ angetreten, und ich hab ihm sogar den Zauberstab auf seinem Kopf kaputtschlagen dürfen. Dann sind jede Menge Kämpfe gegen alle mögliche Typen gekommen, und wir haben so circa fünftausend Dollar für die Krabbenzucht auf die Seite gekriegt. Aber noch was andres muß ich Ihnen erzählen: So langsam war ich bei den Fans enorm beliebt. Ich hab Briefe von Frauen gekriegt, und Narrenkappen wie meine gab's schon als Souvenir zu kaufen. Manchmal geh ich in den Ring, und im Zuschauerraum haben fünfzig oder hundert Leute Döskopp-Kappen auf, und die klatschen und johlen und brüllen meinen Namen. Also wissen Sie, irgendwie hat mir das schon gutgetan.

Jenny und ich, wir kommen eigentlich ganz gut klar miteinander – wenn man mal von meiner Wrestler-Karriere absieht. Wenn sie am Abend heimkommt, kochen wir uns immer was, und dann hocken sie und Dan und ich im Wohnzimmer rum, und wir schmieden Pläne, wie wir die Krabbensache aufziehen könnten. Wir wollen runter nach Bayou La Batre, wo der arme Bubba hergewesen is, und uns irgendwo am Golf von

Mexiko 'n Stück Marschland besorgen. Wir müssen uns Maschendraht und Netze und 'n kleines Ruderboot kaufen und irgendwelches Futter für die Krabben und alle möglichen andren Sachen. Und dann, meint Dan, müssen wir auch noch sehen, daß wir für die Zeit, bis die ersten Gewinne eintrudeln, Lebensmittel haben und 'n Dach überm Kopf und all so was, und mit irgendwas müssen wir das Zeug ja auch auf den Markt schaffen. Alles in allem, schätzt er, brauchen wir so circa fünftausend Dollar, um fürs erste Jahr alles geregelt zu kriegen – und dann müssen wir eben sehen, wie wir klarkommen.

Jetzt krieg ich allerdings Schwierigkeiten mit Jenny. Sie sagt, wir haben doch schon fünftausend, wieso pakken wir nich unsern Krempel und fahren los? Da is schon was dran, aber wenn ich ganz ehrlich sein soll, muß ich sagen, daß ich noch nich recht weg will.

Nämlich seit wir in Miami gegen diese Maisköppe aus Nebraska gespielt haben, isses mir nie mehr so richtig vorgekommen, wie wenn ich was geleistet hätt'. 'n bißchen vielleicht noch bei dem Tischtennisturnier in Rotchina, aber das hat bloß 'n paar Wochen gedauert. Und jetzt geh ich jeden Samstag abend da raus und hör, wie die Leute in Jubel ausbrechen, verstehen Sie? Idiot hin oder her – die feiern mich!

Das Gejohle hätten Sie mal hören sollen, wie ich den ›Fleischwolf‹ in die Mangel genommen hab, nen Typen, der wo mit Hundert-Dollar-Scheinen richtig tapeziert war, oder wie ich beim ›Abartigen Al aus Amarillo‹ die Bostoner Zange angesetzt und mir den Meistergürtel der *Eastern Division* geholt hab. Danach kam dann der ›Riese Juno‹, 'n Zweihundert-Kilo-Mann in nem Leopardenfell mit nem Papp-Knüppel.

Aber irgendwann meint Jenny, wie sie von der Arbeit heimkommt: »Forrest, wir müssen mal miteinander reden.«

Wir gehen also an nem kleinen Bach spazieren, und Jenny sucht uns nen Platz, wo wir uns hinhocken können, und dann meint sie: »Forrest, diese Ringerei, ich finde, das reicht jetzt allmählich.«

»Wie meinste denn das?« frag ich – obwohl ich mir's schon denken kann.

»Na ja, wir haben jetzt fast zehntausend Dollar, also mehr als doppelt soviel, wie wir laut Dan für die Krabbenzucht brauchen. Und ich frag mich eben, warum du trotzdem noch jeden Samstag nen Deppen aus dir machst.«

»Ich mach keinen Deppen aus mir«, sag ich. »Ich muß an meine Fans denken. Schließlich bin ich 'n Publikumsliebling. Ich kann nich einfach alles hinschmeißen und abhauen.«

»So 'n Blödsinn!« ruft Jenny. »Was meinste denn mit ›Fan‹ und ›Publikumsliebling‹? Die ticken doch alle nicht richtig? Die zahlen auch noch Eintritt dafür, daß sie sich diesen Scheiß anschauen dürfen. Erwachsene Männer, die so tun, als ob sie sich halb totschlagen würden! Und wo gibt's denn so was, daß sich Leute ›Kohlkopf‹ nennen oder ›Kuhfladen‹ – oder ›Döskopp‹ so wie *du*!«

»Was is denn da dran auszusetzen?« frag ich.

»Nun, was glaubste wohl, wie *ich* mir vorkomm? Weit und breit kennt jeder den Mann, den ich liebe, als den ›Döskopp‹, und jede Woche macht er sich zum Gespött der Leute – sogar im Fernsehen!«

»Fürs Fernsehen gibt's noch was extra«, sag ich.

»Scheiß drauf!« ruft Jenny. »Wir brauchen nichts extra.«

»Das gibt's gar nicht, saß jemand nix extra braucht«, sag ich.

»Aber so dringend brauchen wir's nicht«, meint Jenny. »Ich möcht einfach nur, daß wir uns 'n ruhiges Plätzchen suchen und für dich nen anständigen Job finden, diese Krabbenzucht zum Beispiel. Vielleicht bringen wir's sogar zu nem kleinen Haus mit nem Garten und legen uns nen Hund zu oder irgendwas – womöglich sogar Kinder. Ein Publikumsliebling, das war ich auch mal, bei den Cracked Eggs, aber gebracht hat mir das nichts. Unglücklich war ich. Ich bin fast fünfunddreißig. Ich will ein geregeltes Leben führen . . .«

»Also, ich find, das is meine Sache, ob ich aufhör oder nich. Ewig will ich das ja gar nich machen«, sag ich, »bloß noch ne Zeitlang.«

»Ewig warte ich auch nich«, sagt Jenny, aber ich hätt nich gedacht, daß sie das ernst meint.

20

Ich hab dann wieder zwei Kämpfe gehabt und natürlich beide gewonnen, und dann ruft Mike uns mal in sein Büro und meint: »Also, diese Woche geht's gegen den ›Professor‹.«

»Wer ist das denn?« fragt Dan.

»Der kommt aus Kalifornien«, meint Mike, »und gilt als ganz große Klasse. Er ist auf 'm besten Weg zum Meistertitel in der *Western Division*.

»Mir soll's recht sein«, sag ich.

»Nur noch eins«, meint Mike. »Diesmal mußt du verlieren, Forrest.«

»Verlieren?« frag ich.

»Ja, genau«, sagt Mike. »Schau mal, du gewinnst jetzt schon monatelang Woche für Woche. Wenn du deine Fans nicht verlieren willst, mußt du schon zwischendurch mal verlieren, verstehst du?«

»Wie kommste denn darauf?«

»Ganz einfach. Die Leute wollen dich auch mal als

Verlierer sehen. Dann stehste beim nächsten Mal um so besser da.«

»Das gefällt mir nich«, sag ich.

»Was zahlste dafür?« fragt Dan.

»Zweitausend.«

»Das gefällt mir nich«, sag ich noch mal.

»Zweitausend is ne Menge Geld«, meint Dan.

»Gefällt mir trotzdem nich.«

Angenommen hab ich dann doch.

Jenny war schon ne ganze Zeitlang irgendwie komisch, aber ich hab's auf Migräne geschoben oder irgendwas in der Art. Dann kommt sie mal nach Hause und meint: »Forrest, ich bin echt am Ende. Geh da bitte nicht hin.«

»Ich muß aber«, sag ich. »Ich verlier ja sowieso.«

»Wie bitte?« fragt sie. Ich erklär ihr die Sache genau so, wie Mike sie mir erklärt hat, und sie sagt: »O Scheiße, Forrest, das ist echt zuviel.«

»Es ist mein Leben«, sag ich – was immer ich damit gemeint hab.

Dan kommt nen Tag oder zwei später von irgendwoher zurück und meint, es gibt was zu besprechen.

»Forrest, ich glaub, ich weiß, wie wir unsere Probleme lösen können.«

»Wie denn?« frag ich.

»Ich finde, wir sollten demnächst aus diesem Geschäft aussteigen. Jenny hält ja sowieso nix davon, und wenn wir diese Krabbensache ins Rollen bringen wollen, fangen wir am besten bald an. Und außerdem«, meint er, »hab ich nen Weg gefunden, wie wir gleichzeitig aussteigen *und* absahnen können.«

»Wie soll denn das gehen?«

»Ich hab mich da mit nem Typen unterhalten, der in der Innenstadt 'n Wettbüro betreibt. Es ist ein offenes Geheimnis, daß du am Samstag gegen den Professor verlierst.«

»Und?«

»Und wenn du doch gewinnst?«

»Ich?«

»Ja, mach ihn fertig.«

»Dann krieg ich Ärger mit Mike«, sag ich.

»Scheiß auf Mike«, meint Dan. »Der Deal sieht so aus: Wir nehmen unsere zehn Riesen und setzen drauf, daß du gewinnst. Die Wetten stehen bei zwei zu eins. Dann machst du ihn fertig und wir kriegen *zwanzig* Riesen.«

»Aber ich krieg jede Menge Ärger«, sag ich.

»Wir nehmen das Geld und hauen ab aus dieser Stadt«, meint Dan. »Weißt du, was wir mit zwanzig Riesen alles anfangen können? Wir können ne Wahnsinnskrabbenzucht aufziehen und haben immer noch nen Haufen übrig. Ich finde, es ist sowieso an der Zeit, daß wir aus dieser Ringerei aussteigen.«

Ich sag mir, Dan ist der Manager, und Jenny hat ja auch gesagt, ich muß weg von der Ringerei, und zwanzig Riesen sind schließlich kein Pappenstiel.

»Na, was sagste?« fragt Dan.

»Okay«, sag ich. »Geht in Ordnung.«

Der Tag kommt, wo ich in Fort Wayne gegen den Professor antreten soll, und Mike kommt uns abholen und drückt draußen auf die Hupe, und ich frag Jenny, ob sie fertig is.

»Ich komm nich mit«, meint sie. »Ich schau's mir im Fernsehen an.«

»Aber du mußt mit«, sag ich zu ihr, und dann bitte ich Dan, er soll ihr erklären, wieso.

Dan erzählt Jenny, was wir vorhaben und daß sie mit muß, weil wir brauchen jemand, wo uns nach Indianapolis zurückfährt, wenn ich den Professor fertiggemacht hab.

»Von uns kann doch keiner fahren«, sagt er, »und

wenn's vorbei ist, müssen wir 'n schnelles Auto direkt vor der Arena haben, das uns hierher zurückbringt. Dann kassieren wir im Wettbüro die zwanzig Riesen und kratzen die Kurve.«

»Mit solchen krummen Touren will ich nichts zu tun haben«, sagt Jenny.

»Aber zwanzig Riesen!« werf ich ein.

»Das ist unredlich«, antwortet sie.

»Unredlich is aber auch, was er schon die ganze Zeit macht«, sagt Dan. »Sieger und Verlierer haben immer schon im voraus festgestanden.«

»Ich mach's trotzdem nicht«, sagt Jenny, und Mike hupt schon wieder, und Dan sagt: »Wir müssen los. Also, bis dann. Wir melden uns, wenn's vorbei ist.«

»Ihr solltet euch schämen«, sagt Jenny.

»Du wirst schon von deinem hohen Roß runterkommen, wenn wir mit zwanzigtausend Piepen in der Tasche wieder da sind«, meint Dan.

Und ab gehts.

Auf der Fahrt nach Fort Wayne bin ich nich sehr gesprächig, weil ich schäm mich 'n bißchen wegen der Sache, die wir mit Mike vorhaben. Von dem bin ich ja gar nich so schlecht behandelt worden, aber andrerseits weiß ich von Dan, daß Mike an mir ne Menge Kohle verdient hat, im Endeffekt sind wir dann wohl so in etwa quitt.

Wie wir zu der Arena kommen, läuft der erste Kampf schon – der Riese Juno wird von der Fee fertiggemacht. Dann steht 'n Kampf von Liliputaner-Damen auf 'm Programm. Wir gehen in die Umkleidekabine, und ich zieh meine kurze Hose und die Döskopp-Kappe an. Dan sorgt dafür, daß jemand die Taxizentrale anruft und mit denen ausmacht, daß nach meinem Kampf 'n Taxi mit laufendem Motor vor der Tür steht.

Jemand klopft an meine Tür, und es ist Zeit zum Rausgehen. Ich und der Professor, wir sind die Hauptattraktion des Abends.

Mein Gegner ist schon im Ring, wie ich rauskomm. Der Professor is 'n drahtiger kleiner Mann mit Bart und Brille und nem schwarzen Talar und so nem komischen Deckel auf 'm Kopf. Der sieht verdammt noch mal wirklich wie 'n Professor aus. Ich hab sofort beschlossen, den laß ich seinen Hut auffressen.

Ich kletter in den Ring, und der Ansager läßt seinen Spruch los. »Meine sehr geehrten Damen und Herren«, fängt er an, und überall wird gebuht. »Wir sind stolz, Ihnen als Hauptattraktion des heutigen Abends zwei der aussichtsreichsten Aspiranten auf den Titel der *North American Professional Wrestling Association* präsentieren zu können – den Professor und den Döskopp!«

Jetzt wird derart gebuht und gejohlt, daß man absolut nich sagen kann, ob die Menge sich freut oder wütend is. Das is aber auch egal, weil es gongt, und der Kampf is eröffnet.

Der Professor hat seinen Talar, seine Brille und seinen Deckel abgenommen. Er tänzelt um mich rum und droht mir mit 'm Finger, wie wenn er mich ausschimpfen würd. Ich versuch, ihn zu fassen zu kriegen, aber jedesmal springt er auf die Seite und droht mir mit 'm Finger. So geht das dann ne Minute oder zwei, aber dann macht er nen Fehler. Er läuft um mich rum und will mir in den Hintern treten, aber ich pack ihn am Arm und schleudre ihn in die Seile. Er kommt zurückgeschossen wie 'n Gummiball, und ich stell ihm 'n Bein und schmeiß mich mit dem Bauchklatscher-Trick auf ihn, aber der is rechtzeitig auf die Seite und in seine Ecke gekommen, und wie ich hochschau, hat er 'n großes Lineal in der Hand.

Er schlägt sich damit gegen die Handfläche, wie

Bei einer Friedensdemonstration soll Forrest vor allen Leuten sagen, was er persönlich vom Vietnamkrieg hält.

Nach der Friedensdemo ist die politisch engagierte Jenny froh, ›ihren‹ Forrest wieder ganz für sich zu haben.

Glücklich, aber wohl doch nicht so ganz: Jenny steigt in einen Bus, der sie in eine fremde Stadt bringen wird. Warum glaubt sie bloß, es plötzlich mit Forrest nicht mehr aushalten zu können?

wenn er mir gleich den Hintern versohlen will, aber wie ich versuch, ihn wieder zu packen, rammt er mir das Ding voll ins Auge, grad wie wenn er's rausstechen wollt. Das hat vielleicht wehgetan, kann ich Ihnen sagen, und wie ich noch halb blind in der Gegend herumstolpre, kommt er von hinten und kippt mir irgendwas in die Hose. Was das gewesen is, hab ich schnell gemerkt, nämlich Ameisen! Weiß der Teufel, wo er die her hat, aber jedenfalls beißen die mich ganz fürchterlich, und ich sitz ganz schön in der Klemme.

Dan brüllt, ich soll ihm den Rest geben, aber mit Ameisen in der Hose is das nich so einfach. Dann gongt's, und die Runde is vorbei. Ich geh in meine Ecke, und Dan versucht, die Ameisen rauszukriegen.

»Das war 'n fieser Trick«, sag ich.

»Mach ihn einfach ganz schnell fertig«, sagt Dan. »Wir können uns keine Panne leisten.«

Zur zweiten Runde kommt der Professor aus seiner Ecke und schneidet Grimassen. Dann kommt er nah genug ran, daß ich ihn schnappen kann, und ich heb ihn hoch und mach die Flugzeugschleuder mit ihm.

Ich wirble ihn an die vierzig oder fünfzig Mal rum, bis ich ziemlich sicher bin, jetzt is ihm schwindlig, und schleudre ihn, so fest ich nur kann, über die Seile ins Publikum. Er landet auf der Tribüne so circa in der fünften Reihe direkt auf 'm Schoß von ner alten Frau, wo nen Pullover strickt, und die drischt mit nem Schirm auf ihn ein.

Das Dumme is nur, die Flugzeugschleuder hat mich auch ziemlich mitgenommen. Alles dreht sich im Kreis, aber ich sag mir, das macht nix, weil das hört gleich wieder auf, und der Professor is sowieso fix und fertig. Da hab ich mich allerdings geschnitten.

Meine Schwindligkeit is schon fast verflogen, wie mich plötzlich was an den Knöcheln packt. Ich guck runter, und dieser verdammte Professor is doch tatsächlich schon wieder in den Ring geklettert. Er hat den Garnknäuel von der alten Frau mitgebracht und mir den Anfang um die Knöchel gebunden. Ich versuch, mich da rauszuwinden, aber der Professor läuft mit dem Garn immer im Kreis um mich rum und wikkelt mich ein wie ne Mumie. Bald bin ich richtig gefesselt und kann mich absolut nich mehr rühren. Zum Schluß macht der Professor nen kunstvollen Knoten, und dann stellt er sich hin und macht ne kleine Verbeugung, wie wenn er 'n Magier wär und grad nen Zaubertrick vorgeführt hätt.

Er schlendert in seine Ecke rüber und holt sich ne richtig dicke Schwarte, wo aussieht wie 'n Lexikon oder so. Wieder macht er ne Verbeugung, und dann knallt er mir das Ding auf den Schädel. Ich kann überhaupt nix machen. Er donnert mir das Buch wohl so zehn oder zwölf Mal auf den Kopf, bis ich umkipp. Ich bin absolut hilflos, und ich hör Beifallstürme, wie der Professor sich auf meine Schultern hockt und mich auf die Matte drückt.

Mike und Dan sind in den Ring gekommen und haben mich aus dem Garn gewickelt und mir auf die Beine geholfen.

»Spitze!« meint Mike. »Absolute Spitze! Hätt ich mir auch nicht besser ausdenken können.«

»Mensch, halt's Maul«, sagt Dan zu ihm – und dann zu mir: »Is ja ne schöne Bescherung – wie kannste dich vom Professor übertölpeln lassen.«

Ich sag gar nix. Mir geht's einfach nur beschissen. Alles is verloren – und eins ist sicher: In den Ring steig ich nie wieder.

Das Fluchttaxi haben wir ja nich mehr gebraucht, wir sind also mit Mike nach Indianapolis zurückgefahren. Auf der ganzen Fahrt sagt er immer wieder, wie toll ich doch gegen den Professor verloren hätt, und daß nächstes Mal wieder 'n Sieg angesagt is, und das wirft für jeden von uns Tausende von Dollar ab.

Wie er vor unserem Haus anhält, streckt er Dan das Kuvert mit den zweitausend Dollar hin, die wo er für den Kampf ausspucken wollt.

»Nimm's nich an«, sag ich.

»Hä?« macht Mike.

»Hör zu«, sag ich, »ich muß dir was erzählen.«

Dan fährt dazwischen: »Er will sagen, daß er aufhört mit Ringen.«

»Du machst Witze«, meint Mike.

»Nee, absolut nich«, sagt Dan.

»Ja, aber ... wie kommt's?« fragt Mike. »Was ist los, Forrest?«

Vor ich was sagen kann, meint Dan: »Er will jetzt nicht drüber reden.«

»Na ja«, sagt Mike, »das kann ich verstehen. Schlaf dich erst mal richtig aus. Ich komm morgen früh gleich her, und dann können wir das durchsprechen, okay?«

»Geht in Ordnung«, meint Dan, und wir steigen aus. Wie Mike weg ist, sag ich zu Dan: »Du hättst das Geld nich nehmen sollen.«

»Mann, das ist alles, was uns geblieben is«, sagt er. »Alles andere is weg.« 'n paar Minuten später hab ich gemerkt, wie recht er hat.

Wir gehen in die Wohnung, und ich trau meinen Augen nich – Jenny is weg. Ihre ganzen Sachen hat sie mitgenommen, bloß saubere Laken und Handtücher und 'n paar Töpfe und Pfannen hat sie dagelassen. Dan findet auf 'm Wohnzimmertisch nen Zettel und liest ihn mir laut vor:

Lieber Forrest,

ich halt es einfach nicht mehr aus. Ich hab versucht, mit Dir über meine Gefühle zu sprechen, aber du scheinst Dich nicht dafür zu interessieren. Was du heute machst, ist besonders schlimm, weil es unredlich ist. Ich glaube, ich kann nicht länger mit Dir zusammenbleiben.

Vielleicht liegt das zum Teil an mir, da ich ein Alter erreicht habe, in dem ich ein geregeltes Leben anfangen möchte. Ich denke da an ein Haus, eine Familie. Ich möcht in die Kirche gehen und solche Sachen. Ich kenne Dich schon seit der ersten Klasse, Forrest, also fast dreißig Jahre lang, und ich habe miterlebt, wie Du zu einem großen, starken und prächtigen Mann herangewachsen bist. Als ich endlich merkte, wie sehr ich Dich mag – damals, als du nach Boston gekommen bist –, war ich das glücklichste Mädchen der Welt.

Dann hast Du zuviel Dope geraucht und Dich mit diesen Mädchen in Provincetown eingelassen, aber ich hab Dich nachher trotzdem vermißt und war froh, als Du bei den Friedensdemonstrationen zu mir nach Washington gekommen bist.

Als du dann in den Weltraum geschossen worden bist und dann fast vier Jahre lang im Dschungel vermißt warst, habe ich mich wahrscheinlich verändert. Ich habe keine so große Hoffnung mehr wie früher, und ich glaube, ich wäre mit einem ganz einfachen Leben zufrieden. Und so ein Leben werde ich jetzt zu führen versuchen.

Lieber Forrest, Du hast Dich auch verändert. Nicht bewußt, glaube ich, denn du warst ja schon immer ein ›besonderer‹ Mensch, aber offenbar haben wir nicht mehr die gleichen Vorstellungen.

Mir stehen beim Schreiben dieser Zeilen Tränen in den Augen. Trotzdem müssen wir uns trennen. Versuche mich bitte nicht zu finden. Ich wünsche dir alles Gute, mein Liebling – Tschüß.

In Liebe
Jenny

Dan gibt mir den Zettel in die Hand, aber ich steh einfach nur da und laß ihn fallen, und zum ersten Mal in meinem Leben is mir wirklich klar, was es heißt, wenn man 'n Idiot is.

21

Danach war ich nur noch ein armes Schwein.

Über Nacht sind Dan und ich in der Wohnung geblieben, aber am nächsten Morgen haben wir unsern Kram zusammengepackt, weil es gab überhaupt keinen Grund mehr, in Indianapolis zu bleiben. Dan sagt: »Hier Forrest, das Geld«, und streckt mir die zweitausend Dollar hin, die wo Mike für den Kampf gegen den Professor gezahlt hat.

»Ich will das Geld nich«, sag ich.

»Du nimmst es besser«, meint Dan. »Es ist alles, was wir noch haben.«

»Behalt du's.«

»Nimm wenigstens die Hälfte«, sagt er. »Schau mal, du brauchst doch wenigstens Reisegeld. Damit du hinkommst, wo du hinwillst.«

»Kommst du denn nich mit?« frag ich.

»Ich fürchte, nein, Forrest«, sagt er. »Ich finde, ich habe schon genug Schaden angerichtet. Die ganze Nacht hab ich kein Auge zugetan. Dauernd is mir durch den Kopf gegangen, daß ich dafür war, daß du weitermachst, obwohl's doch eigentlich nich zu übersehen war, daß Jenny drauf und dran ist abzuhauen. Und du kannst nichts dafür, daß der Professor dich geschlagen hat. Du hast getan, was du konntest. Es ist einzig und allein meine Schuld. Ich taug einfach nichts.«

»Ach was, Dan, das ist doch nich deine Schuld.

Wenn ich mir nich mordsmäßig was drauf eingebildet hätt, daß ich der Döskopp bin, und nich das ganze Zeugs geglaubt hätt, wo die über mich gesagt haben, dann wär ich erst gar nich in dieser Scheiße gelandet.«

»Wie auch immer«, meint Dan, »ich halt's jedenfalls nich mehr für richtig, mich an dich dranzuhängen. Du hast noch mehr auf der Pfanne. Mich kannste vergessen. Ich taug nichts.«

Wir haben dann noch lange geredet, aber er hat sich da nich davon abbringen lassen. Schließlich packt er seinen Kram zusammen, und ich helf ihm die Treppe runter, und dann seh ich bloß noch, wie er auf seinem Wägelchen die Straße runterfährt. Die ganzen Klamotten und alles hat er sich auf den Schoß gelegt.

Ich geh zum Busbahnhof und kauf mir ne Fahrkarte nach Mobile, und da krieg ich gesagt, die Fahrt dauert zwei Tage und zwei Nächte – über Louisville und Nashville nach Birmingham und dann nach Mobile. Der Bus rumpelt durch die Gegend, und ich sitz einfach nur da wie 'n armseliger Idiot.

Irgendwann in der Nacht kommen wir durch Louisville, und am nächsten Tag erreichen wir Nashville. Hier müssen wir erst mal drei Stunden warten, bis der Bus kommt, mit dem's dann weitergehen soll, und ich sag mir, läufste mal 'n bißchen in der Stadt rum. Ich hol mir an nem Kiosk 'n Sandwich und 'n Glas Eistee, und wie ich dann ne Straße langlauf, seh ich vor nem Hotel 'n großes Schild, wo draufsteht: ›Willkommen zum großen Schachturnier der Großmeister.‹

Das intressiert mich schon irgendwie, weil ich hab doch im Dschungel dauernd mit Old Sam Schach gespielt. Ich geh also rein in das Hotel. Die Spiele laufen im Ballsaal, und 'n ganzer Haufen Leute is am Zuschauen, bloß steht da 'n Schild ›Eintritt fünf Dollar‹, und ich will nix ausgeben. Ich guck ne Weile durch die Tür rein, und dann hock ich mich in die Halle.

Ich sitz nem alten Mann in schwarzem Anzug mit Halbgamaschen und ner Fliege gegenüber, wo total vertrocknet und grantig aussieht. Vor sich hat er 'n Schachspiel aufgebaut.

Ab und zu verschiebt der ne Figur, und so langsam dämmert's mir, der spielt ja ganz allein. Ich schätz, ich hab noch ne Stunde oder so, bis der Bus fährt, und da frag ich ihn eben, ob er an nem Partner intressiert is. Er guckt mich einfach nur an, und dann schaut er wieder auf sein Schachbrett, ohne 'n Wort zu sagen.

Der alte Knabe studiert das Schachbrett ne halbe Ewigkeit, bis er endlich mit dem weißen Läufer zieht, und wie er grad seine Hand von der Figur wegnehmen will, sag ich: »'tschuldigen Sie bitte.«

Der Typ fährt hoch, wie wenn er sich auf nen Reißnagel gesetzt hätt, und funkelt mich über'n Tisch rüber an.

»Mit dem Zug«, sag ich, »bringen Sie Ihren Springer in Gefahr und Ihre Dame, und dann sitzen Sie ganz schön in der Scheiße.«

Er guckt runter aufs Brett – die Hand hat er immer noch am Läufer – und nach ner Weile nimmt er den Zug zurück und meint: »Vielleicht haben Sie recht.«

Dann studiert er wieder sein Schachbrett, und ich denk mir, so langsam muß ich mal zum Busbahnhof, aber wie ich aufsteh, sagt der alte Mann: »Verzeihen Sie, aber Sie haben eben eine sehr scharfsinnige Bemerkung gemacht.«

Ich nick, und er meint: »Nun, offensichtlich verstehen Sie was von Schach. Warum setzen Sie sich nicht und spielen dieses Spiel mit mir zu Ende?«

»Ich kann nich«, sag ich, weil ich muß schauen, daß ich den Bus erwisch.« Er nickt und winkt kurz zum Abschied, und ich geh los in Richtung Busbahnhof.

Bloß is der Bus schon weg, wie ich hinkomm, und da steh ich nun, und vor morgen geht keiner mehr. Ich mach aber auch gar nichts richtig. Ich geh dann eben wieder in das Hotel, weil irgendwie muß ich den Tag ja rumkriegen, und der alte Mann is immer noch da und spielt gegen sich selber. Ich geh zu ihm hin, und er schaut auf und gibt mir 'n Zeichen, ich soll mich hinhocken. Das Spiel, wo ich jetzt reingerat, is für mich ziemlich verfahren – die Hälfte von meinen Bauern is schon weg, und ich hab bloß noch einen Läufer und gar keinen Turm mehr, und meine Dame is auch schon fast futsch.

Ich brauch fast ne Stunde, bis das Spiel ausgeglichen is, und jedesmal, wenn ich meine Lage verbessere, brummt der alte Mann irgendwas und schüttelt den Kopf. Schließlich ködre ich ihn mit nem Gambit. Er beißt an, und drei Züge später biet ich Schach.

»Herrgott noch mal«, sagt er. »Also, wer zum Teufel, sind Sie?«

Ich sag ihm meinen Nemen, aber er winkt ab. »Nein, wo Sie spielen, meine ich. Ich kenn Sie nicht mal vom Sehen.«

Wie ich ihm sag, Schachspielen hab ich in Neuguinea gelernt, is er ganz baff. »Großer Gott! Soll das heißen, Sie haben nicht einmal an *regionalen* Turnieren teilgenommen?«

Ich schüttle den Kopf, und er sagt: »Also, ob Sie es glauben oder nicht, ich bin ein ehemaliger Großmeister, und Sie sind in ein Spiel gestolpert, das Sie eigentlich gar nicht mehr gewinnen konnten, und doch haben Sie mich vernichtend geschlagen.«

Ich frag, wie's kommt, daß er nich mit den andern im Saal spielt, und er meint: »Ach, das war einmal. Ich bin fast achtzig und spiele nur noch bei einer Art Seniorenturnier. Der Ruhm gebührt jetzt den Jüngeren, die haben den schärferen Verstand.«

Ich nick, bedank mich für das Spiel, steh auf und will gehen, aber er fragt: »Sagen Sie, haben Sie schon gegessen?«

Ich erzähl ihm, daß ich vor ein paar Stunden 'n Sandwich gegessen hab, und er meint: »Wie wär's, wenn ich Sie zum Essen einlade? Schließlich haben Sie mir ein erstklassiges Spiel geboten.«

Ich sag, das fänd ich okay, und wir gehen in den Speisesaal von dem Hotel. Er is 'n richtig netter Mann. Mr. Tribble heißt er.

Beim Essen sagt Mr. Tribble: »Also, um sicher zu gehen, müßte ich schon noch ein paar Runden gegen Sie spielen, aber wenn Sie bei dem Spiel heute abend nicht wahnsinnig Dusel hatten, sind Sie vielleicht eines der größten unerkannten Schachtalente. Ich würde Sie gern bei ein, zwei Turnieren sponsorn, um zu sehen, was passiert.«

Ich erzähl ihm, daß ich auf 'm Weg nach Hause bin und ins Krabbengeschäft einsteigen will und überhaupt, aber er sagt: »Forrest, womöglich wäre das für Sie eine einmalige Chance. Sie könnten viel Geld verdienen in diesem Geschäft.« Er meint, ich soll mal drüber schlafen und ihm morgen Bescheid geben. Dann schütteln wir uns die Hände, und ich geh raus auf die Straße. Ich latsch ne Weile in der Gegend rum, aber in Nashville gibt's nich viel zu sehen, und schließlich setz ich mich auf ne Parkbank. Ich will nachdenken – wo ich ja so meine Schwierigkeiten mit hab. Ich muß rauskriegen, was ich jetzt machen soll. Vor allem denk ich an Jenny und wo sie jetzt wohl is. Sie hat ja geschrieben, ich soll nich nach ihr suchen und nix, aber irgendwo ganz tief drin bin ich mir sicher, sie hat mich nich vergessen. In Indianapolis hab ich nen Deppen aus mir gemacht, das is mir klar. Das kommt wahrscheinlich davon, daß ich mich nich bemüht hab, das Richtige zu tun. Aber jetzt weiß ich wieder nich, wie ich's richtig anfang. Also, ich bin praktisch pleite, und ohne Geld kann ich nich ins Krabbengeschäft einsteigen, und Mr. Tribble meint, im Schachzirkus kann ich ne Menge Geld verdienen. Bloß könnt man grad meinen, ich verbrenn mir jedesmal meinen dicken Hintern, wenn ich mir was andres vornehm als wie heimkommen und die Krabbenzucht aufmachen. Da steh ich nun wieder und weiß nich, was machen.

Ich komm aber gar nich groß zum Überlegen, weil schon kreuzt 'n Polizist auf und will wissen, was ich hier mach.

Ich sag, ich sitz bloß da und denk nach, und er meint, bei Nacht im Park sitzen und nachdenken is verboten, und ich soll schauen, daß ich weiterkomm. Ich geh die Straße lang, und der Polizist folgt mir. Ich weiß nich, wo ich hin soll, aber dann seh ich so ne kleine Gasse, und da geh ich rein und such mir 'n Plätzchen zum Hinhocken und Ausruhen. Ich sitz noch keine Minute, bis dieser olle Polizist wieder vorbeikommt.

»Okay«, sagt er, »kommen Sie raus da.« Wie ich wieder auf der Straße steh, fragt er: »Was machen Sie da hinten?«

»Gar nix«, sag ich, und er meint, »hab ich mir doch gleich gedacht. Ich verhafte Sie wegen Vagabundierens.«

Er bringt mich ins Gefängnis und sperrt mich ein, und am nächsten Morgen krieg ich gesagt, wenn ich will, kann ich 'n Telefongespräch führen – aber nur eins. Ich kenn sowieso keinen als wie Mr. Tribble, und den ruf ich dann auch an. So circa ne halbe Stunde später isser im Gefängnis und holt mich raus.

Dann spendiert er mir im Hotel 'n Mordsfrühstück und meint: »Forrest, wie wäre es, wenn ich Sie zu den überregionalen Meisterschaften nächste Woche in Los Angeles anmelden würde? Der erste Preis sind zehntausend Dollar. Ich komme für alle Unkosten auf, und was Sie gewinnen, teilen wir uns. Mir scheint, Sie könnten ne Finanzspritze gebrauchen, und mir würde es ehrlich gesagt einen Heidenspaß machen. Ich steh Ihnen gern als Trainer und Berater zur Seite. Na, was halten Sie davon?«

Ich hab schon noch 'n bißchen Bedenken, aber 'n Versuch kann wohl nix schaden. Ich sag also, ich mach mit – aber bloß, bis ich genug Geld für die Krabbenzucht zusammen hab. Wir schütteln uns die Hände und werden Partner.

Los Angeles, das war schon was! Wir sind schon ne Woche vor dem Turnier angekommen, und anfangs wollt mich Mr. Tribble fast den ganzen Tag schulen und mein Spiel verfeinern, aber nach ner Weile hat er bloß noch den Kopf geschüttelt und gemeint, das wäre überflüssig, weil ich wär sowieso mit allen Wassern gewaschen. Dann haben wir uns eben in der Stadt rumgetrieben.

Mr. Tribble nimmt mich mit nach Disneyland, und da darf ich 'n paar Loopings machen und all so was, und ne Führung durch 'n Filmstudio organisiert er auch für uns. Jede Menge Filme haben die da in der Mache, und überall rennen Leute rum und brüllen »Achtung, Aufnahme« und »Schnitt« und »Klappe«. Einer von diesen Filmen is 'n Western gewesen, und da haben sie nen Typ zehnmal durch ne Glasscheibe geschmissen – bis er's endlich richtig hingekriegt hat.

Wie wir uns das angucken, kommt 'n Typ her und fragt: »Entschuldigen Sie bitte, sind Sie Schauspieler?«

»Hä?« mach ich, und Mr. Tribble sagt: »Nein, wir sind Schachspieler.«

Und dann sagt der Typ: »Ach, das ist jammerschade, der große Typ da wäre nämlich die ideale Besetzung für eine Rolle in meinem Film.« Dann drückt er mir auf 'n Bizeps und meint, »Mann o Mann, was für ein großer, kräftiger Bursche – sind Sie ganz sicher, daß sie nich schauspielern?«

»Einmal hab ich ne Rolle gespielt«, sag ich.

»Wirklich!« freut sich der Typ. »In was?«

»*König Lear*.«

»Großartig, Baby«, sagt er, »einfach großartig. Hast du deinen FSG-Ausweis dabei?«

»Was für 'n Ding?«

»Den Mitgliedsausweis von der Filmschauspielergilde. Ach, vergiß es«, meint er. »Den kriegen wir schon. Kein Problem. Wo haben sie dich bloß die ganze Zeit versteckt, Baby? Würd mich echt interessieren. Ich mein, schau dich doch nur mal an! Genau der richtige Typ – groß, stark, schweigsam. Ein zweiter John Wayne!«

»Von wegen John Wayne«, brummte Mr. Tribble. »Ein Schachspieler von Weltrang ist das.«

»Na, um so besser!« ruft der Filmmensch. »Groß, stark, schweigsam und *klug*. Ganz außergewöhnlich.«

»Ich bin nich so klug, wie ich ausseh«, sag ich, weil ich möcht ehrlich sein, aber der Typ meint, daß spielt überhaupt keine Rolle, 'n Schauspieler braucht überhaupt nich klug sein und auch nich ehrlich und nix, er muß bloß seinen Text sagen können.

»Ich heiße Felder«, meint er, »und ich möchte Probeaufnahmen mit dir machen.«

»Morgen ist ein Schachturnier«, sagt Mr. Tribble. »Er hat keine Zeit für Probeaufnahmen.«

»Ach, das bringen Sie doch noch unter, nicht? Das könnte immerhin den Durchbruch bedeuten, auf den er gewartet hat. Warum kommen Sie nicht auch, Tribble, mit Ihnen machen wir auch Probeaufnahmen.«

»Wir wollen mal sehen«, sagt Mr. Tribble. »Kommen Sie jetzt, Forrest, wir haben noch zu arbeiten.«

»Also, bis später, Baby«, ruft Mr. Felder, »nicht vergessen!«

22

Am nächsten Tag is dann draußen im Beverley Hill Hotel dieses Schachturnier. Ich bin mit Mr. Tribble schon viel zu früh dort, und er sorgt dafür, daß ich den ganzen Tag Spiele hab.

Im Grunde is das aber keine große Sache. Ich brauch so circa sieben Minuten, bis ich den ersten Typ erledigt hab, und der is immerhin Schachmeister und Professor an nem College, was mir irgendwie guttut. Immerhin hab ich nen Professor geschlagen!

Als nächstes kommt 'n Junge, wo vielleicht siebzehn is, und den mach ich in weniger als ner halben Stunde fertig. Der kriegt nen richtigen Wutanfall, und dann fängt er an zu flennen, und seine Mama muß ihn wegholen.

An diesem und am nächsten Tag hab ich gegen alle möglichen Leute gespielt, und alle hab ich ziemlich schnell geschlagen, und da bin ich echt froh drüber gewesen. Bei meinen Spielen gegen Old Sam mußte ich nämlich immer sitzen bleiben und konnte nie aufs Klo und nix, weil sobald ich aufgestanden bin, hat der angefangen zu bescheißen und die Figuren rumzuschieben.

Ich komm dann jedenfalls ins Endspiel, aber vor das ausgetragen wird, is erst mal 'n Tag Pause. Ich geh mit Mr. Tribble ins Hotel zurück, und da liegt ne Nachricht für uns von Mr. Felder, diesem Filmtypen. »Rufen Sie bitte heute nachmittag mein Büro an und vereinbaren Sie einen Termin zu Probeaufnahmen für morgen früh«, heißt es da, und drunter steht ne Telefonnummer.

»Also, ich weiß nicht recht, Forrest«, sagt Mr. Tribble. »Was halten Sie davon?«

»Ich weiß auch nich recht«, sag ich, aber ziemlich aufregend find ich's ehrlich gesagt schon, daß ich richtig bei nem Film mitmachen soll. Wer weiß, vielleicht treff ich da sogar Raquel Welch oder so jemand.

»Ach, schaden kann's ja eigentlich nichts«, sagt Mr. Tribble. »Ich würde sagen, ich ruf an und vereinbare einen Termin.« Er ruft also im Büro von Mr. Felder an und kriegt gesagt, wo wir hinkommen sollen und wann, und dann hält er plötzlich die Hand über die Muschel und fragt: »Forrest, können Sie schwimmen?« und ich sag »ja«, und er sagt ins Telefon: »Ja, er kann.«

Wie er aufgelegt hat, frag ich, wieso die wissen wollen, ob ich schwimmen kann, und Mr. Tribble meint, das weiß er auch nich, aber wir werden's wohl rausfinden, wenn wir hinkommen.

Das Filmstudio is 'n andres wie neulich, und am Tor wartet 'n Wachmann auf uns und bringt uns zu den Probeaufnahmen. Mr. Felder streitet grad mit ner Frau, wo wirklich so ähnlich aussieht wie Raquel Welch, aber wie er mich sieht, strahlt er übers ganze Gesicht.

»Ah, Forrest«, sagt er, »toll, daß du da bist. Geh bitte da drüben rein, wo ›Maske und Kostüm‹ steht. Die schicken dich dann wieder raus.«

Ich geh rein, und da stehen zwei Frauen rum, und die eine meint: »Okay, zieh dich aus.« Also mal wieder die alte Leier, aber ich tu, was ich gesagt krieg. Wie ich fertig bin, drückt mir die andre nen Gummianzug in die Hand, wo so ne Art Schuppen drauf sind, und das Ding hat so komische Füße und Hände mit Schwimmhäuten. Das soll ich anziehen, meint sie. Wir müssen alle drei anpacken, um mich in den Anzug reinzukriegen, aber so circa nach ner Stunde haben wir's geschafft. Sie lassen mich in Richtung Maske losmarschieren, und wie ich da hinkomm, muß ich mich auf nen Stuhl setzen, und ne Frau und 'n Typ zwängen auch noch meinen Kopf in so 'n Gummiteil rein, was sie an meinem Kostüm befestigen. An der Nahtstelle sieht man noch nen Strich Haut, aber er wird übermalt. Jetzt sind sie fertig und schicken mich raus zu den Aufnahmen.

Ich kann mit diesen Schwimmfüßen kaum laufen, und mit Schwimmarmen krieg ich die Tür fast nich auf, aber schließlich klappt's, und auf einmal steh ich in ner Landschaft mit nem großen See und nem Haufen Bananenbäumen und all so nem tropischen Scheiß. Mr. Felder is da, und wie er mich sieht, macht er nen Luftsprung und ruft: »Klasse, Baby! Die Rolle is dir wie auf den Leib geschrieben.«

»Ja, was für ne Rolle is das nun eigentlich?« frag ich, und er meint: »Hab ich dir das nicht gesagt? Ich mach ne Neuverfilmung von *Das Wesen aus der Schwarzen Lagune.*« Also, auch nem Idioten wie mir braucht keiner zu erklären, welche Rolle ich dabei spielen soll.

Mr. Felder winkt die Dame her, mit der er sich vorher gestritten hat. »Forrest«, sagt er, »ich möchte dir Raquel Welch vorstellen.«

Also, ich bin echt total von den Socken. Da steht sie direkt vor mir mit nem tiefen Ausschnitt und all so was! »Freut mich sehr«, sag ich durch meine Maske durch, und plötzlich isse auf hundertachtzig.

»Was hat er gesagt?« fragt sie Mr. Felder. »Irgendwas über meinen Busen, stimmt's?«

»Aber nein, Baby«, sagt Mr. Felder. »Er hat bloß gesagt, er freut sich, dich kennenzulernen. Man versteht ihn nicht so gut wegen seiner Maske.«

Ich will ihr die Hand geben und streck meinen Schwimmarm aus, aber sie macht nen Satz nach hinten und zischt: »Igitt! Los, bringen wir's hinter uns, verdammt noch mal.«

Mr. Felder erklärt, was Sache is: Raquel Welch muß im Wasser rumzappeln, und dann wird sie ohnmächtig. Ich komm von unten rauf und nehm sie auf die

Arme und trag sie aus 'm Wasser. Sie kommt zu sich und kriegt Angst und fängt an zu kreischen. »Laß mich runter! Hilfe! Vergewaltigung!« und all so nen Scheiß.

Ich darf sie aber nich runterlassen, sagt Mr. Felder, weil 'n Haufen Ganoven is uns auf den Fersen, und drum muß ich mit ihr in den Dschungel rennen.

Dann haben wir die Szene auch wirklich geprobt, und beim ersten Mal hab ich gedacht, das klappt echt gut, und außerdem isses schon ziemlich aufregend, Raquel Welch auf Händen zu tragen – sogar wenn sie lauter so 'n Zeugs brüllt wie: »Laß mich runter! Hilfe, Polizei!«

Aber Mr. Felder meint, das war nich gut genug, wir sollen's noch mal machen. Das is ihm dann wieder nich gut genug, und dann machen wir die gleiche Szene an die zehn oder fuffzehn Mal. Zwischen den Aufnahmen is Raquel Welch dauernd am Mosern und Fluchen, aber Mr. Felder sagt immer bloß: »Sehr schön, Baby, ganz prima!« und solche Sachen.

Ich hab jetzt aber so langsam 'n echtes Problem, weil ich steck schon fast fünf Stunden in diesem Monsteranzug, und der hat keinen Reißverschluß und nix, für wenn man mal pinkeln muß, und jetzt platz ich dann gleich. Aber ich sag lieber nix, weil das is ja 'n richtiger Film und so, und ich will nich, daß die wütend werden.

Aber irgendwas muß passieren, ich sag mir also, ich wart, bis ich wieder im Wasser bin, und dann pinkle ich einfach in den Anzug, und das läuft dann an meinem Bein runter in die Lagune oder so. Mr. Felder sagt wieder, »Achtung, Aufnahme!« und ich geh ins Wasser und fang an zu pinkeln. Raquel Welch zappelt rum und wird ohnmächtig. Ich tauch, schnapp sie und schlepp sie ans Ufer.

Sie kommt zu sich und drischt auf mich ein und brüllt: »Hilfe! Mörder! Laß mich runter!« und lauter so 'n Zeugs, aber dann hört sie plötzlich mit Brüllen auf und zischt: »Was riecht denn hier so komisch?«

»Schnitt«, brullt Mr. Felder. Er steht auf und fragt, »was hast du da eben gesagt, Baby? Im Drehbuch steht das nicht.«

»Scheiß auf das Drehbuch! Hier stinkt's nach irgendwas!« Dann guckt sie auf einmal mich an und zischt: »He, du! Hast du etwa in die Hose gepißt?«

Ich hab sie immer noch auf 'm Arm und schäm mich ganz fürchterlich und sag erst mal gar nix, und dann schüttle ich den Kopf und sag, »nee«.

Das ist das erste Mal in meinem ganzen Leben gewesen, daß ich gelogen hab.

»Also, jemand *hat* hier in die Hose gemacht«, sagt sie, »ich weiß doch, wie Pisse riecht. Ich war's nicht. Folglich bist du's gewesen! Wie kannst du es wagen, mich anzupinkeln, du ungehobelter Klotz!« Dann hämmert sie mit den Fäusten auf mich ein und brüllt: »Laß mich endlich runter!« und: »Geh weg! und all so was. Jetzt geht's weiter, denk ich und renn mit ihr in den Dschungel.

Mr. Felder brüllt: »Achtung, Aufnahme!« und die Kameras laufen wieder, und Raquel Welch schlägt um sich und kratzt und kreischt wie noch nie. Von hinten ruft Mr. Felder: »Ja, genau so, Baby! Spitze! Weiter so!« Mr. Tribble is auch da hinten. Er sitzt auf nem Stuhl, und ich seh, wie er den Kopf schüttelt und am liebsten weggucken würd.

Wie ich schon 'n Stückchen in den Dschungel reingelaufen bin, bleib ich stehen und dreh mich um und guck, ob Mr. Felder wohl gleich »Schnitt« schreit wie bisher immer, aber er führt nen richtig wilden Tanz auf und fuchtelt in der Gegend rum und schreit: »Perfekt, Baby! Genau so will ich das haben! Trag sie rein in den Dschungel!«

Raquel Welch drischt immer noch auf mich ein und

kratzt und schreit: »Geh weg, du ordinäres Vieh!« und lauter solche Sachen, aber ich mach was Mr. Felder gesagt hat und lauf weiter.

Plötzlich kreischt sie: »O Gott! Mein Kleid!«

Bisher hab ich das noch gar nich gemerkt, aber jetzt guck ich runter, und – is doch tatsächlich ihr Kleid schon ganz da hinten in nem Busch hängengeblieben, und die Wolle hat sich total aufgezogen. Ich hab Raquel Welch auf 'm Arm und sie ist splitterfasernackt!

Ich bleib stehen und mach »ach . . . äh«, und will mich umdrehen und sie zurücktragen, aber sie brüllt gleich los: »Nein, du Idiot! Ich kann doch nicht so zurück!«

Ich frag, was ich denn dann machen soll, und sie meint, wir müssen 'n Versteck finden, bis sie sich was überlegt hat. Ich geh also tiefer in den Dschungel rein, und plötzlich kommt aus 'm Nichts 'n großes Flugobjekt auf uns zu, was sich an ner Liane zwischen den Bäumen durchschwingt. Es saust an uns vorbei – jetzt seh ich, da is 'n Affe –, kommt zurückgeschwungen, läßt die Liane los und landet vor unsren Füßen. Ich kipp fast aus den Latschen – das is niemand anders als wie Sue!

Raquel Welch fängt wieder an zu kreischen und zu schreien, und Sue umarmt mich um meine Beine rum. Keine Ahnung, wie er mich in meinem Monsteranzug erkannt hat – das heißt, wahrscheinlich hat er's gerochen. Raquel Welch fragt: »Kennst du diesen verdammten Gorilla etwa?«

»Das is kein Gorilla«, sag ich. »Das is 'n Orang-Utan. Er heißt Sue.«

Sie guckt mich irgendwie komisch an, und fragt dann: »Also, wenn's 'n Männchen ist, wieso heißt er dann Sue?«

»Das is ne lange Geschichte«, sag ich.

Raquel versucht, mit den Armen ihre Blöße zu bedecken, aber Sue weiß was Besseres. Er schnappt sich zwei große Blätter von nem Bananenbaum und gibt sie ihr, und mit denen kann sie sich zum Teil zudecken.

Später erfahr ich dann, daß wir quer durch unsren Dschungel durchgelaufen sind und in nen anderen Szenenaufbau geraten sind, und da wird 'n Tarzanfilm gedreht, wo Sue als Statist beteiligt ist. Wie sie mich damals bei den Pygmäen in Neuguinea gerettet hatten, sind bald drauf weiße Jäger gekommen, und die haben Sue eingefangen, und dann is das arme Schwein nach Los Angeles zu nem Tiertrainer verfrachtet worden, und jetzt wird er immer in Filmen eingesetzt.

Im Moment haben wir aber keine Zeit zum Erzählen, weil Raquel Welch mosert schon wieder und kreischt rum und meint: »Ihr müßt mich irgendwo hinbringen, wo ich mir was zum Anziehen besorgen kann!« Also, daß man im Dschungel irgendwo Klamotten kriegt, wär mir neu – auch wenn's bloß 'n Szenenaufbau is. Wir laufen also einfach weiter und hoffen, daß irgendwas passiert.

Auf einmal stehen wir vor nem hohen Bretterzaun, und ich sag mir, auf der andren Seite werden wohl irgendwo Klamotten aufzutreiben sein. Sue findet 'n loses Brett und drückt's auf die Seite, damit wir durchkommen, aber sobald ich durch bin, merk ich, ich tret ins Leere. Raquel Welch und ich, wir stürzen Hals über Kopf auf nen Abhang und kullern dann runter bis ganz unten hin. Ich guck mich um, und wir sind doch tatsächlich direkt neben ner richtig breiten Straße gelandet!

»O Gott!« kreischt Raquel Welch. »Das ist der *Santa Monica Freeway*!

Ich schau hoch, und Sue kommt in großen Sätzen den Hang runtergesprungen. Schließlich isser unten, und da stehen wir nun alle drei. Raquel Welch schiebt dauernd die Bananenblätter rauf und runter und versucht, sich zu bedecken.

»Und was machen wir jetzt?« frag ich. Autos sausen vorbei, und trotzdem wir 'n ziemlich merkwürdiges Bild abgeben müssen, nimmt keiner Notiz von uns.

»Ihr müßt mich irgendwo hinbringen!« brüllt sie. »Ich brauch endlich was zum Anziehen!«

»Wo sollen wir den hin?« frag ich.

»Egal wohin!« kreischt sie, und wir laufen dann eben den *Santa Monica Freeway* runter.

Nach ner Weile sehen wir ganz oben in den Bergen 'n großes weißes Schild, wo ›HOLLYWOOD‹ draufsteht. Raquel Welch meint: »Wir müssen endlich runter von diesem verdammten *Freeway*. Wir müssen zum *Rodeo Drive* kommen. Da kann ich mir was zum Anziehen kaufen.« Sie hat ganz schön was zu tun, weil sie versucht dauernd, sich bedeckt zu halten – wenn 'n Auto von vorne kommt, hält sie die Bananenblätter vorne hin, wenn eins von hinten kommt, hält sie sich die Dinger vor den Hintern. Bei Gegenverkehr sieht das echt scharf aus – wie wenn sie nen Fächertanz aufführen würd oder so.

Wir gehen querfeldein über ne große Wiese. »Muß uns dieser verdammte Affe unbedingt folgen?« fragt Raquel Welch. »Wir sehen auch so schon lächerlich genug aus!« Ich sag überhaupt nix, aber ich dreh mich um, und Sue lächelt ziemlich gequält. Ich glaub, das hat ihn verletzt.

Wir gehen jedenfalls weiter, und immer noch intressiert sich keiner für uns. Irgendwann kommen wir dann zu ner breiten Straße, und Raquel Welch sagt: »Großer Gott, das ist ja der *Sunset Boulevard!* Wie soll ich den Leuten bloß erklären, daß ich am hellichten Tag splitternackt über den *Sunset Boulevard* geh?« Also das ist echt 'n Problem, das seh ich auch, und irgendwie bin ich schon froh, daß mich in meinem Monsteranzug keiner erkennen kann – obwohl ich doch mit Raquel Welch zusammen bin.

Wir kommen an ne Ampel, und bei Grün gehen wir alle drei über die Straße. Der Fächertanz von Raquel Welch wird immer hektischer, und gleichzeitig lächelt sie den Leuten in den Autos zu, wie wenn sie auf der Bühne stehen würd. »Ich bin blamiert bis auf die Knochen«, zischt sie mich an. »Geschändet bin ich! Warte nur, bis wir das hinter uns haben. Ich krieg dich, du verdammter Idiot!«

In 'n paar Autos, wo an der Ampel stehen, hupen die Leute jetzt und winken, weil die Raquel Welch wohl erkannt, und wie wir die Straße überquert haben, biegen 'n paar Autos ab und fahren hinter uns her. Bis wir beim *Wiltshire Boulevard* sind, haben wir dann schon ne ganz anständige Menschenmenge im Schlepptau. Die Leute kommen aus ihren Häusern und Läden raus und laufen uns nach – grad wie beim Rattenfänger von Hameln oder so –, und Raquel Welch hat ne knallrote Rübe.

»In dieser Stadt kriegst du nie mehr Arbeit, das versprech ich dir«, sagt sie zu mir und lächelt in die Menge – aber mit zusammengebissenen Zähnen.

Wir gehen noch 'n Stück weiter, und dann seufzt sie: »Endlich, der *Rodeo Drive.*« Ich schau rüber, und gleich an der Ecke is wirklich 'n Geschäft für Damenmode. Ich tipp sie auf die Schulter und zeig rüber, aber Raquel Welch macht: »Igitt! Zu Papagallo doch nicht! Papagallo-Kleider trägt doch heute keiner mehr. Da fall ich lieber gleich tot um!«

Wir latschen also noch 'n Stück weiter, und dann meint sie: »Da! Giani! Die haben 'n paar hübsche Sachen.« Da gehen wir dann auch rein.

An der Tür steht 'n Verkäufer mit nem schmalen Schnauzer und nem weißen Anzug, und aus der Brusttasche guckt 'n Taschentuch raus. Der schaut uns ziemlich mißtrauisch an, wie wir in den Laden reinkommen.

»Womit kann ich dienen, gnädige Frau?« fragt er.

»Ich möchte ein Kleid kaufen«, sagt Raquel Welch.

»Woran dachten Sie denn?« will er wissen.

»Irgendein Kleid, Sie Blödmann! Sehen Sie denn nicht, was los ist?«

Der Verkäufer zeigt auf 'n paar Kleiderständer und meint, da müßt sie eigentlich was in ihrer Größe finden. Raquel Welch geht also rüber und guckt die Kleider durch.

»Und was kann ich für *Sie* tun, meine Herren?« fragt der Typ mich und Sue.

»Wir sind nur mit ihr da«, sag ich und schau mich um. Die ganzen Leute drücken sich am Schaufenster die Nasen platt.

Raquel Welch nimmt an die acht oder neun Kleider zum Anprobieren in die Umkleidekabine mit. Nach ner Weile kommt sie wieder raus und fragt: »Was halten Sie von dem?« Das Kleid hat ne bräunliche Farbe, und überall sind Schnallen und Schleifen dran, und tief ausgeschnitten isses.

»Ach, ich weiß nicht recht, meine Liebe«, sagt der Verkäufer. »Also, irgendwie sind das nicht *Sie*.« Raquel Welch geht wieder in die Kabine und probiert was andres an, und jetzt meint der Typ: »Großartig! Wie möchten Sie das Kleid bezahlen?«

»Was soll das heißen?« fragt sie.

»Nun, mit Bargeld, Scheck oder Kreditkarte«, sagt er.

»Jetzt hören Sie mal her, Sie Blödmann. Sehen Sie nicht, daß ich nichts Derartiges bei mir habe? Können Sie mir sagen, wo ich das hinstecken sollte?«

»Ich muß doch bitten, gnädige Frau, wir wollen doch nicht ordinär werden«, meint der Verkäufer.

»Ich bin Raquel Welch«, sagt sie zu ihm. »Ich schick dann jemand vorbei, der die Rechnung bezahlt.«

»Es tut mir schrecklich leid, gute Frau«, sagt er, »aber

das entspricht nicht unseren Geschäftsgepflogenheiten.«

»Aber ich bin Raquel *Welch*!« brüllt sie. »Erkennen Sie mich denn nicht?«

»Hören Sie zu, gute Frau«, sagt er. »Die eine Hälfte der Leute, die hier hereinkommen, gibt sich als Raquel Welch aus, und die andere Hälfte als Farrah Fawcett oder Sophia Loren oder irgend so jemand. Haben Sie einen Ausweis dabei?«

»Einen Ausweis?« kreischt sie. »Wie stellen Sie sich das vor? Wo zum Teufel soll ich den haben?«

»Kein Ausweis, keine Kreditkarte, kein Bargeld – also auch kein Kleid«, meint der Verkäufer.

»Ich werde Ihnen beweisen, wer ich bin, verdammt noch mal«, schreit Raquel Welch und zieht das Oberteil von ihrem Kleid runter. »Hat in dieser Scheißstadt vielleicht sonst noch jemand solche Titten?«

Draußen hämmern die ganzen Leute gegen die Scheiben und johlen und klatschen, aber der Verkäufer drückt auf nen kleinen Knopf, und 'n großer Bursche taucht auf und sagt: »Sie sind alle verhaftet. Es wäre besser für Sie, wenn Sie freiwillig mitkommen.«

23

Jetzt sitz ich also wieder mal im Gefängnis.

Dieser Hausdetektiv bei Giani hatte uns kaum festgesetzt, da sind schon zwei Autos voller Bullen mit Blaulicht und Sirene angerast. Einer von denen fragt den Verkäufer: »Nun, was liegt an?«

»Die da behauptet, sie sei Raquel Welch«, sagt der Verkäufer. »Kommt einfach hier rein mit nichts als ein paar Bananenblättern am Leib – und dann will sie ihr Kleid nicht bezahlen. Zu den zwei anderen kann ich eigentlich nichts sagen, aber verdächtig sehen die doch auch aus, nicht wahr?«

»Ich *bin* aber Raquel Welch!« brüllt sie.

»Aber sicher, meine Gute«, meint der Bulle. »Und ich bin Clint Eastwood. Warum gehen Sie nicht mit diesen beiden netten Onkeln mit?« Er zeigt auf zwei andere Polizisten.

»Und nun zu *eurer* Geschichte«, meint der Oberbulle und guckt mich und Sue an.

»Wir waren bei Filmaufnahmen«, sag ich.

»Ach, daher diese Aufmachung«, meint er und zeigt auf Sue: »Also, das Kostüm von dem da is ziemlich realistisch, das muß man sagen.«

»Er trägt kein Kostüm. Das is 'n reinrassiger Orang-Utan.«

»Was Sie nicht sagen«, meint der Bulle. »Ach, wissen Sie was? Bei uns auf der Wache haben wir auch einen, der Aufnahmen macht, und der möcht unbedingt ein paar Bilder von euch zwei Clowns schießen. Ihr kommt also auch mit. Und keine falsche Bewegung!«

Mr. Tribble muß mir jedenfalls wieder aus der Patsche helfen, und Mr. Felder taucht mit nem ganzen Pulk Rechtsanwälten auf, um Raquel Welch rauszuholen, die wo inzwischen total hysterisch is.

»Du kannst was erleben!« kreischt sie mich an, wie sie rausgelassen wird. »Du kriegst nicht mal mehr als Speerträger in nem Horrorstreifen ne Rolle!«

Da hat sie wahrscheinlich recht. Sieht ganz so aus, wie wenn meine Filmkarriere gelaufen wär.

»So ist das eben, Baby. Aber wir gehen mal zusammen essen. Wir telefonieren!« ruft Mr. Felder mir zu, wie er schon am Gehen is. »Wegen dem Monsteranzug schicken wir später jemand vorbei.«

»Komm, Forrest«, sagt Mr. Tribble. »Wir zwei haben noch eine Menge zu erledigen.«

Wie wir wieder im Hotel sind, setzen sich Mr. Tribble, Sue und ich zusammen und beraten.

»Also, problematisch ist das schon – mit Sue in einem Hotel«, meint Mr. Tribble. »Denkt nur dran, wie wir ihn die Treppe hochschmuggeln mußten. Mit einem Orang-Utan zu reisen, ist sehr schwierig, machen wir uns da nichts vor.«

Ich erzähl ihm, wie sehr ich an Sue häng und wie er mir im Dschungel mehr als einmal meine Haut gerettet hat und so.

»Nun, das kann ich verstehen«, sagt er. »Ich bin bereit, einen Versuch zu machen. Aber er muß sich benehmen, sonst bekommen wir wirklich die größten Schwierigkeiten.«

»Er *wird* sich benehmen«, sag ich, und Sue nickt und grinst richtig affig.

Am nächsten Tag is dann die große Begegnung. Ich treff auf den Großmeister Iwan Petrokowitsch – auch als der Ehrliche Iwan bekannt. Mr. Tribble is mit mir in nen Klamottenladen gegangen und hat nen Smoking für mich geliehen, weil das wird ne absolute Schickimicki-Sache, und da kommen alle möglichen Obermacker hin. Der Sieger kriegt zehntausend Dollar, und mit meiner Hälfte müßt ich eigentlich meine Krabbenzucht in die Gänge kriegen, ich darf also keinen Fehler machen.

Wir gehen dann in die Halle, wo das Spiel ausgetragen wird, und da laufen so circa tausend Leute in der Gegend rum, und der Ehrliche Iwan sitzt schon am Tisch und starrt mich bitterböse an – wie wenn er Mohammad Ali wär oder irgend so jemand.

Der Ehrliche Iwan is ’n großer, schwerer Russe mit so ner ganz hohen Stirn – wie das Monster vom Graf Frankenstein – und mit langen schwarzen Locken, wie man se manchmal bei Geigenspielern und solchen Leuten sieht. Wie ich hingeh und Platz nehm, brummt er bloß irgendwas, und 'n andrer Typ meint: »Das Spiel ist eröffnet«, und schon geht's los.

Der Ehrliche Iwan hat die Weißen und darf anfangen, und das macht er mit nem Zug, wo Ponziani-Eröffnung heißt.

Ich mach die Reti-Eröffnung, und erst mal läuft alles ganz glatt. Wir machen beide noch 'n paar Züge, und dann probiert's der Ehrliche Iwan mit 'm Falkbeer-Gambit. Er zieht mit 'm Springer und hat's auf meinen Turm abgesehen.

Da wird aber nix draus, vielmehr schlag ich *seinen* Springer, weil das hab ich kommen sehen und ihm die Arche-Noah-Falle gestellt. Glücklich isser da nich grad drüber, aber wie's aussieht, kommt er ganz schnell drüber weg, er fährt nämlich gleich die Darrasch-Drohung gegen meinen Läufer auf.

Da laß ich mich aber nich drauf ein und reagier mit der indischen Damenverteidigung, und er muß die Scheveningen-Variante einsetzen, und dann kann ich den Benoni-Konter ausspielen.

Der Ehrliche Iwan macht irgendwie nen frustrierten Eindruck und verknotet seine Finger und beißt sich auf die Unterlippe, und dann macht er nen Verzweiflungszug, nämlich die Gänseleber-Attacke, aber ich laß ihn auflaufen mit der Alekhin-Verteidigung.

Ne Weile sieht's nach nem Remis aus, aber dann macht der Ehrliche Iwan das Hoffman-Manöver – und bricht aus! Ich schau zu Mr. Tribble rüber, und der lächelt mich an und sagt in Lippensprache, »jetzt«, und ich weiß, was er meint.

Ich hab nämlich 'n paar Tricks auf Lager, wo mir Old Sam im Dschungel gezeigt hat. Die stehen in keinem Schachbuch, und jetzt isses an der Zeit, daß ich die ausspiel – erst mal die Kochtopf-Variante vom Kokosnuß-Gambit. Ich ködre ihn mit meiner Dame und wart drauf, daß der Kerl seinen Springer riskiert.

Tut er aber nich. Der Ehrliche Iwan muß den Braten schon vorher gerochen haben, und jetzt schnappt er sich meine Dame, und ich hab ernste Probleme! Als nächstes probier ich's mit dem Gráshütten-Trick, wo ich meinen Turm riskieren muß, aber er läßt sich nich bluffen. Er schlägt meinen Turm und meinen zweiten Läufer und will mich mit der Petroff-Sperre vollends fertigmachen, aber dann geh ich mit der Pygmäen-Drohung aufs Ganze.

Also die Pygmäen-Drohung is ne Spezialität von Old Sam gewesen, wo er mir echt gut beigebracht hat. Da kommt's auf den Überraschungseffekt an, und man muß gleich'n paar Figuren als Köder einsetzen, aber wenn einer erst mal da reingetappt is, kann er einpakken und nach Hause gehen. Ich hab ganz arg gehofft, daß es klappt, weil wenn nicht, hab ich nix mehr in petto und bin so gut wie geliefert.

Der Ehrliche Iwan räuspert sich 'n paarmal und nimmt den Springer in die Hand, und wenn er diesen Zug wirklich macht, schlägt die Pygmäen-Drohung voll zu. Dann brauch ich bloß noch zwei Züge, bis ich ihm Schach bieten kann, und er is total machtlos.

Aber der Ehrliche Iwan muß irgendwas gerochen haben, er fährt nämlich mit seiner Figur immer wieder vor und zurück – bestimmt acht oder neun Mal –, und nie nimmt er die Hand weg, weil dann würd's ja gelten.

Die Zuschauer sind jetzt total still – man könnt ne Stecknadel fallen hören –, und ich könnt platzen vor Aufregung. Wie ich zu Mr. Tribble rüberschau, guckt er nach oben, wie wenn er beten tät. Der Typ, wo mit dem Ehrlichen Iwan gekommen is, macht 'n bitterböses Gesicht. Der Ehrliche Iwan macht noch zwei, drei Mal den gleichen Zug, aber immer wieder nimmt er ihn zurück. Dann sieht's so aus, wie wenn er was andres machen will, aber jetzt nimmt er doch noch mal den Springer in die Hand, und ich halt den Atem an, und im ganzen Raum herrscht Grabesstille. Die Figur schwebt immer noch über 'm Brett, und mein Herz schlägt zum Zerspringen, und auf einmal guckt mir der Ehrliche Iwan direkt in die Augen. Wie das dann passiert is, kann ich echt nich sagen. Wahrscheinlich vor lauter Aufregung und so. Ich hab jedenfalls nen gewaltigen Bohnenfurz ziehen lassen, wo sich angehört hat, wie wenn man 'n Bettlaken auseinanderreißt!

Der Ehrliche Iwan is erst mal ganz baff, und dann läßt er seine Schachfigur fallen, und wirft die Arme in die Luft und macht, »igittigitt« und wedelt in der Luft rum und hustet und hält sich die Nase zu. Die Zuschauer um uns rum verziehen sich weiter nach hinten und fangen an zu maulen und holen ihre Taschentücher raus, und ich werd rot wie ne Tomate.

Aber wie's wieder 'n bißchen ruhiger wird, guck ich aufs Schachbrett, und da steht doch der Springer vom Ehrlichen Iwan tatsächlich genau auf dem Feld, wo ich ihn haben will! Den brauch ich mir jetzt bloß noch mit meinem Springer holen, und dann kann ich mir nacheinander zwei Bauern, die Dame und den König schnappen, und schon isser schachmatt, und ich gewinn das Spiel und die fünftausend Dollar! Die Pygmäen-Drohung is mal wieder 'n voller Erfolg!

Bloß is der Ehrliche Iwan am Maulen und Protestieren, und zusammen mit dem Typen, den wo er dabei hat, reicht er sofort ne förmliche Beschwerde gegen mich ein.

Der Leiter von dem Wettbewerb blättert in den Spielregeln rum, bis er ne Stelle findet, wo's heißt: »Während des Spiels ist es den Teilnehmern untersagt, durch ihr Verhalten den Gegner wissentlich abzulenken.«

Mr. Tribble tritt vor und meint: »Es dürfte Ihnen schwerfallen zu beweisen, daß mein Spieler *wissentlich* tat, was er tat. Es war vielmehr ein unwillkürlicher Vorgang.«

Der Turnierleiter blättert noch 'n bißchen in den Regeln rum und findet 'ne Stelle, wo steht: »Die Spieler dürfen beim Gegner nicht durch grobes oder unverschämtes Verhalten Anstoß erregen.«

»Hören Sie«, sagt Mr. Tribble, »hatten Sie noch nie das dringende Bedürfnis, Darmwind entweichen zu lassen? Forrest wollte damit überhaupt nichts demonstrieren. Er sitzt schon sehr lange auf diesem Stuhl.«

»Nun, ich weiß nicht recht«, sagt der Turnierleiter, »dem Wortlaut nach muß ich ihn wohl disqualifizieren.«

»Können Sie ihm nicht noch eine Chance geben?« fragt Mr. Tribble.

Der Turnierleiter kratzt sich ne Minute lang am Kinn. »Na ja, vielleicht«, meint er dann, »aber er muß sich zusammennehmen, wir können solche Geschichten hier nicht dulden, verstehen Sie?«

Es sieht also ganz so aus, wie wenn ich die Partie fertigspielen darf, aber auf einmal gibt's am andren Ende vom Raum 'n Mordsspektakel, und die Frauen fangen an rumzukreischen, und wie ich zur Decke hochschau, kommt Sue am Kronleuchter auf mich zugeschwungen.

Wie der Leuchter direkt über mir is, läßt Sue los und landet mitten auf 'm Schachbrett, und die Figuren fliegen in alle Richtungen. Der Ehrliche Iwan stürzt rückwärts über nen Stuhl, und im Fallen reißt er ner dicken alten Dame, wo aussieht, wie wenn sie für nen Juwelierladen Reklame machen würd, ihr halbes Kleid vom Leib. Die fängt an, um sich zu schlagen, und brüllt wie am Spieß und verpaßt dem Turnierleiter eins auf die Nase, und Sue hüpft in der Gegend rum und klappert mit den Zähnen. Es herrscht ne richtige Panik, und alle stampfen und stolpern und rufen nach der Polizei.

Mr. Tribble packt mich am Arm und sagt: »Los, verschwinden wir hier. Mit der Polizei haben Sie in dieser Stadt schon genug zu tun gehabt.«

Da muß ich ihm rechtgeben.

Wir schaffen's zurück ins Hotel, und Mr. Tribble meint, wir müssen noch mal beraten.

»Forrest«, sagt er, »in diesem Geschäft werden wir wohl keinen Fuß mehr auf den Boden bringen. Ihr Schachspiel ist traumhaft, aber sonst ist alles viel zu kompliziert geworden. Was heute nachmittag so alles passiert ist, war, gelinde gesagt, bizarr.«

Ich nick, und auch Sue macht nen ziemlich geknickten Eindruck.

»Sie sind ein guter Junge, Forrest, und ich kann Sie nicht einfach hier in Kalifornien sich selbst überlassen. Ich sorge dafür, daß Sie und Sue nach Alabama zurückkommen. Ich weiß, Sie brauchen etwas Startkapital für ihre Krabbenzucht. Ihr Gewinnanteil aus den früheren Spielen beläuft sich nach Abzug der Unkosten auf knapp fünftausend Dollar.«

Mr. Tribble gibt mir nen Umschlag, und wie ich reinguck, sind jede Menge Hundert-Dollar-Scheine drin.

»Ich wünsche Ihnen alles Gute für Ihr Projekt«, sagt er.

Mr. Tribble läßt 'n Taxi kommen und fährt mit uns zum Bahnhof, wo er für uns alles regelt. Sue kann in ner Kiste im Gepäckwagen mitfahren, und ich kann ihn da hinten jederzeit besuchen und ihm Wasser oder was zum Essen bringen. Die Kiste wird rausgebracht, und Sue klettert rein und wird weggetragen.

»Also dann, viel Glück, Forrest«, sagt Mr. Tribble und schüttelt mir die Hand. »Hier, meine Karte. Melden Sie sich doch mal und berichten Sie, wie Sie vorankommen, ja?«

Ich nehm seine Karte und schüttle ihm noch mal die Hand und bin richtig traurig, daß ich weggeh, weil Mr.

Tribble is echt 'n netter Mann, und ich hab ihn enttäuscht. Dann sitz ich im Zug und schau aus 'm Fenster. Mr. Tribble steht noch auf 'm Bahnsteig, und wie der Zug losfährt, hebt er die Hand und winkt zum Abschied.

Ich bin also wieder auf Achse, und in dieser Nacht träum ich von allem möglichen – vom Heimfahren, von meiner Mami, vom armen Bubba und von der Krabbenzucht und natürlich auch von Jenny Curran. Und mehr als alles in der Welt wünsch ich mir, ich wär nich so 'n bekloppter Blödmann.

24

Nun bin ich also tatsächlich wieder zu Hause.

Der Zug is so circa um drei Uhr früh in den Bahnhof eingefahren, und die haben Sue aus seiner Kiste geholt und uns auf 'm Bahnsteig stehenlassen. Kein Mensch war zu sehen, als wie bloß 'n Typ, wo den Boden fegt, und 'n andrer, wo im Wartesaal auf ner Bank döst. Sue und ich gehn in Richtung Innenstadt, und schließlich finden wir in nem leerstehenden Haus nen Platz zum Schlafen.

Am nächsten Morgen besorg ich für Sue unten am Hafen 'n paar Bananen, und mir bestell ich in ner Imbißbude 'n Mordsfrühstück mit Grütze, Eiern mit Speck, Pfannkuchen und allem drum und dran. Dann sag ich mir, jetzt mußt du aber endlich in die Gänge kommen und mach mich auf die Socken zu dem Fürsorgeheim von den *Little Sisters of the Poor*. Unterwegs kommen wir auch an dem Platz vorbei, wo früher mal unser Haus gestanden hat, aber jetzt is da nix mehr als wie Unkraut und 'n bißchen verkohltes Holz. Ich krieg 'n mulmiges Gefühl, und wir gehen sofort weiter.

Wie wir zu dem Fürsorgeheim kommen, sag ich zu Sue, er soll im Hof warten, daß die Schwestern sich nich erschrecken, und dann geh ich rein und frag nach Mami.

Die Chefin von den Schwestern is total nett, aber wo Mami is, weiß sie nich, bloß daß sie mit nem Protestanten abgehauen is. Ich könnt ja mal im Garten fragen, meint sie, weil da hat sie am Nachmittag immer mit 'n paar andren Damen gesessen. Ich hol Sue, und wir gehen in den Garten.

'n paar Damen hocken auf Bänken, und ich geh hin und sag einer von denen, wer ich bin, und sie schaut Sue an und meint: »Hätte ich mir ja eigentlich denken können.«

Aber dann verrät sie mir, daß sie gehört hat, daß Mami in ner chemischen Reinigung am andren Ende von der Stadt Hosen bügelt. Sue und ich, wir gehn da hin, und meine arme Mami is auch wirklich in dieser Wäscherei und quält sich mit so ner Hose.

Wie sie mich sieht, läßt sie alles stehen und liegen und fällt mir um den Hals. Sie heult und krampft ihre Hände zusammen und schluchzt – genau wie früher. Die gute alte Mami.

»Ach, Forrest«, sagt sie. »Endlich bist du wieder zuhause. Kein einziger Tag is vorbeigegangen, ohne daß ich an dich gedacht hab, und solang du wegwarst, hab ich mich jede Nacht in den Schlaf geheult.« Das überrascht mich nu nich besonders, und ich frag nach diesem Protestanten.

»Dieses niederträchtige Stinktier!« ruft Mami. »Ich hätt's eigentlich besser wissen müssen, als ausgerechnet mit nem Protestanten abzuhauen. Keinen Monat hat's gedauert, und schon hat er mich wegen ner Sechzehnjährigen sitzenlassen. Der Kerl is beinah sechzig! Forrest, eins kann ich dir sagen – Protestanten haben keine Moral.«

Von Jenny – mal wieder – verlassen, schmiedet Forrest trotzdem Pläne für die Zukunft; er und Lieutenant Dan, die beiden ›Kriegshelden‹, entwerfen sozusagen einen Schlachtplan.

Nach langer Zeit wird noch ein Traum endlich wahr: Forrest kauft ein Krabbenfischerboot! Nach und nach tauchen diverse alte Freunde auf, um ihm zu helfen, u. a. auch Lieutenant Dan, sein ehemaliger Vorgesetzter aus der gemeinsamen Militärzeit in Vietnam.

Aller Anfang ist schwer, aber Forrest gibt nicht auf. Täglich fährt er mit seinem Boot ›Jenny‹ hinaus, doch was ihm anfangs ins Netz geht, hat nicht im entferntesten Ähnlichkeit mit Krabben. Wenn doch nur die richtige Jenny da wäre! Und siehe da, eines Tages . . .

Genau in diesem Moment kommt aus der Reinigung ne laute Stimme: »Gladys, hast du etwa ne Hose in der Dampfpresse gelassen?«

»O Gott!« ruft Mami und rennt wieder rein. Auf einmal kommt ne große Rauchwolke aus 'm Fenster, und da drin sind irgendwelche Leute am Brüllen und Fluchen, und schon wird Mami von nem großen alten Glatzkopf, wo brüllt und grob zu ihr is, aus 'm Laden gezerrt.

»Raus hier! Verschwinde!« schreit er. »Das ist der Gipfel! Du wirst hier keine Hosen mehr verbrennen!«

Mami jammert und weint, und ich geh auf den Typen zu und sag: »Nehmen Sie ihre Pfoten von meiner Mami weg.«

»Wer zum Teufel sind Sie denn?« fragt er.

»Forrest Gump«, sag ich, und er meint: »Dann machen Sie, daß Sie hier wegkommen, verdammt noch mal, und nehmen Sie ihre Mami gleich mit, weil die arbeitet hier nich mehr!«

»Ich rate Ihnen, nich in so nem Ton zu reden, wenn meine Mami dabei is«, sag ich, und er gibt zurück: »Ach ja? Und was willst dagegen machen?«

Da zeig ich's ihm eben. Ich schnapp ihn und halt ihn hoch und trag ihn in den Raum, wo das ganze Zeugs gewaschen wird, und da steht ne Mordsmaschine für Bettdecken und Läufer und all so was, und ich mach den Deckel auf und stopf ihn rein und mach wieder zu und schalt auf ›Schleudern‹.

Wie wir rausgehen, schaltet die Maschine grad auf ›Spülen‹, und das letzte, was ich von dem Kerl seh, is sein Arsch, der wo grad hochgewirbelt wird.

Mami heult und tupft sich mit nem Taschentuch die Augen und meint: »Ach Forrest, jetzt habe ich meine Stelle verloren!«

»Mach dir da mal keine Sorgen«, sag ich ihr, »das wird schon, weil ich hab *Pläne.*«

»Wie kannst *du* Pläne haben, Forrest?« jammert sie. »Du bist doch 'n Idiot. Wie kann ein armer Idiot Pläne haben?«

»Du wirst schon sehen«, sag ich und bin jedenfalls froh, daß ich nen guten Start gehabt hab an meinem ersten Tag daheim.

Wir sind zu der Pension gegangen, wo Mami gewohnt hat. Wie ich ihr Sue vorstell, meint sie, sie findet's schön, daß ich *überhaupt* nen Freund hab – und wenn's auch bloß 'n Affe is.

Ich hab dann mit Mami in ihrer Pension zu Abend gegessen, und sie hat für Sue ne Orange aus der Küche geholt. Hinterher bin ich mit Sue auf 'n Busbahnhof zum Bus nach Bayou La Batre, wo die Familie von Bubba zuhause is. Mami steht auf der Veranda und guckt uns nach, und natürlich wischt sie sich die Augen und heult. Ich hab ihr die Hälfte von den fünftausend Dollar gegeben, daß sie versorgt is und ihre Miete zahlen kann, bis ich alles auf der Reihe hab, ich brauch also nich so 'n schlechtes Gewissen haben.

Wie der Bus dann in Bayou La Batra is, finden wir das Haus von Bubbas Leuten ohne Schwierigkeiten. Es is so circa acht Uhr abends, und ich klopf an die Tür, und nach ner Weile taucht 'n älterer Mann auf und fragt, was ich will. Ich sag ihm, wer ich bin, und daß ich Bubba kenn – vom Football und aus der Army. Er wird 'n bißchen nervös, aber er meint, ich soll reinkommen. Zu Sue hab ich vorher gesagt, er soll im Hof draußen bleiben und sich nich blicken lassen, weil so was wie ihn haben die da unten vermutlich noch nie gesehen.

Der Mann is jedenfalls der Vater von Bubba, und er gibt mir 'n Glas Eistee und stellt jede Menge Fragen. Er will alles über Bubba wissen, wie er gefallen is und all so was, und ich erzähl ihm das, so gut wie ich's kann.

Schließlich meint er: »Eine Sache ist mir die ganzen

Jahre durch den Kopf gegangen, Forrest. Warum hat Bubba sterben müssen, was glauben sie?«

»Weil ihn ne Kugel getroffen hat«, antworte ich, aber er sagt: »Nein, das meine ich nicht. Warum war er überhaupt dort?«

Ich überleg mir das ne Weile und sag: »Also, wir wollten eben alles richtig machen. Ach, eigentlich haben wir nur gemacht, was wir gesagt gekriegt haben.«

»Und glaubst du, das hat sich gelohnt? Was wir da gemacht haben? Die ganzen Jungs, die gefallen sind?« fragt er.

Und ich sag: »Also, wissen Sie, ich bin bloß 'n Idiot. Aber wenn Sie wirklich meine Meinung hören wollen, ich glaub, das war ne ganz große Kacke.«

Bubbas Papa nickt. »Zu dem Ergebnis bin ich auch gekommen«, sagt er.

Dann erzähl ich ihm, warum ich gekommen bin, und wie Bubba und ich ins Krabbengeschäft einsteigen wollten, und daß ich den alten Chinesen getroffen hab, wie ich im Lazarett gewesen bin, der wo mir gezeigt hat, wie man Krabben züchtet, und das interessiert den Vater von Bubba, und er stellt nen Haufen Fragen. Auf einmal kommt vom Hof 'n Wahnsinnsgegacker.

»Irgendwas is da draußen hinter meinen Hühnern her!« ruft Bubbas Vater, holt 'n Gewehr hinter der Tür vor und geht raus auf die Veranda.

»Ich muß Ihnen was sagen«, stottre ich und erzähl ihm, daß Sue da draußen is – bloß sehn tut man von ihm absolut nix.

Bubbas Daddy geht noch mal ins Haus und holt ne Taschenlampe, und mit der leuchtet er dann im Hof rum. Wie er den Strahl auf nen großen Baum richtet, steht da ne Ziege, oder vielmehr 'n richtig großer Ziegenbock und scharrt, und wie er den Baum hochleuchtet, hockt da oben der arme Sue auf nem Ast, halb tot vor Angst.

»Dieser Bock! Das macht der andauernd!« ruft Bubbas Vater. »Los, weg da!« brüllt er und wirft nen Stock nach dem Viech. Wie der Ziegenbock abgezogen is, kommt Sue vom Baum runter, und wir lassen ihn ins Haus.

»Was ist denn das?« will Bubbas Vater wissen.

»'n Orang-Utan«, sag ich.

»Sieht so ähnlich aus wie 'n Gorilla, nich?«

»'n bißchen vielleicht«, sag ich. »Is aber keiner.«

Jedenfalls meint Bubbas Vater, wir könnten über Nacht bleiben, und morgen früh geht er mit uns los, und dann wollen wir mal sehen, ob wir nich ne Stelle für die Krabbenzucht finden. Vom Bayou kommt ne frische Brise, und man hört die Frösche und Heuschrecken und sogar den Platscher, wenn ab und zu 'n Fisch hochspringt. 'n hübsches, friedliches Plätzchen isses, und ich nehm mir sofort ganz fest vor, hier krieg ich keinen Ärger.

Am nächsten Morgen sind wir schon mit den Hühnern aufgestanden, und Bubbas Daddy hat uns 'n Mordsfrühstück gemacht – mit Hausmacherwurst und frischen Eiern und Brötchen und Melasse, und dann sind wir in seine kleines Boot gestiegen, und er stakt uns den Bayou runter. Es is ganz ruhig, und über 'm Wasser liegt 'n leichter Nebel. Ab und zu fliegt 'n großer Vogel aus der Marsch auf.

»Da drüben kommt die Salzwasserflut rein«, sagt Bubbas Vater und zeigt auf nen schlammigen Wasserarm, wo sich durch die Marsch zieht. »Und da hinten hat's 'n paar ziemlich große Teiche. Da würd ich's an eurer Stelle probieren.«

Er stakt uns das schlammige Wasser hoch. »Schaut, da drüben«, sagt er, »da is ne kleine Erhebung, und da sieht man grad noch das Dach von der Hütte, die dort steht.«

»Da hat der alte Tom LeFarge gewohnt, aber er is nun schon vier oder fünf Jahre tot, und das gehört keinem. Wenn ihr wollt, könnt ihr drin wohnen. Ihr müßt die Hütte allerdings 'n bißchen herrichten. Wie ich das letzte Mal vorbeigeschaut hab, sind da auch noch 'n paar alte Ruderboote am Ufer gelegen. Wenn ihr die abdichtet, müßten sie eigentlich schwimmen.«

Er stakt uns weiter und meint: »Der alte Tom hat Laufbretter durch die Marsch zu den Teichen runter gelegt, weil da hat er geangelt und Enten geschossen. Den Laufsteg könnt ihr wahrscheinlich reparieren.«

Also, ich kann Ihnen sagen, richtig ideal hat das alles ausgesehen. Bubbas Daddy meint, Krabben sieht man in dem schlammigen Wasser und in den Bayous andauernd, es wär also gar kein Problem, mit nem Netz nen Schwung von den Dingern rauszufischen, wo man dann die Zucht mit anfangen kann. Außerdem is ihm aufgefallen, daß Krabben Baumwollsamenmehl fressen, was prima is, weil das Zeug is spottbillig.

Die Hauptsache is, daß wir die Teiche da, wo die Flut reinkommt, mit Maschendraht absperren und die kleine Hütte zum Wohnen herrichten und ne Portion Vorräte ranschaffen – Erdnußbutter, Marmelade, Brot und das ganze Zeugs –, und dann kann's losgehen mit der Krabbenzucht.

Wir haben also noch am gleichen Tag angefangen. Bubbas Daddy hat mich zu seinem Haus zurückgerudert, und dann sind wir in die Stadt gefahren und haben die ersten Sachen eingekauft. Er meint, wir können sein Boot nehmen, bis wir unsres in Schuß haben, und Sue und ich, wir bleiben dann gleich über Nacht in der kleinen Fischerhütte. Es regnet ganz ordentlich, und jede Menge Wasser läuft durchs Dach, aber das macht mir gar nix. Am nächsten Morgen geh ich einfach raus und reparier's.

Fast nen Monat hat's gedauert, bis wir die Sache ins Rollen gebracht haben. Erst mußten wir die Hütte bewohnbar machen, die Ruderboote und die Laufbretter in der Marsch reparieren und einen von den Teichen mit Maschendraht auslegen. Dann isses endlich so weit, daß wir nen Schwung Krabben reintun können. Ich hab 'n Krabbennetz gekauft und fahr mit Sue im Ruderboot raus, und beinah den ganzen Tag ziehen wir das Netz durchs Wasser. Am Abend haben wir bestimmt fünfzig Pfund Krabben in unserem Rieseneimer, und wir rudern zu dem Teich und kippen sie rein, und die sind am Zappeln und Rumschwimmen und hüpften an der Oberfläche rum, daß es ne Freude is.

Am nächsten Morgen haben wir fünfhundert Pfund Baumwollsamenmehl besorgt und hundert gleich in den Teich geschmissen, daß die Krabben was zu beißen haben. Am Nachmittag haben wir gleich mit 'm Absperren vom nächsten Teich angefangen.

Das haben wir dann den ganzen Sommer gemacht und auch den ganzen Herbst, Winter und Frühling, bis schließlich vier Teiche in Betrieb sind, und alles richtig rosig aussieht. Abends setz ich mich immer vor der Hütte auf die Veranda und spiel auf meiner Mundharmonika, und am Samstag geh ich in die Stadt und hol uns nen Sechserpack Bier und besauf mich mit Sue. Endlich hab ich das Gefühl, ich gehör wo hin und mach ne anständige Arbeit, und ich sag mir, wenn wir die ersten Krabben verkauft haben, isses vielleicht okay, daß ich nach Jenny such und schau, ob sie immer noch sauer auf mich is.

25

An nem richtig schönen Tag im Juni haben wir uns gesagt, jetzt isses Zeit mal richtig Abzufischen. Ich und Sue, wir sind schon bei Sonnenaufgang aus 'n Federn gekrochen und zu nem Teich runtergegangen und haben 'n Netz durchs Wasser gezogen, bis es irgendwo hängengeblieben is oder so. Erst hat Sue probiert, ob er's losreißen kann, und dann ich, und dann haben wir's zusammen versucht, bis wir geschnallt haben, das hängt ja gar nich fest – das is bloß so was von voll mit Krabben, daß wir's nich mehr von der Stelle kriegen!

Am Abend hatten wir so circa dreihundert Pfund Krabben an Land gezogen, und die haben wir dann in der Nacht in verschiedene Größen sortiert. Am nächsten Morgen haben wir die Krabben in Körbe geladen und zu unserem kleinen Ruderboot runtergetragen. So schwer sind die gewesen, daß wir unterwegs beinah gekentert wären.

In Bayou La Batre gibt's nen Abpackbetrieb für Meerestiere, und zusammen mit Sue schlepp ich die Krabben in den Raum, wo gewogen wird. Wie alles zusammengezählt is, kriegen wir nen Scheck über achthundertfünfundsechzig Dollar! Mehr oder weniger mein erstes ehrlich verdientes Geld, seit ich bei der *Cracked Eggs* Mundharmonika gespielt hab.

Fast zwei Wochen lang fang ich mit Sue jeden Tag Krabben und bring sie zum Abpackbetrieb. Wie wir schließlich fertig sind, haben wir insgesamt 9700,26 Dollar verdient. Unsre Krabbenzucht is 'ne Erfolg!

Also, ich kann Ihnen sagen, das war 'n freudiges Ereignis. Wir haben Bubbas Daddy nen großen Korb Krabben gebracht, und er hat sich riesig gefreut und gemeint, er is richtig stolz auf uns, und wenn bloß

Bubba auch dabei wäre. Ich und Sue, wir sind dann mit 'm Bus nach Mobile zum Feiern. Als allererstes geh ich zu meiner Mami in die Pension und erzähl ihr von dem Geld und so, und wie könnt's anders sein – sie kriegt gleich wieder feuchte Augen.

»Ach, Forrest«, sagt sie, »ich bin so stolz auf dich. Was du für tolle Sachen machst, wo du doch eigentlich zurückgeblieben bist.«

Ich erzähl Mami jedenfalls von meinen Plänen, nämlich daß wir nächstes Jahr dreimal so viel Krabbenteiche anlegen wollen und jemand brauchen, wo sich ums Geld kümmert und um die Auslagen und all so was, und ich frag sie, ob *sie* das nich machen will.

»Soll das heißen, ich muß nach Bayou La Batre ziehen?« fragt Mami. »Da is doch rein gar nix los. Was soll ich denn da mit mir anfangen?«

»Geld zählen«, sag ich.

Dann bin ich mit Sue in der Innenstadt ganz groß essen gegangen. Ich bin zum Hafen runter und hab Sue nen Haufen Bananen gekauft, und dann hab ich geguckt, wo's das größte Steak gibt, und das hab ich mir dann bestellt – mit Kartoffelbrei und Erbsen und allem drum und dran. Dann hab ich beschlossen, ich geh 'n Bier trinken, und wie ich grad an nem schummrigen Saloon beim Hafen vorbeilatsch, hör ich total lautes Gefluche und Geschrei. Die Stimme kenn ich doch, auch nach all den Jahren. Ich steck meinen Kopf durch die Tür – und richtig! Es is der gute alte Curtis von der Uni!

Curtis freut sich riesig, daß er mich sieht, und nennt mich 'n Arschloch und nen Saftsack und was ihm sonst grad noch für hübsche Sachen einfallen. Wie sich rausstellt, is er nach der Uni bei den *Washington Redskins* ins Profigeschäft eingestiegen, aber die haben ihn rausgeschmissen, wie er bei ner Party die Frau vom Clubeigentümer in den Hintern gebissen hat. Er hat noch 'n paar Jahre in andren Mannschaften gespielt, aber dann hat er sich als Hafenarbeiter verdingt, und er meint, der Job is grade richtig – bei dem, was er an der Uni so an Bildung mitgekriegt hat.

Curtis spendiert mir jedenfalls 'n paar Bier, und wir unterhalten uns über alte Zeiten. Snake hat bei den *Green Bay Packers* als Quarterback gespielt, bis er erwischt worden is, wie er beim Spiel gegen die *Minnesota Vikings* in der Halbzeit nen Liter polnischen Wodka weggeputzt hat. Dann hat er bei den *New York Giants* gespielt, bis er im Spiel gegen die *Rams* die Freiheitsstatuen-Taktik angewandt hat. Der Trainer von den *Giants* hat gemeint, diese Nummer hätt im Profi-Football schon seit 1931 keiner mehr gebracht, und da gäb's keine Entschuldigung für. Curtis meint allerdings, Snake war nur total bekifft und hat sich zurückgebeugt, weil er zu nem Paß ausholen wollte. Bloß hat er dann schlicht vergessen, den Ball zu werfen. Der linke Hinterspieler kriegt das zufällig mit, rennt hinter ihm vorbei und nimmt ihm den Ball weg. Von der Freiheitsstatuen-Taktik kann also keine Rede sein. Jedenfalls is Snake jetzt zweiter Trainer bei irgend so 'nem Verein in Georgia.

Nach 'n paar Bier kommt mir ne Idee, und ich weih Curtis gleich ein.

»Wie wär's, wenn du für mich arbeiten würdest?« frag ich.

Curtis flucht und tobt, aber nach ein, zwei Minuten krieg ich das Gefühl, eigentlich will er fragen, was das für ne Arbeit is. Ich erzähl ihm also von der Krabbenzucht und daß wir expandieren wollen. Er flucht und mault noch ne Weile weiter, aber was er damit sagen will is »ja«.

Den ganzen Sommer und Winter und den nächsten Frühling haben wir dann schwer gearbeitet, also ich,

Sue, Mami und Curtis – und sogar für Bubbas Daddy gab's noch nen Job. In diesem Jahr haben wir dreißigtausend Dollar verdient, und unser Laden is immer größer geworden. Es könnt überhaupt nich besser laufen. Mami heult praktisch nie, und einmal sehn wir sogar Curtis lächeln, aber wie er merkt, daß wir gucken, fängt er sofort wieder an zu fluchen. Für mich isses allerdings keine ganz so glückliche Zeit, weil ich muß andauernd dran denken, was wohl aus Jenny geworden is.

Irgendwann hab ich dann beschlossen, da kümmerste dich jetzt mal drum. An nem Sonntag is das gewesen, und ich hab mich in Schale geschmissen und den Bus nach Mobile genommen und bin zum Haus von Jennys Mutter gegangen. Wie ich klopf, sitzt sie vor 'm Fernseher.

Ich sag ihr, wer ich bin, und sie meint: »Forrest Gump! Ich kann's einfach nicht glauben. Komm doch rein!«

Na ja, sie fragt nach meiner Mami, und was ich so gemacht hab, und schließlich frag ich dann nach Jenny.

»Oh, viel läßt sie nicht grad von sich hören«, meint Mrs. Curran. »Soweit ich weiß, wohnen sie irgendwo in North Carolina.«

»Hat sie ne Mitbewohnerin?« frag ich.

»Ach, weißt du das denn nicht, Forrest?« meint sie. »Jenny ist verheiratet.«

»Verheiratet?«

»Schon seit ein paar Jahren. Sie hat in Indiana gewohnt, aber dann ist sie nach Washington gegangen, und auf einmal bekomme ich eine Postkarte. Da steht drauf, sie hat geheiratet und zieht nach North Carolina. Soll ich ihr etwas ausrichten, wenn ich von ihr höre?«

»Nein, Ma'm«, sag ich, »eigentlich nich. Das heißt, vielleicht könnten Sie ihr sagen, daß ich ihr alles Gute wünsch.«

»Mach ich«, sagt Mrs. Curran. »Hat mich wirklich gefreut, daß du vorbeigeschaut hast.«

Also, mir is klar, eigentlich hätt ich ja auf so was gefaßt sein müssen, ich war's aber nich.

Mein Herz schlägt wie wild, und ich krieg kalte, feuchte Hände und will mich bloß noch irgendwie ganz klein zusammenrollen, wie damals, wo Bubba gefallen is – und das mach ich dann auch. Ich kriech bei irgend jemand hinter 'm Haus unter ne Hecke und roll mich zusammen. Sogar am Daumen hab ich gelutscht, glaub ich, was ich schon lang nich mehr gemacht hab, weil meine Mami hat immer gesagt, da könnt man ganz klar dran sehen, daß einer 'n Idiot is – außer bei Babys. Ich weiß nich, wie lang ich so dagelegen hab. So circa anderthalb Tage, schätz ich.

Jenny mach ich keine Vorwürfe, sie hat bloß getan, was sie tun mußte. Ich bin nun mal 'n Idiot. Nun sagen zwar viele Leute, sie haben nen Idioten geheiratet, aber die können sich gar nich vorstellen, was ihnen blühen tät, wenn se mal irgendwann nen wirklichen Idioten heiraten würden. Vor allem tu ich mir selber leid, weil ich hab mir so lang eingeredet, daß Jenny und ich eines Tages zusammen sein werden, bis ich fest dran geglaubt hab. Und wie ich nun von ihrer Mutter erfahr, daß sie geheiratet hat, is das, wie wenn 'n Teil von mir für immer abgestorben wär, weil heiraten is was andres als wie weglaufen. Heiraten is ne richtig ernste Angelegenheit. In der Nacht hab ich manchmal geheult, aber das hat auch nich viel geholfen.

Am Nachmittag bin ich dann irgendwann aus meinem Busch vorgekrochen und wieder nach Bayou La Batre gefahren. Was passiert is, hab ich aber keinem erzählt, weil ich hab mir gesagt, das nützt sowieso nix. Bei den Teichen gab's einiges zu tun, Netze flicken und all so was, und das hab ich dann eben ganz alleine gemacht. Bis ich fertig bin, isses schon dunkel, und ich faß nen Entschluß – ich werd mich total ins Krabbengeschäft stürzen und volle Kanne ranklotzen. Sonst bleibt mir ja nix mehr zu tun.

Das mach ich dann auch.

In diesem Jahr machen wir 75000 Dollar Umsatz, und das Geschäft wächst derart, daß ich neue Leute einstellen muß, wo uns den Laden schmeißen helfen – unter anderem auch Snake, also den Quarterback aus der Uni. Er is nich grad glücklich mit dem Job, wo er bei dem Provinzclub hat, und bei mir is er dann zusammen mit Curtis für Aushub und Überlaufrinnen zuständig. Dann krieg ich mit, daß Trainer Fellers seinen Job an der *High school* aufgegeben hat und stell ihn zusammen mit seinen zwei Gorillas ein. Die arbeiten dann auf den Booten und auf 'm Pier.

Bald kriegen die Zeitungen Wind von unserem Geschäft und schicken nen Reporter, der wo mich interviewen soll für ne Geschichte – so in etwa nach dem Motto, Sohn kleiner Leute bringt's zu was. Das erscheint dann am nächsten Sonntag mit nem Foto von mir und Mami und Sue, und die Schlagzeile lautet: »Amtlich beglaubigter Idiot sichert seine Zukunft durch neuartiges Meeresexperiment«.

Na ja. Mami meint dann bald, sie braucht jemand, wo ihr in der Buchhaltung hilft und in finanziellen Dingen durchblickt, weil wir jetzt so viel Geld verdienen. Ich überleg mir das ne Weile, dann fällt mir ein, ich könnt mich mit Mr. Tribble in Verbindung setzen, weil der hat nen Haufen Geld verdient, vor er sich zur Ruhe gesetzt hat. Er freut sich, daß ich anruf und sagt, er kommt gleich mit 'm nächsten Flugzeug.

Wie er ne Woche da is, meint Mr. Tribble, wir müssen uns zusammensetzen und alles durchsprechen.

»Forrest«, sagt er, »was Sie hier geleistet haben, ist

ganz erstaunlich, aber jetzt ist ein Punkt erreicht, an dem eine ernsthafte Finanzplanung nötig ist.«

Ich frag, für was denn, und er erklärt's mir: »Investitionen! Diversifizierung! Schauen Sie, so weit ich es überblicke, werden Sie im laufenden Steuerjahr einen Gewinn von circa 190000 Dollar erwirtschaften, und nächstes Jahr dürften Sie einer Viertelmillion recht nahekommen. Bei derartigen Gewinnen muß man reinvestieren, sonst schlägt das Finanzamt erbarmungslos zu. Reinvestitionen sind das A und O des amerikanischen Geschäftslebens!«

Gut, dann machen wir das eben.

Mr. Tribble managt diese Sachen, und wir gründen 'n paar Firmen. Eine heißt *Gump's Shellfish Company*, ne andre *Sue's Stuffed Crabs, Inc.* und wieder ne andre *Mama's Crawfish toufe, Ltd.*

Aus der Viertelmillion wird ne halbe und im Jahr drauf ne ganze, und noch mal vier Jahre später sind wir dann 'n Fünf-Millionen-Dollar-Unternehmen. Beinah dreihundert Angestellte haben wir jetzt, und da gehört auch der ›Kuhfladen‹ und der ›Kohlkopf‹ dazu. Die Ringerkarriere von den beiden is vorbei, und bei uns stapeln sie in der Lagerhalle Kisten. Wir wollten unbedingt den armen Dan finden, aber der is spurlos verschwunden. Mike, den Ringkampfpromoter, *haben* wir gefunden, und der hat die Bereiche Werbung und Öffentlichkeitsarbeit übernommen. Auf Vorschlag von Mr. Tribble hat Mike sogar Raquel Welch für 'n paar Reklamespots engagiert. Sie is in nem Kostüm, in dem sie wie ne Krabbe ausgesehen hat, 'n bißchen rumgetanzt und hat gesagt: »Bevor Sie *Sue's* probiert haben, wissen Sie gar nicht, was Krabben sind.«

Wir sind jedenfalls ganz groß im Geschäft und besitzen jede Menge Kühllaster und ne ganze Flotte Krabben- und Austern- und Fischkutter. Zu unsrer Firma gehört 'n eigner Abpackbetrieb und 'n Bürogebäude.

Nen Haufen Geld haben wir in Immobilien angelegt – in Wohnhäusern und Einkaufszentren und Öl- und Gaskonzernen. Professor Quackenbush haben wir auch eingestellt, weil der hat in Harvard ne Studentin belästigt und is rausgeflogen, und bei uns arbeitet er als Koch in Mamis Garküchen-Firma. Oberst Gooch haben wir auch nen Job gegeben, den haben sie nämlich nach meiner Ordensträger-Werbetour unehrenhaft aus der Army entlassen. Mr. Tribble hat ihm den Bereich ›Geheime Kommandosachen‹ übertragen.

Mami is einfach hergegangen und hat uns 'n Mordshaus bauen lassen, weil sie meint, das gehört sich nich, daß 'n Manager wie ich in ner Hütte haust. Sie hat gemeint, Sue kann ja in der Hütte wohnen bleiben und alles im Auge behalten. Ich muß jetzt jeden Tag nen Anzug tragen und nen Aktenkoffer mit mir rumschleppen wie 'n Rechtsanwalt. Andauernd muß ich auf Versammlungen nen Haufen Scheiß über mich ergehen lassen, wo sich anhört wie Pygmäensprache, und alle sagen sie Mr. Gump zu mir und so. In Mobile haben sie mir die Goldenen Schlüssel der Stadt verliehen und wollten, daß ich in den Verwaltungsrat vom Krankenhaus und vom Symphonieorchester geh.

Und dann sind mal 'n paar Leute bei mir im Büro vorbeigekommen und haben gemeint, ich soll mich für den Senat der Vereinigten Staaten aufstellen lassen.

»Sie sind wie geschaffen dafür«, behauptet einer von den Typen, wo Claxton heißt, nen Seersucker-Anzug anhat und ne Mordszigarre raucht. »Football-Star unter Bryant dem Bären, Kriegsheld, berühmter Astronaut und Vertrauter von Präsidenten – was will man noch mehr?!«

»Schauen Sie her«, sag ich zu ihm, »ich bin bloß 'n Idiot. Von Politik versteh ich nix.«

»Dann befinden Sie sich im Senat in bester Gesellschaft«, sagt Mr. Claxton. »Wir *brauchen* gute Leute wie Sie. Salz der Erde, sag ich nur, Salz der Erde!«

Ich halt von dieser Idee genausowenig wie von den meisten andren, wo sich irgendwelche Leute für mich ausdenken, weil Ärger krieg ich meistens genau wegen solchen Schnapsideen von andren Leuten. Aber wie ich Mami davon erzähl, is sie fürchterlich stolz und kriegt natürlich gleich wieder feuchte Augen und meint, alle ihre Träume würden in Erfüllung gehen, wenn ihr Junge Senator der Vereinigten Staaten von Amerika würd.

Ja, und dann is der Tag, wo ich meine Kandidatur bekanntgeben soll. Mr. Claxton und die andren haben die Stadthalle von Mobile gemietet und mich aufs Podium gesetzt – vor jede Menge Zuhörer hin, und jeder von denen hat fuffzig Cent dafür geblecht, daß er sich meinen Scheiß anhören darf. Erst mal halten irgendwelche andren Leute ewiglange Reden, und dann bin ich dran.

»Meine amerikanischen Mitbürger«, fang ich an. Mr. Claxton und die andren haben nämlich ne Rede aufgesetzt, die wo ich halten soll, und hinterher is dann Zeit für Fragen aus 'm Publikum. Fernsehkameras surren und Blitzlichter prasseln und Journalisten kritzeln auf ihre Notizblöcke, und ich les die ganze Rede runter. Besonders lang isses nich, und nen Sinn ergibt se für mich auch nich – aber was weiß ich schon? Ich bin schließlich bloß 'n Idiot.

Wie ich mit Reden fertig bin, steht ne Reporterin auf und wirft nen Blick auf ihren Notizblock.

»Wir befinden uns gegenwärtig am Rande einer atomaren Katastrophe«, sagt sie. »Die Wirtschaft is ruiniert, die ganze Welt spottet über unser Land, in unseren Städten herrscht Gesetzlosigkeit, täglich verhungern Menschen, die Religion findet in unseren Familien keinen Platz mehr, überall herrscht die Habgier, die Farmer machen bankrott, Ausländer überschwemmen unser Land und nehmen uns die Arbeitsplätze weg, unsere Gewerkschaften sind korrupt, in den Ghettos sterben die Säuglinge, die Besteuerung ist ungerecht, an unseren Schulen herrschen Chaos und Hunger, über uns allen schweben Seuchen und Krieg wie eine schwarze Wolke. Wenn man sich das alles vor Augen führt, Mr. Gump«, fragt sie, »was ist dann ihrer Meinung nach im Moment die vordringlichste Aufgabe?« Jetzt hätt man ne Stecknadel fallen gehört, so ruhgi isses.

»Ich muß pinkeln«, sag ich.

Wie sie das hören, rasten die Zuhörer total aus! Die Leute brüllen und johlen und fuchteln mit den Händen in der Luft rum. Ganz hinten fängt jemand mit nem Sprechrohr an, und bald ruft der ganze Saal:

»WIR MÜSSEN PINKELN! WIR MÜSSEN PINKELN! WIR MÜSSEN PINKELN!«

Meine Mami hat hinter mir auf 'm Podium gesessen, und jetzt steht sie auf und holt mich vom Rednerpult weg.

»Du solltest dich was schämen«, schimpft sie, »vor allen Leuten so was zu sagen.«

»Aber nein!« ruft Mr. Claxton. »Großartig! Die Leute sind begeistert. Das wird unser Wahlkampfmotto!«

»Was?« fragt Mami, und ihre Augen sind bloß noch winzige Schlitze.

»Wir müssen pinkeln!« schreit Mr. Claxton. »Hören Sie doch nur mal hin! Noch nie hat jemand so den Nerv der einfachen Leute getroffen!«

Aber Mami will nix davon wissen. »So ein Wahlkampfmotto! Wo gibt's denn so was? Vulgär und abstoßend is das – und überhaupt, was soll denn das heißen?«

»Es ist ein Symbol«, meint Mr. Claxton. »Stellen Sie

sich das doch mal vor – auf Reklametafeln und Plakaten und Aufklebern. In Fernseh- und Radiospots. Ein wahrer Geniestreich! *Wir müssen pinkeln!* Ein Symbol für die Auflehnung gegen staatliche Willkür, gegen alles, was faul ist in diesem Land . . . es steht für angestauten Frust und baldige Erleichterung!«

»Wie bitte?« fragt Mami mißtrauisch. »Haben Sie den Verstand verloren?«

»Forrest«, sagt Mr. Claxton, »Sie sind schon so gut wie in Washington.«

Es hat tatsächlich so ausgesehen, der Wahlkampf is nämlich ziemlich gut gelaufen. »Wir müssen pinkeln« is das Schlagwort des Tages. Die Leute rufen's auf der Straße und aus Autos und Bussen raus. Fernsehkommentatoren und Leitartikler verschwenden ne Menge Zeit mit der Suche nach der Bedeutung dieses Spruchs. Prediger rufen's mit Donnerstimme von der Kanzel, und die Kinder in der Schule schreien es im Chor. Man hätt echt meinen können, ich hab die Wahl schon gewonnen. Mein Gegenkandidat hat sich vor lauter Verzweiflung nen eignen Slogan ausgedacht, nämlich »Ich muß *auch* pinkeln«, und den hat er im ganzen Staat plakatieren lassen.

Aber dann is die ganze Sache den Bach runtergegangen, was ich ja von Anfang an befürchtet hab.

Die großen Zeitungen sind auf die Ich-muß-pinkeln-Kampagne aufmerksam geworden, und dann hat auch schon die *Washington Post* und die *New York Times* ihre Enthüllungsreporter losgeschickt, und die sind dem Ganzen mal 'n bißchen auf den Grund gegangen. Mir stellen sie jede Menge Fragen, und eigentlich klingt das alles ganz nett und freundlich, aber dann verschwinden sie wieder und wühlen in meiner Vergangenheit rum. Eines schönen Tages bringt dann jede Zeitung im ganzen Land die Geschichte auf der Titelseite. »Wahlen zum Senat – Kandidat mit bewegter Vergangenheit«, steht in Riesenbuchstaben oben drüber.

Anfangen tun sie damit, daß ich nach 'm ersten Studienjahr von der Uni geflogen bin. Als nächstes haben se über mich und Jenny diesen Mist ausgegraben, wie die Polizei mich aus 'm Kino rausgeholt hat. Dann kommen se wieder mit diesem Photo, wo ich dem Präsident Johnson im Rosengarten meinen Hintern zeig. In Boston haben sie sich über meine Zeit bei den Crakked Eggs erkundigt, und jetzt bringen sie Zitate von Leuten, wo sagen, ich hab Marijuana geraucht, und erwähnen auch noch nen ›Vorfall in Harvard, bei dem Brandstiftung im Spiel gewesen sein könnte‹.

Am schlimmsten is, daß sie die Sache mit dem Orden rausgekriegt haben, den wo ich aufs Kapitol geschmissen hab, und daß mich der Richter als Strafe in ne Klapsmühle gesteckt hat. Über meine Wrestlerkarriere wissen sie auch Bescheid – daß ich ›Döskopp‹ geheißen hab und so. Sogar 'n Photo haben sie gebracht, wo man drauf sehen kann, wie der Professor mich eingewickelt hat. Zum Schluß verweisen sie noch auf ›gutunterrichtete Kreise‹, wo behaupten, ich wär in Hollywood in nen ›Sexskandal mit einer bekannten Schauspielerin verwickelt gewesen‹.

Jetzt bin ich geliefert. Mr. Claxton kommt in die Wahlkampfzentrale gerannt und kreischt: »Wir sind ruiniert! Ein Dolchstoß in den Rücken!« und all so nen Scheiß. Jedenfalls is der Ofen aus, und ich hab gar keine andre Wahl, als wie aus dem Rennen auszusteigen. Mami, ich und Mr. Tribble, wir setzen uns dann am Tag drauf zusammen und beraten.

»Forrest«, meint Mr. Tribble, »ich glaube, es wäre gut, wenn du eine Zeitlang nicht besonders in Erscheinung trittst.«

Er hat natürlich recht. Und außerdem gibt's da noch

'ne paar Sachen, wo mir schon lange zu schaffen machen, wenn ich da auch noch keinem nix davon gesagt hab.

Wie's mit der Krabbenzucht losgegangen is, hat mir die Arbeit ziemlich viel Spaß gemacht – mit den Hühnern aufstehen, zu den Teichen runtergehen, die Drahtnetze festmachen, die Krabben einfangen und so weiter, und dann am Abend mit Sue vor der Fischerhütte auf der Veranda sitzen und Mundharmonika spielen und am Samstag nen Sechserpack Bier besorgen und leersaufen.

Jetzt is alles ganz anders. Ich muß andauernd zu irgendwelchen Abendgesellschaften, und da gibt's jede Menge komisches Zeugs zu essen, und die Damen tragen Mordsohrringe und all so nen Mist. Den ganzen Tage klingelt das Telefon, und irgendwelche Leute wollen meine Meinung zu den abartigsten Sachen hören. Im Senat wär das bloß noch schlimmer geworden. Ich hab aber auch so schon überhaupt keine Zeit für mich, und irgendwie geht das Leben an mir vorbei.

Wenn ich in den Spiegel schau, seh ich Falten in meinem Gesicht, meine Haare werden an den Schläfen schon grau, und ich hab auch nich mehr so viel Energie wie früher. Ich weiß, das Geschäft läuft prima, aber bei mir selber hab ich das Gefühl, ich dreh mich bloß im Kreis. Wieso mach ich das eigentlich alles, frag ich mich. Vor langer Zeit hab ich mir mit Bubba was vorgenommen, und da is jetzt mehr draus geworden, als wie ich mir hätt träumen lassen, aber was soll's? So viel Spaß wie früher, wie wir noch gegen die Maisköppe aus Nebraska gespielt haben, und wie ich in Boston bei den Cracked Eggs auf meiner Mundharmonika loslegen konnt, oder auch wie ich mit dem ollen Präsident Johnson die *Beverly Hillbillies* geguckt hab – also so viel Spaß hab ich heut lang nich mehr.

Jenny Curran hat wohl auch was damit zu tun, aber

da sollte ich gar nich mehr dran denken, weil das is nun mal nich zu ändern.

Irgendwie merk ich jedenfalls, ich muß weg hier. Mami heult und schluchzt und trocknet sich mit 'm Taschentuch die Tränen, genau wie ich mir's vorgestellt hab, aber Mr. Tribble versteht mich.

»Warum sagen wir nicht einfach allen, du machst einen langen Urlaub, Forrest«, schlägt er vor. »Über deinen Geschäftsanteil kannst du selbstverständlich jederzeit verfügen.«

So machen wir's dann auch. 'n paar Tage später nehm ich mir gleich am Morgen 'n bißchen Bargeld und schmeiß 'n paar Sachen in meinen Matchsack und geh in den Betrieb rüber. Ich sag Mami und Mr. Tribble auf Wiedersehen und geh dann bei allen vorbei und schüttle ihnen die Hand – Mike und Professor Quakkenbush und dem ›Kuhfladen‹ und dem ›Kohlkopf‹ und Snake und Trainer Fellers und seinen Gorillas und Bubbas Daddy und all den anderen.

Dann geh ich in die Fischerhütte zu Sue.

»Und, was machst du?« frag ich.

Sue schnappt sich meine Hand, und dann hebt er meinen Matchsack auf und trägt ihn zur Tür raus. Wir paddeln mit dem kleinen Ruderboot nach Bayou La Batre rauf, und dort nehmen wir den Bus nach Mobile. Die Frau am Fahrkartenschalter fragt: »Wohin wollen Sie denn?« und wie ich mit den Schultern zuck, meint sie: »Warum fahren Sie nicht nach Savannah? Da war ich mal. Eine hübsche Stadt.«

Also fahren wir eben da hin.

26

Wie wir in Savannah aus 'm Bus gestiegen sind, hat's geregnet wie verrückt. Ich bin mit Sue in den Busbahnhof rein und hab mir ne Tasse Kaffee geholt, und die hab ich mit nach draußen unter das Vordach genommen, und dann hab ich mir überlegt, was wir jetzt machen.

Viel is mir nich eingefallen, und wie ich meinen Kaffee leer hab, zieh ich die Mundharmonika aus der Tasche und spiel 'n paar Songs, und da wirft mir doch tatsächlich 'n Passant nen Vierteldollar in die Kaffeetasse. Ich spiel noch 'n paar Songs, und nach ner Weile is die Kaffeetasse so ungefähr halbvoll mit Kleingeld.

Wie's aufhört zu regnen, geh ich mit Sue los, und wir kommen zu nem Park mitten in der Stadt. Ich setz mich auf ne Bank und spiel noch mal 'n bißchen, und auch hier schmeißen die Leute alle möglichen Münzen in die Kaffeetasse. Dann hat Sue ne Idee. Er nimmt die Kaffeetasse in die Hand, und wenn Leute vorbeikommen, geht er zu denen hin. Am Abend hab ich fast fünf Dollar zusammen.

Wir schlafen auf ner Parkbank, und es is ne schöne klare Nacht, man sieht den Mond und die Sterne. Am Morgen besorgen wir uns was zum Frühstück, und nachher, wie die Leute auf 'm Weg zur Arbeit sind, spiel ich wieder Mundharmonika. An diesem Tag haben wir acht Dollar verdient und am nächsten neun, und am Ende von der Woche is das Ergebnis eigentlich gar nich übel. Am Montag drauf bin ich in nen kleinen Musikladen gegangen. Ich wollt mal sehn, ob ich ne Mundharmonika in G-Dur find, weil immer nur C-Dur spielen is auf Dauer 'n bißchen langweilig. Ich seh, daß der Typ hinten in der Ecke 'n gebrauchtes Keyboard zu verkaufen hat, und das sieht ganz ähnlich aus wie das Ding, wo der George bei den Cracked Eggs drauf gespielt hat, und der hat mir ja damals 'n paar Akkorde gezeigt.

Ich frag den Typ, wieviel er dafür haben will, und er sagt, eigentlich zweihundert Dollar, aber er macht mir 'n Sonderpreis. Ich kauf das Ding also, und der Typ schraubt sogar noch 'n Stativ obendrauf, damit ich gleichzeitig Mundharmonika spielen kann. Auf die Tour kommen wir bei den Leuten entschieden besser an. An die zehn Dollar pro Tag kriegen wir in die Kasse, und die Woche drauf geh ich noch mal in den Musikladen und kauf 'n gebrauchtes Schlagzeug. Wie ich 'n paar Tage geübt hab, bin ich auf dem Ding auch schon ziemlich gut. Die blöde Plastikkaffeetasse fliegt raus, und ich kauf für Sue nen hübschen Zinnbecher, den wo er dann rumreichen kann. Alles klappt prima. Ich spiel einfach querbeet von ›The Night They Drove Old Dixie Down‹, bis ›Swing Lo, Sweet Chariot‹. Ne Pension, wo auch Sue wohnen kann, hab ich auch gefunden, und da gibt's sogar Frühstück und Abendessen.

Irgendwann, wie wir früh am Morgen grad zum Park latschen, fängt's mal wieder an zu regnen. Das is nix Neues – in Savannah gießt's jeden zweiten Tag wie aus Kübeln, oder jedenfalls kommt's mir so vor. Wir laufen an nem Bürogebäude vorbei, und plötzlich fällt mir was auf, wo mir irgendwie bekannt vorkommt.

'n Geschäftsmann steht unter seinem Schirm auf 'm Gehweg – direkt vor nem großen Plastikmüllsack. Unter dem Sack is jemand, aber von dem sieht man nix wie die Hände, weil die streckt er unten raus und putzt dem Typen die Schuhe. Ich geh über die Straße und schau mir die Sache aus der Nähe an, und ich trau meinen Augen kaum! Unter dem Müllsack gucken auch noch kleine Räder vor wie von nem Puppenwagen. Ich könnt platzen vor Glück und geh hin und reiß den Müllsack weg, und es is tatsächlich der gute alte Dan, wo sich sein Geld mit Schuhputzen verdient!

»Gib mir den Sack zurück, du Trampel«, mault er, »ich werd ja klatschnaß.« Dann sieht er Sue. »Haste nu also doch geheiratet, was?« will er wissen.

»Das ist 'n *er*«, sag ich. »Von diesem Weltraumflug. Kannste dich erinnern?«

»Glänzen Sie meine Schuhe nun, oder was?« will der Typ wissen.

»Verpiß dich«, sagt Dan, »bevor ich dir die Sohlen abreiß.« Der Typ geht dann auch weiter.

»Was treibst du denn hier, Dan?« frag ich.

»Nach was sieht's denn aus?« fragt er zurück. »Ich bin jetzt Kommunist.«

»So einer wie die, wo wir im Krieg dagegen gekämpft haben?«

»Nee, doch nich so einer«, sagt er. »'n *richtiger* Kommunist – Marx, Lenin, Trotzki – und der ganze Bockmist.«

»Und wie kommt's dann, daß du Schuhe putzt?« frag ich.

»Um die Lakaien des Imperialismus zu beschämen«, antwortet er. »Ich seh das nämlich so – wer gewienerte Schuhe hat, is nichts wert, und je mehr Schuhe ich wienre, desto mehr von den Kanaillen fahren zur Hölle.«

»Na ja, wenn du meinst«, sag ich, und dann schmeißt Dan seinen Lappen weg und fährt unter 'n Vordach, damit er aus 'm Regen kommt.

»Ach Quatsch, Forrest, ich bin kein verdammter Kommunist«, sagt er. »So jemand wie mich würden die auch gar nich nehmen – in meinem Zustand.«

»Klar würden die dich nehmen, Dan«, sag ich. »Du hast mir immer gesagt, wenn ich was wirklich will, dann kann ich's auch – und bei dir isses genauso.«

»Glaubst du immer noch an diesen Mist?« fragt er.

»Ich hab Raquel Welch gesehen – splitternackt«, sag ich.

»Echt?« fragt Dan. »Und wie war's?«

Dan, Sue und ich, wir tun uns dann quasi zusammen. In der Pension will Dan aber nich wohnen, er schläft lieber draußen unter seinem Müllsack. »Stärkt den Charakter«, behauptet er. Er erzählt, was er gemacht hat, seit er aus Indianapolis weg is. Erst mal hat er das ganze Geld von den Ringkämpfen beim Hunderennen verwettet und den Rest vertrunken. Dann hat er sich nen Job in ner Autowerkstatt besorgt, wo er unter den Autos arbeitet, weil für ihn is das ziemlich einfach mit seinem Wägelchen und so, aber irgendwann, sagt er, hat er die Schnauze vollgehabt von dem ganzen Öl und Fett, wo dauernd auf ihn runtertropft. »Kann schon sein, daß ich 'n nixnutziger besoffener Penner ohne Beine bin, aber verdreckt war ich nie.«

Dann isser wieder nach Washington runter, wo mit viel Brimborium irgend so 'ne Denkmal eingeweiht worden is für Leute wie uns, wo im Vietnamkrieg waren, und wie sie ihn sehen und mitkriegen, wer er is, fragen sie, ob er nich ne Rede halten will. Dann hat er sich aber bei nem Empfang ordentlich betrunken und total vergessen, was er sagen wollt. Er klaut in dem Hotel, wo sie ihn einquartiert haben, ne Bibel, und wie er mit seiner Rede dran is, liest er die ganze Genesis vor, und wie er grad zu 'n paar Stellen aus dem vierten Buch Mose übergehen will, drehen sie ihm den Saft ab und holen ihn vom Podium. Dann hat er's ne Weile mit Betteln versucht, aber bald wieder aufgehört, weil das war ›würdelos‹.

Ich erzähl ihm, wie ich mit Mr. Tribble Schach gespielt hab und was die Krabbenzucht für 'n Erfolg is und so, und daß ich für den Senat kandidiert hab, aber wie's aussieht, intressiert er sich mehr für Raquel Welch.

»Was meinste, sind die Titten echt?« fragt er.

Wir sind wohl schon so circa einen Monat in Savannah,

und es läuft ziemlich gut. Ich mach ordentlich Wirbel mit meiner Ein-Mann-Band, Sue sammelt das Geld ein, und Dan putzt irgendwelchen Leuten in der Menge die Schuhe. Irgendwann taucht 'n Typ von der Zeitung auf und fotografiert uns und bringt das Bild auf der Titelseite.

»Obdachlose treiben sich im Park rum«, steht drunter.

Dann sitz ich mal an nem Nachmittag da und spiel und denk mir, vielleicht sollten wir nach Charleston hoch, wie ich auf einmal merk, daß mich 'n kleiner Junge, wo direkte vor 'm Schlagzeug steht, anguckt wie 'n Auto.

Ich spiel grad ›Riding on the City of New Orleans‹, und der kleine Mann guckt mich immer noch an. Er lächelt nich und nix, aber in seinen Augen leuchtet was, und das erinnert mich auf ne ganz merkwürdige Art an irgendwas. Ich schau hoch, und neben den ganzen Leuten steht ne Frau, und wie ich die seh, fall ich beinah in Ohnmacht.

Ich kann's kaum glauben, aber es is Jenny Curran.

Sie hat die Haare eingedreht, und 'n bißchen älter sieht sie aus und irgendwie müde, aber es is Jenny. Ich bin so was von überrascht, daß ich auf meiner Mundharmonika nen falschen Ton blas, aber ich spiel das Lied zu Ende, und Jenny kommt her und nimmt den kleinen Jungen an der Hand.

Ihre Augen leuchten, wie sie sagt: »Forrest, ich hab gleich gewußt, daß du das bist, als ich die Harmonika gehört hab. Niemand spielt Mundharmonika wie du.«

»Was machst du denn hier?« frag ich.

»Wir leben hier«, sagt sie. »Donald ist stellvertretender Verkaufsleiter in ner Firma für Dachziegel. Wir sind schon seit ungefähr drei Jahren hier.«

Die Menge verläuft sich, weil ich nich mehr spiel, und Jenny setzt sich neben mich auf die Bank. Der kleine Junge albert mit Sue rum, und Sue schlägt das Rad und bringt ihn zum Lachen.

»Wie kommt's, daß du als Ein-Mann-Band auftrittst?« fragt Jenny. »Meine Mutter hat mir geschrieben, daß du in Bayou La Batre ne riesige Krabbenfirma aufgemacht hast und Millionär bist.«

»Das is ne lange Geschichte«, sag ich.

»Du hast doch nicht etwa wieder Ärger gekriegt, Forrest?« fragt sie.

»Nee, diesmal nich«, sag ich. »Und du? Geht's dir gut?«

»Ja, würd ich schon sagen«, meint sie. »Eigentlich hab ich bekommen, was ich gewollt hab.«

»Der kleine Junge – is das deiner?«

»Mhm«, sagt sie, »isser nich süß?«

»Und ob. Wie heißt er denn?«

»Forrest.«

»Forrest? Du hast ihm meinen Namen gegeben?«

»Das mußte schon sein«, sagt sie irgendwie ganz ruhig. »Schließlich isser auch deiner.«

»Was?«

»Er ist dein Sohn, Forrest.«

»Mein was?«

»Dein Sohn. Der kleine Forrest.«

Ich schau zu ihm rüber, und er kichert und klatscht, weil Sue macht grad nen Handstand.

»Wahrscheinlich hätt ich's dir sagen sollen«, meint Jenny. »Als ich aus Indianapolis weggegangen bin, war ich schwanger. Ich wollt's dir aber nicht sagen. Ich weiß gar nicht recht, warum. Ich hab so das Gefühl gehabt, auf der einen Seite stehst du und nennst dich ›Döskopp‹, und auf der andren steh ich und bekomm dieses Baby. Und irgendwie hab ich mir auch Sorgen gemacht, wie es sich entwickeln würd.«

»Du meinst, ob's 'n Idiot wird?«

»Ja, irgendwie schon«, sagt sie. »Aber schau ihn dir

doch nur an, Forrest! Er ist absolut kein Idiot! Schlau wie 'n Fuchs ist er. Dieses Jahr kommt er in die zweite Klasse. Nur Einsen hat er letztes Jahr bekommen. Was sagst du dazu?«

»Bist du sicher, daß er von mir is?« frag ich.

»Ganz ohne Zweifel«, sagt sie. »Wenn er groß ist, will er Football-Spieler werden oder Astronaut.«

Ich schau noch mal rüber zu dem kleinen Mann, und er is echt 'n kräftiger, gutaussehender Junge. Er hat nen klaren Blick und sieht aus, wie wenn er vor überhaupt nix Angst hätt. Jetzt spielt er mit Sue im Straßenstaub Tic-Tac-Toe.

»Und, äh, dein . . .«, stottre ich rum.

»Donald? Der weiß nichts von dir. Weißt du, ich habe ihn kennengelernt, als ich grade erst aus Indianapolis weggegangen war, und es war fast schon soweit, daß man's mir angesehen hätt, und ich hab nicht gewußt, was ich machen soll. Er is ein guter, lieber Mann und sorgt für mich und den kleinen Forrest. Wir haben ein Haus und zwei Autos, und am Samstag fährt er immer mit uns irgendwohin – an den Strand oder aufs Land. Am Sonntag gehen wir in die Kirche, und Donald legt Geld zurück, damit Forrest später mal studieren kann und so.«

»Kann ich mit dem Jungen sprechen – bloß ein, zwei Minuten?« frag ich.

»Klar«, sagt Jenny und ruft ihn her.

»Forrest«, sagt sie, »ich möchte dir einen andren Forrest vorstellen. Er ist ein alter Freund von mir, und von ihm hast du deinen Namen.«

Der Junge setzt sich neben mich und meint: »Haben Sie aber einen witzigen Affen.«

»Das ist ein Orang-Utan, 'n Männchen«, sag ich. »Er heißt Sue.«

»Wieso nennen Sie ihn Sue, wenn's doch ein *er* ist?«

Jetzt is völlig klar, ich hab keinen Idioten zum Sohn.

»Deine Mami sagt, du willst Football-Spieler werden, wenn du groß bist, oder Astronaut«, sag ich.

»Ja, das stimmt«, meint er. »Verstehen Sie was von Football oder Astronauten?«

»Ja«, sag ich, »'n bißchen schon. Aber vielleicht fragste lieber deinen Daddy. Der weiß bestimmt viel mehr als ich.«

Dann umarmt er mich – nich fest, aber trotzdem. »Ich will noch 'n bißchen mit Sue spielen«, meint er und rutscht von der Bank runter, und Sue hat 'n Spiel vorbereitet, wo der kleine Forrest ne Münze in den Zinnbecher schmeißt, aber Sue fängt sie in der Luft.

Jenny kommt her und setzt sich zu mir, und sie tätschelt mein Bein.

»Ich kann's manchmal gar nicht glauben«, sagt sie. »Wir kennen einander jetzt schon fast dreißig Jahre – seit der ersten Klasse.«

Die Sonne scheint durch die Bäume direkt auf Jennys Gesicht, und es hätt ja ne Träne in ihrem Auge glänzen können, aber ich seh keine, und doch is da irgendwas, 'n Herzschlag vielleicht, ich kann's echt nich sagen, obwohl ich genau weiß, es is da.

»Ich kann's einfach nicht glauben«, sagt sie und beugt sich zu mir rüber und küßt mich auf die Stirn.

»Was denn?« frag ich.

»Da redet man von Idioten«, sagt Jenny mit zitternder Stimme. »Aber wer ist denn kein Idiot?« Und dann steht sie auf, holt den kleinen Forrest und nimmt ihn bei der Hand, und sie gehen davon.

Sue kommt her und malt 'n Spielfeld für Tic-Tac-Toe in den Sand. Ich fang rechts oben mit nem X an, und Sue macht ne Null in die Mitte, und schon is mir klar, keiner kann gewinnen.

Nachher hab ich dann 'n paar Sachen geregelt. Erst mal hab ich Mr. Tribble am Telefon gesagt, bei allem, was das Krabbengeschäft abwirft, soll er zehn Prozent von meinem Anteil meiner Mami und zehn Prozent Bubbas Daddy geben, und alles andre soll er Jenny schicken für den kleinen Forrest.

Nach dem Abendessen hab ich mich hingehockt und mir die ganze Nacht Gedanken gemacht, obwohl mir das nich eben leichtfällt. Und zwar hab ich mir folgendes überlegt: Jetzt hab ich nach so langer Zeit Jenny gefunden, und unser Sohn is bei ihr, und vielleicht können wir unsre Beziehung irgendwie kitten.

Aber je länger ich drüber nachdenke, desto klarer wird mir, das kann nich funktionieren. Und ich kann's noch nich mal drauf schieben, daß ich eben 'n Idiot bin – wenn ich das auch gern tät. So geht's eben manchmal, und im Endeffekt muß man wohl sagen, daß es für den Jungen besser is, wenn Jenny und ihr Mann ihm 'n richtiges Zuhause und ne gute Erziehung bieten – besser wie wenn er nen Daddy mit nem Spatzenhirn hätt.

'n paar Tage später hab ich mich dann mit Sue und Dan auf die Socken gemacht. Erst sind wir nach Charleston gegangen und dann nacheinander in Richmond, Atlanta, Chattanooga, Memphis und Nashville gewesen, vor wir schließlich nach New Orleans runter sind.

Also, in New Orleans schert sich keiner drum, was einer treibt, und wir drei fühlen uns sauwohl. Wir spielen jeden Tag auf 'm Jackson Square und gucken den andren Spinnern bei ihren Nummern zu.

Ich hab mir 'n Fahrrad gekauft mit zwei kleinen Seitenwagen dran, wo Sue und Dan sich reinhocken können, und jeden Sonntag radeln wir zum Fluß runter und hocken uns ans Ufer und angeln Katzenfische. Jenny schreibt mir so ungefähr einmal im Monat und schickt mir Bilder vom kleinen Forrest. Auf 'm letzten, wo ich gekriegt hab, hat er nen Football-Dreß angehabt. Und dann is da noch 'n Mädchen, wo hier in so nem Striptease-Schuppen als Bedienung jobbt, und mit der treffen wir uns ab und zu und blödeln. Wanda heißt sie. Oft fahr ich mit Dan und Sue einfach im *French Quarter* rum, und wir gucken uns alles an, und da sind wir absolut nich die einzigen, wo 'n seltsames Bild abgeben, das können Sie mir glauben – die Leute sehn zum Teil aus wie Überbleibsel von der russischen Revolution oder irgend so was.

Irgendwann kommt mal 'n Typ von der Zeitung vorbei, und der will nen Artikel über mich machen, weil er meint, ich bin die beste Ein-Mann-Band, wo er je gehört hat. Er stellt mir jede Menge Fragen über mein Leben, und da erzähl ich ihm eben die ganze Geschichte. Aber ich bin noch nich mal bei der Hälfte, da läuft er schon weg. Solche Sachen kann er nich drucken, sagt er, weil das würd kein Mensch glauben.

Aber ich kann Ihnen sagen – wenn ich bei Nacht manchmal zu den Sternen hochguck, und den ganzen Himmel über mir hab – meinen Sie, dann fällt mir das nich alles wieder ein? Wie jeder Mensch hab auch ich noch meine Träume, und ab und zu überleg ich mir, wie alles hätt sein können. Ja, und dann bin ich auf einmal vierzig, fünfzig, sechzig.

Aber, was soll's? Kann schon sein, daß ich 'n Idiot bin, aber meistens wollt ich alles richtig machen – und Träume sind Schäume, oder? Also, ganz egal, was so alles passiert is, eins is sicher: Ich kann jederzeit zurückschauen und sagen, wenigstens is mein Leben nich langweilig gewesen.

Verstehen Sie, was ich meine?